Graham
GREENE

El poder y la gloria

Traducción de Juan Santamaría

EL PAIS
CLÁSICOS DEL SIGLO XX

Título original: *The Power and the Glory*

Miguel Yuste, 40
28037 Madrid

Traducción: Juan Santamaría
Diseño de la colección: Manuel Estrada

ISBN: 84-89669-32-5
Depósito legal: M-36.695-2002
Impreso en España por Mateu Cromo S. A., Pinto (Madrid)

El poder y la gloria

Nota del autor

Esta novela se basa en la situación de uno de los estados de México hace algo más de diez años. No se ha intentado reproducir a ninguna persona real en ninguno de los caracteres.

El cerco se estrecha; el poder sagaz de los sabuesos y de la mente amenaza de hora en hora.

DRYDEN

Primera parte

Capítulo I

Míster Tench salió a buscar el otro cilindro, afuera, bajo el sol llameante de México y el polvo blanquecino. Unos cuantos zopilotes se asomaron desde el tejado con apática indiferencia; todavía no era él una carroña. Un vago sentimiento de rebeldía sacudió su corazón, se destrozó las uñas al arrancar un pedrusco del suelo, que arrojó a las aves. Una de ellas partió aleteando sobre la ciudad: sobre la *plaza** chiquitina; sobre el busto de un ex presidente, ex general, ex ser humano; sobre los dos tenderetes donde se vendía agua mineral; hacia el río y el mar. No encontraría nada, ya que los tiburones buscaban carroña por allí. Míster Tench siguió atravesando la *plaza*.

Le dijo *Buenos días* a un hombre con pistola que estaba sentado en un cuadrito de sombra junto a la pared. Pero allí no era como en Inglaterra: el hombre no dijo nada, tan sólo alzó la vista con malevolencia, como si jamás hubiera tenido trato con él, como si él no fuera quien puso el forro de oro en dos de sus muelas.

De todos modos eso no le hizo detenerse. Dejó atrás la Tesorería que antes fue iglesia, y se dirigió al muelle. A mi-

* Todas las palabras en cursiva aparecen en español en el original. *(N. del T.)*

tad de camino se le olvidó de pronto por qué había salido. ¿Por un vaso de agua mineral? Era cuanto se podía beber en un estado de prohibición, agua o cerveza; pero ésta era monopolio del Gobierno y demasiado cara, salvo en ocasiones especiales. Una horrible sensación de náusea le afligió el estómago. No podía ser agua mineral lo que necesitaba. Desde luego, era el otro cilindro...; había llegado el barco. Había oído su alborozado silbido desde la cama después del almuerzo. Pasó ante la barbería y ante el consultorio de dos dentistas y alcanzó la orilla del río situada entre un almacén y la Aduana.

El río avanzaba lento cerca del mar entre los platanares; el *General Obregón* estaba amarrado y descargaba cerveza; un centenar de cajas aparecían ya apiladas sobre el muelle. Míster Tench, de pie, a la sombra de la Aduana, pensaba: «¿Por qué estoy aquí?». Perdía la memoria con el calor. Reunió la bilis y escupió con abandono al sol. Después se sentó sobre una caja y esperó. Nadie le había de visitar antes de las cinco.

El *General Obregón* estaba a unas treinta yardas. Con unos cuantos pies de barandilla deteriorada, un bote salvavidas, una campana colgada de una cuerda podrida y una lámpara de aceite en la serviola parecía poder resistir dos o tres años más en el Atlántico si no se metía en una nortada del golfo. Ése, por supuesto, sería su final. En realidad no importaba: todos van asegurados automáticamente al comprar el pasaje. Media docena de pasajeros se apoyaban en la borda entre los pavos trabados y miraban al puerto: el almacén, las calles vacías y calcinadas con consultorios de dentistas y barberías.

Míster Tench oyó crujir una funda de pistola detrás de él y volvió la cabeza. Un oficial de Aduanas le observaba con irritación. Decía algo que él no pudo entender.

—Perdóneme —dijo.

—Mis dientes —pronunció confusamente el aduanero.

—¡Oh! —exclamó míster Tench—. Sí, sus dientes.

El hombre no tenía ninguno; por eso no podía hablar claro; él se los había arrancado todos. Le sobrecogió otra náusea. Algo no estaba en regla: lombrices, disentería...

—La dentadura estará pronto. Esta noche —prometió, despreocupadamente.

Era, por supuesto, del todo imposible; pero así vivía uno, aplazándolo todo. El hombre quedaba satisfecho: él podía olvidarse y, en todo caso, ¿qué iba a hacer el cliente? Había pagado por adelantado. Aquello era el mundo entero para míster Tench: el calor y el olvido, el aplazamiento hasta mañana, dinero en mano a ser posible... Y además, ¿para qué preocuparse?

Miró el río calmoso: una aleta de tiburón se movía como un periscopio en la desembocadura. En el curso de los años varios barcos habían encallado y ahora se procuraba reforzar sus orillas. Las chimeneas se inclinaban como cañones apuntando a objetivos distantes a través de los bananos y las marismas.

Él pensó: «El otro cilindro; casi lo había olvidado». Se le abrió la boca y empezó taciturno a contar las botellas de Cerveza Moctezuma. Ciento cuarenta cajas. Doce veces ciento cuarenta (la boca se le llenó de saliva espesa); doce por cuatro son cuarenta y ocho. Musitó en inglés:

—Dios mío, qué bonita.

Se refería a la suma: mil doscientas, mil seiscientas ochenta; escupió mirando con vago interés a una muchacha en la barandilla del *General Obregón;* una hermosa figura esbelta. Normalmente eran más gordas, de ojos oscuros desde luego, y el brillo inevitable del diente de oro, pero algo lozanas y juveniles... Mil seiscientas ochenta botellas, a un peso la botella.

Alguien preguntó en inglés:

—¿Qué decía usted?

Él giró en redondo.

—¿Es usted inglés? —inquirió asombrado; pero al ver la cara redonda y hundida, tiznada con una barba de tres días, modificó la pregunta—. ¿Habla usted inglés?

—Sí —contestó el hombre.

Permanecía tieso a la sombra; era pequeño, iba vestido con un traje de calle oscuro y andrajoso, y llevaba una caja pequeña atada. Bajo el brazo una novela, cuya cubierta mostraba una escena de amor en colores chillones. Dijo:

—Dispénseme. He creído hace un momento que usted me hablaba.

Tenía los ojos saltones; daba la impresión de regocijo inestable, como si tal vez viniese de celebrar un cumpleaños... solo.

Míster Tench se aclaró la garganta y escupió.

—¿Qué ha sido lo que he dicho?

—Ha dicho usted: «Dios mío, qué bonita».

—¿Y qué puedo haber querido decir con eso? —levantó la vista al cielo implacable. Allí estaba un zopilote como si vigilara—. ¿Qué? ¡Ah! La chica, supongo. No se ve a menudo una monada así por estos alrededores. Nada más que una o dos al año dignas de verse.

—Es muy joven.

—¡Oh! No tengo intención alguna —repuso míster Tench, aburrido—. Un hombre puede mirar. He vivido solo durante quince años.

—¿Aquí?

Quedaron callados y el tiempo corrió; la sombra de la Aduana avanzó unas pulgadas hacia el río; el zopilote se apartó un poco, igual que la manecilla negra de un reloj.

—¿Ha venido usted en el barco? —indagó míster Tench.

—No.

El hombrecillo no quería responder, pero como parecía imprescindible una explicación, aclaró:

—Miraba tan sólo. Supongo que se hará a la mar enseguida, ¿verdad?

—Para Veracruz —respondió míster Tench—. Dentro de pocas horas.

—¿Sin hacer escalas?

—¿Dónde había de hacerlas? —y de repente inquirió—: ¿Cómo ha venido usted aquí?

El forastero dijo vagamente:

—En canoa.

—Tiene usted una hacienda, ¿eh?

—No.

—Es agradable oír hablar en inglés —observó míster Tench—. Entonces, ¿lo aprendió en los Estados Unidos?

El hombre asintió. No era muy locuaz.

—¡Ah, lo que yo daría —suspiró míster Tench— por encontrarme allí ahora! —y acto seguido añadió en voz baja y ansiosa—: ¿No tendría usted acaso algo de beber en esa caja?

Algunos de ustedes lo justifican (he conocido a uno o dos) un poco por motivos medicinales.

—Tan sólo lleva medicinas.

—¿Es usted médico?

Los ojos inyectados en sangre miraron a hurtadillas y de soslayo a míster Tench.

—¿Quizá me llamaría usted... curandero?

—¿Remedios patentados? Vivir y dejar que vivan —opinó míster Tench.

—¿Se embarca usted?

—No, he bajado aquí para... para... Oh, bueno, de todos modos no importa —se puso la mano sobre el estómago y agregó—: ¿No tiene usted alguna medicina, sabe usted, para...? ¡Oh, invierno! No sé para que. Sólo es a causa de esta tierra cruel. No le es posible a usted curarme de esto. No puede nadie.

—¿Desearía usted volver al hogar?

—Hogar —repitió él—. Mi hogar está aquí. ¿No vio usted a cuánto está el peso en Ciudad de México? A cuatro el dólar. ¡Cuatro! ¡Oh, Dios! *Ora pro nobis.*

—¿Es usted católico?

—No, no. Es tan sólo una expresión. No creo en nada de eso —y añadió fuera de propósito—: De todos modos hace demasiado calor.

—Deberíamos buscar dónde sentarnos.

—Suba a mi alojamiento —le invitó míster Tench—. Tengo una hamaca sobrante. El barco tardará unas horas en salir... Si es que desea usted vigilar su salida.

El forastero explicó:

—Lo aguardaba para ver a alguien. A un tal López de apellido.

—Oh, lo fusilaron hace unas semanas —observó Tench.

—¿Muerto?

—Ya sabe usted que aquí eso es corriente. ¿Era amigo suyo?

—No, no —aclaró el hombre con presteza—. Tan sólo amigo de un amigo.

—Bien, eso es lo que ocurre —comenzó míster Tench. Aclaró de nuevo su garganta y escupió a la dura luz solar—. Dicen que acostumbraba a dar ayuda... oh, a los indeseables... pues, para que escaparan. Ahora su chica vive con el jefe de policía.

—¿Su chica? ¿Quiere usted decir su hija?

—No era casado. Quiero decir la joven con quien vivía —míster Tench se sorprendió un momento al ver cierta expresión en la cara del forastero. Siguió diciendo—: Ya sabe usted lo que ocurre —miró hacia el *General Obregón*—. Es un buen bocado. Por supuesto, en dos años será como las demás. Gorda y estúpida. ¡Oh, Dios, me gustaría beber! *Ora pro nobis*.

—Tengo un poco de aguardiente —anunció el forastero.

Él le miró con ansia.

—¿Dónde?

El hombre de rostro demacrado se llevó la mano a la cadera; era como si señalara la fuente de su regocijo nervioso. Míster Tench le asió la muñeca.

—Cuidado —advirtió—. Aquí no —miró el cuadro de sombra; un centinela sentado sobre un cesto vacío dormía junto a su fusil—. Venga a mi casa.

—Me proponía tan sólo ver partir el barco —manifestó el hombrecito de mala gana.

—Oh, tardará unas horas todavía —volvió a asegurarle míster Tench.

—¿Unas horas? ¿Está usted seguro? Al sol hace mucho calor.

—Sería mejor que viniera usted a casa.

Casa: término usado para referirse a las cuatro paredes entre las que uno duerme. Allí nunca hubo un hogar. Atravesaron ambos la placita abrasada donde el *general* muerto enverdecía con la humedad y los tenderetes de gaseosa se alzaban bajo las palmeras. Parecía una postal ilustrada entre un montón de otras postales; barajando el paquete obtendríais Nottingham, una vista de los arrabales de la ciudad natal y otra de unas vacaciones en Southend. El padre de míster Tench también había sido dentista. Su recuerdo más lejano era el hallazgo de un desecho en un cesto de papeles vacíos: una basta boca de arcilla, desdentada, que parecía proceder de las excavaciones de Dorset: Neandertal o Pithecantropus. Aquello fue su juguete favorito. Procuraron tentarle con un «mecano», pero el destino había llamado ya. Siempre hay un momento en la infancia en que se abre la puerta y deja penetrar al futuro. El cálido y húmedo puerto fluvial y los buitres yacían en el cesto de los papeles, y él los extrajo. Deberíamos estar agradecidos por no poder contemplar los horrores y envilecimientos esparcidos alrededor de nuestra niñez en aparadores y estanterías por todas partes.

Allí no había pavimentación; durante las lluvias, el pueblo (en realidad no era otra cosa) se enfangaba. Ahora el terreno notábase duro como piedra bajo los pies. Los dos hombres anduvieron silenciosos, pasando ante los establecimientos de barberos y dentistas; los zopilotes sobre el tejado parecían tranquilos como volatería doméstica: se buscaban los parásitos bajo las alas toscas y polvorientas.

Deteniéndose ante un tugurio de madera, de un solo piso, con veranda, donde se columpiaba una hamaca, míster Tench dijo:

—Dispénseme.

La casucha era un poco mayor que las demás de aquella calleja que, doscientas yardas más allá, se perdía en la marisma.

Pronunció con nerviosismo:

—¿Le gustaría echar una ojeada dentro? No quiero alardear, pero soy aquí el mejor dentista. No es mal sitio. Dado lo que pueden ser los sitios.

El orgullo oscilaba en su voz como una planta de raíces superficiales.

Acto seguido le guió hacia dentro, cerrando tras de sí la puerta, hasta un comedor donde había un par de mecedoras a los lados de la mesa desnuda; una lámpara de petróleo, algunos números atrasados de periódicos norteamericanos y un aparador.

—Voy a sacar los vasos, pero antes quisiera enseñarle... Usted es un hombre educado...

El consultorio daba a un corral donde unos pavos paseaban nerviosos su pompa raída; un torno movido a pedal, una silla de dentista donde los instrumentos se mezclaban polvorientos... Unas tenazas se remojaban en una taza, una lámpara de alcohol rota estaba arrinconada en un extremo y sobre los estantes se esparcían mordazas de algodón en rama.

—Magnífico —opinó el forastero.

—No es tan malo, ¿verdad? —repuso míster Tench—, para esta ciudad... No puede imaginarse las dificultades. Ese torno —añadió con un dejo de amargura— es de construcción japonesa. Sólo hace un mes que lo tengo y ya está gastado. Pero los tornos norteamericanos son muy difíciles de conseguir.

—La ventana es muy hermosa —dijo el forastero.

Le habían ajustado una hoja de vidriera en colores; una Madona miraba, a través de la rejilla mosquitera, a los pavos del corral.

—La puse —explicó míster Tench— cuando saquearon la iglesia. Un gabinete de dentista no debe carecer de una vidriera pintada. No es civilizado. En casa, quiero decir en Inglaterra, en general suelen poner el«Caballero Alegre», no sé por qué; o si no la rosa de los Tudor. Pero uno no puede coger y escoger.

Abrió la puerta.

—He aquí mi cuarto de trabajo.

Lo primero que se veía era una cama con mosquitero.

—Me falta espacio. ¿Comprende usted? —se justificó.

Un jarro y una jofaina, junto a una jabonera, estaban en un extremo de un banco de carpintero; en el otro había un soplete, una bandeja con arena, alicates y un hornillo.

—Moldeo en arena —continuó diciendo—. ¿Qué otra cosa puedo hacer en este lugar? —cogió un molde de mandíbula inferior y añadió—: No siempre las puede sacar uno exactas. Por supuesto, los clientes reclaman.

Lo dejó de nuevo y se inclinó hacia otro objeto sobre el banco: algo correoso, de aspecto intestinal, con dos breves vejigas de goma.

—Fisura congénita. Es la primera vez que la he tratado. Es el caso Kingley. Yo dudaba poder hacerlo. Pero un hombre ha de procurar hallarse al corriente de los adelantos.

Se le abrió la boca; volvió al aspecto de vacuidad. El calor era abrumador en aquel cuartito. Permanecía en él como un hombre perdido en una caverna entre fósiles e instrumentos de una edad poco conocida. El forastero insinuó:

—Si pudiéramos sentarnos...

Él le miró inexpresivo.

—Podríamos beber el aguardiente.

—Oh, sí, el aguardiente.

Míster Tench sacó dos vasos de una alacena que había debajo del banco y los limpió de un rastro de arena. Después ambos fueron a sentarse en las mecedoras de la habitación delantera. Él escanció.

—¿Agua? —preguntó el forastero.

—No puede usted fiarse del agua —contestó míster Tench—. Es lo que me ha puesto así —con una mano sobre el estómago tomó un gran sorbo—. Tampoco usted tiene muy buen aspecto —agregó mirándole con más insistencia—. A ver sus dientes —le faltaba un colmillo y los incisivos estaban amarillentos de sarro y caries—. Debe usted cuidarlos —le aconsejó.

—¿Qué utilidad tiene? —exclamó el forastero.

Sostenía su vaso lleno de aguardiente, con cautela, como si fuese un animal que cobijara, pero del cual no se fiase. En su cortedad y descuido tenía aspecto de persona sin importancia, vencido incidentalmente por la enfermedad o la inquietud. Sentábase en el mismo borde de la mecedora con su cajita atada en equilibrio sobre las rodillas y retardando beber el aguardiente con afición culpable.

—¡Adentro! —le animó míster Tench (el aguardiente no era suyo)—. Le hará bien.

Este hombre de traje oscuro y hombros caídos le traía el recuerdo penoso de un ataúd; la muerte ya residía en su boca cariada. Suspirando se sirvió otro vaso.

—Aquí está uno muy solo —dijo—. Es agradable hablar en inglés, aunque sea con un extranjero. Considero que tal vez le guste ver un retrato de mis pequeños —sacó una instantánea amarillenta de su cartera y se la entregó. En un jardín dos chiquillos pugnaban por coger el asa de una regadera—. Por supuesto —hizo constar—, esto era dieciséis años atrás.

—Pues ya serán unos hombres.

—Uno ha muerto.

—¡Oh! —pronunció el otro con dulzura—. ¿En un país cristiano?

Tomó un trago de aguardiente y sonrió con cierta estupidez a míster Tench.

—Sí, así lo creo —contestó éste con sorpresa. Expelió la flema y añadió—: Por supuesto, a mí no me parece cosa de importancia.

Se quedó callado y sus pensamientos se extraviaron, se le abrió la boca y pareció gris y ausente, hasta que un dolor de estómago le hizo volver en sí y se sirvió un poco más de aguardiente.

—A ver, ¿de qué estábamos hablando? De los chiquillos... Oh, si, los pequeños. Tiene gracia lo que recuerda uno. Sabe usted, yo me acuerdo de esa regadera mejor que de los niños. Costó tres chelines, once peniques y tres cuartos, y estaba pintada de verde; podría llevarle a usted a la tienda donde la compré. Pero en cuanto a los chiquillos —se detuvo en el pasado mirando el vaso— no puedo recordar sino que lloraban y apenas algo más.

—¿Tiene usted noticias?

—Oh, dejé de escribir antes de instalarme aquí. ¿De qué servía? No podía mandarles dinero. No me sorprendería que mi esposa se hubiese vuelto a casar. A su madre le gustaría; la vieja zorra nunca se ha interesado por mí.

El forastero manifestó en voz baja:

—Es horrible.

Míster Tench volvió a examinarle con sorpresa. Allí estaba, sentado como un negro signo de interrogación, pronto a irse, pronto a quedarse, en equilibrio sobre su asiento. Su aspecto era ignominioso con la barba gris de tres días, canijo... Uno podría ordenarle cualquier cosa. Aclaró:

—Me refiero al mundo, a las cosas que ocurren.

—Beba su aguardiente.

Lo sorbió. Fue como una condescendencia. Después preguntó:

—¿Recuerda usted este lugar antes... antes de que vinieran los «camisas rojas»?

—Por supuesto que sí.

—¡Qué feliz era esto entonces!

—¿Ah, sí? No lo noté.

—De todos modos había... Dios.

—Eso no influye en la dentadura —replicó míster Tench, sirviéndose un poco más de aguardiente—. Siempre ha sido un sitio espantoso. Solitario. ¡Dios mío! En mi tierra dirían que es muy pintoresco. Yo pensé: cinco años aquí y partiré después. Había mucho trabajo. Y ahora no puedo irme. Lo haré algún día. Sí, me retirare. A mi país. A vivir como debe vivir un caballero. Esto —señaló el cuarto ruin y desnudo—, he de olvidar todo esto. Oh, ya no tardaré mucho. Soy optimista.

El forastero inquirió de pronto:

—¿Cuánto tarda para llegar a Veracruz?

—¿Quién?

—El barco.

Míster Tench respondió sombrío:

—En cuarenta horas estaríamos allí. En el Diligencia. Un buen hotel. También hay salones de baile. Una ciudad alegre.

—Al parecer está cerca —repuso el forastero—. Y el pasaje, ¿cuánto costaría?

—Tendría que preguntarlo a López —contestó míster Tench—. Es el encargado.

—Pero López...

—Oh, sí; se me olvidaba. Lo han fusilado.

Alguien llamó a la puerta. El forastero deslizó la caja debajo de la mecedora, y míster Tench se dirigió con cautela a la ventana.

—Nunca es uno demasiado precavido —comentó—. Todo dentista digno de este nombre tiene enemigos.

Una voz débil les imploraba:

—¡Un amigo! —y míster Tench abrió la puerta. En el acto entró el sol como un lingote calentado al blanco.

Un chico preguntaba desde el umbral por un doctor. Llevaba un sombrero enorme y tenía los ojos pardos y estúpidos. Detrás de él dos mulos resoplaban y piafaban sobre la calle calcinada. Míster Tench explicó que él no era doctor, sino dentista. Mirando alrededor vio al forastero agachado en la mecedora con la vista fija expresando ruego, súplica... El chico dijo que había un doctor nuevo en la ciudad; el antiguo tenía calentura y no quería salir. La enfermera era su madre.

Un vago recuerdo activó el cerebro de míster Tench. Habló con aire de descubrir algo:

—¡Hombre! Usted es doctor, ¿no es cierto?

—No, no. He de alcanzar el barco.

—Creí que dijo usted...

—He cambiado de idea.

—¡Oh, bueno! No saldrá en unas horas todavía —aseveró míster Tench—. Estos barcos nunca son puntuales.

Le preguntó al chico si vivía lejos y aquél contestó que a seis leguas.

—Demasiado lejos —comentó él—. Anda. Busca a otro —y dirigiéndose al forastero—: ¡Cómo se esparcen las noticias! Todo el mundo ya debe de saber que está usted en la ciudad.

—No podría serle útil —manifestó el forastero con ansia, como si pidiera humildemente la opinión de míster Tench.

—Vete —dijo éste.

El chico no se movía. Estaba bajo el sol cruel mirando adentro con paciencia infinita. Dijo que su madre se estaba muriendo. Los ojos pardos no expresaban emoción: se trataba de un hecho. Uno nace, sus padres mueren, uno se hace viejo, uno se muere también.

—Si se está muriendo —replicó míster Tench—, ya no es necesario que la vea un médico.

Pero el forastero se había levantado. A regañadientes se doblegaba ante un suceso que no podía evitar.

Musitó con tristeza:

—Ocurre siempre así. Como ahora.

—Tendrá suerte si no pierde usted el barco.

—Lo perderé —afirmó—. Está resuelto que lo pierda.

Tomó un gran sorbo, mirando al impasible muchacho, a la calle caldeada, a los zopilotes como manchitas sembradas en el cielo.

—Pero si ella se está muriendo... —empezó nuevamente míster Tench.

—Yo conozco a esas gentes. No estará más moribunda que yo.

—No puede serle útil.

El chico los contemplaba como si no le importase. El razonamiento en lengua extranjera sostenido allí dentro era algo abstracto: no le concernía. Él debía esperar allí hasta que el doctor se decidiera.

—No entiende usted nada de eso —dijo el forastero con furia—. Eso es lo que todo el mundo dice en todos los casos: no servirá de nada —el aguardiente le había afectado. Añadió con amargura monstruosa—: Oigo lo mismo en todas partes.

—De todas formas —repuso míster Tench—, habrá otro barco. Dentro de quince días. O de tres semanas. Tiene usted suerte. Podrá usted marcharse. No ha ganado usted aquí su capital.

Pensaba en el suyo propio: el torno japonés, la silla de dentista, la lámpara de alcohol, los alicates y el hornillo pequeño para los empastes de oro: una gran fortuna en el país.

—*Vamos* —dijo el forastero al muchacho.

Luego se volvió hacia míster Tench y le dijo que le agradecía el descanso al abrigo del sol. Tenía la clase de dignidad a la cual estaba hecho míster Tench: la dignidad empequeñecida de la gente temerosa de un leve dolor y que, sin embargo, permanecía en la silla con cierta firmeza. Acaso se preocupaba por el viaje en mulo. Con un aspecto anticuado en los modales prometió:

—Rezaré por usted.

—Ha sido usted bien venido —contestó míster Tench.

El hombre montó en el mulo, y el chico emprendió el camino muy lentamente, bajo el resplandor brillante, hacia el pantano, tierra adentro. De allí había surgido el forastero por la mañana para echar un vistazo al *General Obregón:* ahora volvía atrás. Se ladeaba muy ligeramente en la silla por los efectos del aguardiente. Se convirtió en una diminuta figura desilusionada hacia el final de la calle.

«Ha sido grato hablar con un forastero», pensaba míster Tench, retornando a su habitación y cerrando la puerta tras de sí (uno nunca sabe...). Encarábase de nuevo con la soledad y el vacío. Pero estaba tan acostumbrado a los dos como a su propia cara vista en el espejo. Se sentó en la mecedora y se columpió creando una débil brisa en el aire pesado. Una estrecha columna de hormigas atravesaba el cuarto hasta la porción del suelo donde el forastero derramara un poco de aguardiente: se detenían en ella y después se dirigían metódicamente hacia la pared opuesta, desapareciendo. Allá, en el río, el *General Obregón* pitaba dos veces. Él no sabía por qué.

El forastero había dejado un libro. Yacía debajo de su mecedora: una mujer con vestidos del tiempo del rey

Eduardo, sollozando arrodillada sobre una alfombra, abrazaba los zapatos castaños, bruñidos y puntiagudos de un hombre, que permanecía desdeñoso y lucía un bigotillo engomado. El libro se titulaba *La eterna mártir.* Al cabo de un rato míster Tench lo cogió. Al abrirlo se sorprendió totalmente: la cubierta no parecía concordar con lo que dentro estaba impreso: era latín. Esto le hizo quedarse pensativo; cerró el libro y se lo llevó al cuarto de trabajo. Uno no puede quemar un libro, pero tal vez baste con esconderlo si uno no está seguro... seguro (eso es) de lo que hubiera en todo aquello. Lo puso dentro del hornillo para fundir el oro. Después se quedó junto al banco de carpintero, con la boca abierta: se acordó de lo que le había llevado al muelle, del otro cilindro que le traía, río abajo, el *General Obregón*. De nuevo sonó el pito en el río, y él salió corriendo al sol, sin sombrero. Le habían dicho que el barco no partiría antes de la madrugada, pero aquella gente no era de fiar ni para que guardar a sus retrasos en el horario, y desde luego, cuando llegó a la orilla, pasando entre la Aduana y el almacén, el *General Obregón* ya se había separado diez pies por el calmoso río, dirigiéndose a la mar. Vociferó sin que sirviera de nada: no había rastros del cilindro* en todo el muelle. Gritó una vez más y luego dejó de preocuparse. No importaba gran cosa, después de todo: un leve dolor adicional apenas se notaría entre la enorme incuria.

Sobre el *General Obregón* comenzó a soplar una débil brisa: los platanares situados a ambas orillas, unas ante-

* Cilindro o cápsula de gas para anestesia local.

nas de radio sobre un promontorio, el puerto, desaparecieron de la vista. Mirando hacia atrás no podría siquiera decirse si aquello había existido jamás. Abríase el ancho Atlántico; las grandes olas cilíndricas levantaban la proa y los pavos trabados rodaban por la cubierta. El capitán aparecía de pie en la diminuta casilla de cubierta con un mondadientes en el pelo. La tierra se alejaba con un balanceo lento y uniforme, y casi de repente llegó la noche mostrando un cielo lleno de estrellas bajas y brillantes. Se encendió una lámpara de petróleo a proa y la muchacha que míster Tench observara desde la orilla empezó a cantar dulcemente; una canción de melancolía sentimental y resignada sobre una rosa manchada con la sangre del amado. Había una sensación inmensa de libertad y de aire en el golfo, la línea de la baja costa tropical estaba enterrada en la oscuridad, tan profundamente como si se tratara de una momia en la tumba.

«Soy feliz —dijo la joven para sí, sin considerar el motivo—, soy feliz».

Allá lejos, en la oscuridad, los mulos continuaban atrafagados. El efecto del aguardiente había desaparecido hacía rato y el hombre, a través del paraje pantanoso, que con las lluvias quedaría intransitable, sentía en su cerebro el sonido de la sirena del *General Obregón.* Sabía qué significaba aquello: el barco no retrasaba su salida; había sido abandonado. Sintió inquina involuntaria por el chico que iba delante de él y por la mujer enferma; era indigno de la misión que cumplía. Un olor a humedad ascendía a su alrededor; era como si las llamas no hubieran secado aquella parte de la tierra cuando el mundo fue lanzado rodando por el espacio: habían tan sólo absorbido la niebla y las nubes de aquellos parajes espantosos. Empezó a rezar, rebotando con las zancadas del mulo en su vaivén escurridizo; su voz era aguardentosa:

—Que me cojan pronto... Que me cojan pronto.

Había procurado escapar, pero era como el rey de una tribu del África occidental, el esclavo de su pueblo, que ni siquiera puede acostarse cuando los vientos fallan.

Capítulo II
La capital

La patrulla de policía volvía al cuartelillo. Hombres pequeños con misteriosos ojos negros de indio marchaban desharrapados con los fusiles colgados de cualquier modo, con colgajos de algodón que debieran tener botones, y con las polainas caídas sobre el tobillo. La reducida *plaza*, sobre un altozano, se iluminaba con globos en grupos de a tres enlazados por cables aéreos. La Tesorería, la Presidencia, un consultorio de dentista, la cárcel (blanco edificio bajo, con peristilo, que databa de trescientos años), una calle en rápida pendiente y la pared trasera de una iglesia en ruinas: en cualquier dirección que se anduviera inevitablemente se llegaba al agua y al río. Las clásicas fachadas color de rosa se desconchaban mostrando el barro encubierto, y el barro lentamente revertía al barro. Alrededor de la *plaza* continuaba el paseo de la tarde: las mujeres en una dirección, los hombres en la opuesta. Jóvenes con camisas rojas pugnaban tumultuosamente en torno a los puestos de agua mineral.

El teniente marchaba al frente de sus hombres con aire de amargo tedio. Parecía ir unido a ellos contra su voluntad: acaso el chirlo de su mandíbula fuese reliquia de una fuga. Llevaba las polainas y la funda de la pistola lustrosas, y todos los botones cosidos. Su nariz cortante y ganchuda resaltaba en su flaco rostro de bailarín: su limpieza daba una impresión de ambición excesiva en aquella ciudad andrajosa. Un olor acre subía desde el río a la *plaza* y los buitres se apostaban en los tejados bajo la tienda de sus alas negras y ásperas. A veces una cabecita obtusa fisgaba hacia abajo y una garra cambiaba de sitio.

A las nueve y media en punto se apagaron todas las luces de la *plaza*.

Un guardia presentó armas torpemente y la patrulla entró en el cuartel, no esperaban orden alguna, colgaron los fusiles junto al comedor de oficiales, esparciéndose por el patio hacia las hamacas o hacia los *excusados*. Algunos se quitaron las botas de un puntapié y se acostaron. Se descascarillaba el estuco que cubría los muros de la tapia; varias generaciones de policías habían garrapateado mensajes en el jalbegue. Unos cuantos labriegos aguardaban en un banco con las manos entre las rodillas. Nadie les prestaba atención. Dos hombres reñían.

—¿Dónde está el jefe? —preguntó el teniente.

Nadie lo sabía; creían que estaría jugando al billar en cualquier parte de la ciudad. El teniente se sentó con irritación ante la mesa del jefe: detrás de su cabeza dos corazones a lápiz se entrelazaban sobre el estuco.

—Muy bien —dijo—, ¿qué aguardáis? Traed a los detenidos.

Éstos entraron inclinándose, sombrero en mano, uno detrás de otro.

—Fulano de Tal, borracho y alborotador.

—Cinco pesos de multa.

—Pero yo no puedo pagar, su excelencia.

—Entonces que limpie el lavabo y las celdas.

—Fulano de Tal, por estropear un cartel electoral.

—Cinco pesos de multa.

—Fulano de Tal, que llevaba una medalla religiosa bajo la camisa.

—Cinco pesos de multa.

Del servicio se deducía una conclusión: no había nada de importancia. A través de la puerta abierta entraban zumbando los mosquitos.

Se oyó fuera al centinela presentando armas: era el jefe de policía. Entró, garboso, un hombre fornido de cara gorda y colorada, vestido de franela blanca con un sombrero ancho y un cinturón canana con un enorme revólver que rebotaba sobre el muslo. Sostenía un pañuelo junto a la boca: estaba triste.

—Otra vez el dolor de muelas —se lamentó—, ¡dolor de muelas!

—Sin novedad —anunció el teniente con desprecio.

—El gobernador hoy ha vuelto a meterse conmigo —manifestó el jefe, quejoso.

—¿Licor?

—No, por un cura.

—Hace unas semanas que se fusiló al último.

—No lo cree él así.

—La peste del caso es que no tenemos fotografías —dijo el teniente.

Echó una ojeada a la pared, el retrato de James Calver, reclamado por los Estados Unidos por robo en un banco y por homicidio: una cara ordinaria e irregular tomada de frente y de perfil. Descripción enviada a todos los puestos de América Central: la frente estrecha y los ojos fanáticos y fijos. Le miró con pena; era poco probable que le echaran mano, allí en el Sur; le cogerían en algún garito cerca de la frontera. En Juárez, o Piedras Negras, o Nogales.

—Dice que sí, que tenemos fotos —se condolió el jefe—. ¡Mis muelas! ¡Oh, mis muelas! —intentó sacar algo del bolsillo del pantalón, pero se interpuso la funda de la pistola. El teniente se azotaba impaciente las lustrosas botas—. Aquí está.

Gran número de personas sentadas alrededor de una mesa: jovencitas vestidas de muselina blanca; mujeres de edad con el pelo descuidado y expresión cansada; unos cuantos hombres asomados, tímidos y preocupados en el fondo. Los rostros estaban formados por multitud de puntitos: era una fotografía de periódico, una fiesta de primera comunión retratada años atrás. Un mozuelo con alzacuello romano se sentaba entre las mujeres. Se le podía imaginar mimado con menudas delicadezas, acaparado por las mujeres en una atmósfera sofocante de intimidad y respeto. Allí estaba, regordete, con ojos saltones, regocijado con los inocentes chistes femeninos.

—Ésta es de hace años.

—Tiene el aspecto de todos —comentó el teniente.

La fotografía era oscura, pero podía vislumbrarse una mandíbula bien afeitada y empolvada, de excesivo desarrollo para su edad. Las cosas buenas de la vida le llegaban demasiado pronto: el respeto de sus coetáneos, la subsistencia segura. La trivial frase religiosa en la punta de la lengua, la chanza para despejar el camino, la fácil aceptación del homenaje ajeno... En definitiva: un hombre feliz. Un odio instintivo, como el del perro hacia el gato, se agitó en las entrañas del teniente.

—Ya hemos fusilado a seis ejemplares como ése —exclamó.

—El gobernador tiene un informe... Intentó escapar a Veracruz la semana pasada.

—Pero ¿qué hacen los «camisas rojas» que acuden a nosotros?

—Oh, se les escabulló. Suerte que no pudo coger el vapor.

—¿Qué le ocurrió?

—Encontraron su mulo. El gobernador dice que lo quiere tener dentro de este mes. Antes de que empiecen las lluvias.

—¿Cuál era su parroquia?

—Concepción y las aldeas inmediatas. Pero salió de allí hace años.

—¿Tiene algo de particular?

—Puede pasar por *gringo*. Estuvo seis años en un seminario de los Estados Unidos. No sé otra cosa. Nació en Carmen; hijo de un tendero. Eso nos ayuda muy poco.

—Para mí todos se parecen —manifestó el teniente.

Algo que pudiera llamarse horror le agitó al mirar los vestidos de muselina blanca: recordó el olor a incienso de las iglesias durante su infancia, los cirios, la presunción de los hombres revestidos de encajes; las enormes peticiones hechas desde los escalones del altar por hombres que ignoraban el significado de un sacrificio. Los viejos aldeanos, con los brazos en cruz ante las imágenes de los santos; fatigados por la tarea de una larga jornada en las plantaciones, aún se les exprimía para una mortificación adicional. Y el cura circulaba con la bolsa de la colecta, cogiendo sus centavos, prohibiéndoles los pecadillos que daban alegría a su existencia y sin sacrificar nada a cambio, a no ser un poco de complacencia sexual. Y eso era fácil, pensaba el teniente. Él mismo no sentía necesidad de mujeres. Exclamó:

—¡Le echaré mano; es cuestión de tiempo!

—¡Mis muelas! —volvió a gemir el jefe—. Me envenenan toda la vida. Hoy el alivio más largo ha sido de veinticinco minutos.

—Tendrá usted que cambiar de dentista.

—Todos son lo mismo.

El teniente cogió la fotografía y la clavó en la pared. James Calver, ladrón de bancos y homicida, miraba con perfil agrio la fiesta de primera comunión.

—Éste, al menos, es un hombre —pronunció el teniente con aprobación.

—¿Quién?

—El *gringo*.

El jefe observó:

—Ya sabe usted lo que hizo en Houston. Se escapó con diez mil dólares. Hubo dos caballeros muertos.

—¿Caballeros?

—Es un honor, en cierto modo, el tratar con semejante gente.

Dio una palmada furiosa a un mosquito.

—Un hombre como ése —dijo el teniente— no hace verdadero daño. Unos cuantos muertos. Todos hemos de morir. El dinero... alguien tiene que gastarlo. Mayor bien hacemos al coger a uno de éstos.

Sus ideas le prestaban cierta dignidad mientras permanecía de pie en el cuartito enjalbegado, con sus botas lustrosas y su rencor. Había algo desinteresado en su ambición: una especie de virtud en su deseo de atrapar al huésped respetado y meloso de la fiesta de primera comunión.

El jefe aventuró, fúnebre:

—Debe de ser diabólicamente astuto para seguir así años enteros.

—Cualquiera es capaz de hacerlo —contestó el teniente—. En realidad no nos hemos molestado mucho por ellos..., a menos que hayan venido por sí mismos a nuestras manos. ¡Vaya! Podría garantizar la captura de este hombre dentro del mes si...

—¿Si qué?

—Si tuviese autoridad.

—Eso es fácil de decir —manifestó el jefe—. ¿Qué haría usted?

—Éste es un estado pequeño. Al norte las montañas, al sur el mar. Daría una batida como si fuese una calle, casa por casa.

—Oh, parece muy fácil —gimió vagamente el jefe con el pañuelo en la boca.

El teniente dijo de pronto:

—Le diré a usted lo que yo haría. Cogería como rehén a un hombre de cada aldea del estado. Si los aldeanos no denunciasen al cura en cuanto llegase, se fusilaría a los rehenes, y después cogeríamos más.

—Morirían bastantes, por supuesto.

—¿No valdría la pena? —repuso el teniente con cierto alborozo, y continuó—: Librarse para siempre de la gente esa...

—Sabe usted —musitó el jefe señalándose la cabeza—, ahí tiene usted algo.

El teniente caminaba hacia su casa a través de la ciudad.

Toda su vida transcurrió allí: el Sindicato de Obreros y Campesinos fue antes escuela. Él había ayudado a borrar ese recuerdo desdichado. La ciudad entera estaba cambiada: el campo de deportes, de cemento, sobre el altozano próximo al cementerio, donde los columpios de hierro se alzaban como patíbulos a la luz de la luna, ocupaba el antiguo emplazamiento de la catedral. Las nuevas generaciones tendrían nuevos recuerdos: nada volvería a ser como era. Había algo sacerdotal en su andar decidido y vigilante; un teólogo repasando los errores del pasado para volverlos a destruir.

Llegó a su alojamiento. Las casas eran todas de un piso, enjalbegadas, construidas encuadrando pequeños patios con un pozo y algunas flores. Las ventanas que daban a la calle estaban enrejadas. En su cuarto había una cama hecha de cajones de embalaje con un colchón de paja encima, una almohada y una sábana. En la pared, un retrato del presidente y un calendario. Sobre el suelo embaldosado una mesa y una mecedora. A la luz de una vela parecía tan lúgubre como una celda de cárcel o de monasterio.

El teniente sentose en la cama y empezó a quitarse las botas. Era la hora de la oración. Los escarabajos chocaban contra las paredes con restallidos de petardos. Más de una docena se arrastraban por las baldosas con las alas rotas. Se enfurecía al pensar que hubiera todavía gente que creyera en un Dios amante y misericordioso. Existen místicos que dicen estar en comunicación directa con Dios. Él era un místico también, y cuanto había experimentado era el vacío, la certeza absoluta de la existencia de un mundo que muere y se enfría, con seres humanos que evolucionaron desde animales sin objeto ni razón ninguna. Lo sabía.

Se acostó en mangas de camisa y calzones sobre la cama y apagó la vela. El calor se aposentaba en el cuarto como un enemigo. Pero él creía, contra el testimonio de sus sentimientos, en la vacuidad fría de los espacios etéreos. Sonaba una radio en alguna parte: música de Ciudad de México, o quizá de Londres o Nueva York, se filtraba en aquel estado oscuro y despreciado. Ello le parecía una flaqueza: aquélla era su tierra y si pudiese la hubiera rodeado de muros de acero hasta desarraigar de ella todo cuanto le recordase la miseria de que estuvo rodeada su niñez. Necesitaba destruirlo todo: quedar solo, sin recuerdos de ningún género. La vida empezó cinco años atrás.

Yacía de espaldas con los ojos abiertos mientras los escarabajos detonaban en el techo. Recordaba al cura que los «camisas rojas» habían fusilado contra la pared del cementerio, sobre la colina; otro hombrecito gordo de ojos saltones. Era un «Monseñor», y creía que ese título bastaba para protegerle; sentía una especie de desdén por el bajo clero. Sólo en el último momento había recordado aquél sus oraciones. Se arrodilló y le dieron tiempo para un breve acto de contrición. Él lo había observado como mero espectador: el asunto no le concernía directamente. En conjunto habían fusilado a unos cinco curas; dos o tres habían escapado: el obispo estaba en Ciudad de México a salvo y uno se había sometido al decreto del gobernador sobre el casamiento forzoso de los sacerdotes. Ahora vivía cerca del río con su ama de llaves. Por supuesto, era la mejor solución de todas: que diera testimonio vivo de la flaqueza de su fe. Ello demuestra el fraude practicado durante tantos años. Porque si en realidad creyeran en el cielo y el infierno, no les importaría un poco de dolor a cambio de la eternidad... Él, acostado en su duro lecho, envuelto en el calor húmedo y en la oscuridad, no sentía ninguna simpatía por las flaquezas de la carne.

En la estancia trasera de la *Academia Comercial* una mujer leía a su familia. Dos niñas de siete y diez años estaban sentadas en el borde de la cama, y un muchacho de catorce se apoyaba en la pared con cara de intenso fastidio.

> El joven«Juan» —leía la madre—, desde sus más tiernos años fue notable por lo humilde y piadoso. Otros muchachos podían ser ásperos y vengativos; el joven Juan seguía el precepto de Nuestro Señor y presentaba la otra mejilla. Un día su padre creyó que había dicho una mentira y le pegó; más tarde supo que su hijo había dicho la verdad y se excusó. Pero él le dijo: Querido padre, lo mismo que nuestro Padre en el cielo, tiene derecho a castigarnos cuando le place...

El muchacho restregó impaciente la cara contra el encalado, mientras la voz melosa continuaba su lectura. Las dos niñas, sentadas con ojos intensamente atentos, se llenaban de dulce piedad.

No hemos de creer que el joven Juan no jugara ni viviera como los otros niños, aunque a veces se alejaba, con un libro de estampas religiosas, del círculo de sus compañeros de juego, hacia la vaquería de su padre.

El muchacho aplastó un escarabajo con el pie desnudo y pensó tristemente que después de todo cada cosa tiene su final. Algún día llegarían al último capítulo y el joven Juan moriría contra el paredón gritando: «¡Viva Cristo Rey!». Pero entonces, suponía él, empezarían otro libro; todos los meses los traían de contrabando desde Ciudad de México. Si al menos los aduaneros supieran buscar...

No; el joven Juan era un verdadero muchacho mexicano, y si más pensativo que sus compañeros, también era siempre el primero cuando se preparaba una representación teatral. Un día su clase representó una obrita ante el obispo, basada en la persecución de los cristianos primitivos, y ninguno se divirtió más que él cuando le dieron el papel de Nerón. Y qué espíritu cómico puso en su representación aquel niño, cuya juventud viril había de truncarse por causa de un tirano mucho peor que Nerón. Su compañero de clase, que más tarde fue el padre Miguel Serra, S.J., escribe: «Ninguno de los que allí estábamos olvidará jamás aquel día...».

Una de las niñas se lamió los labios con disimulo. Aquello era vida.

Se levantó el telón, apareciendo Juan con el mejor albornoz de baño de su madre, un bigote al carbón y una corona hecha con la lata de una caja de galletas. Hasta el anciano y buen obispo se sonrió cuando le vio avanzar a zancadas hasta el borde del escenario improvisado y empezó a declamar:

El muchacho ahogó un bostezo contra el encalado muro. Inquirió con aburrimiento:

—¿En realidad es un santo?

—Lo será pronto, cuando el Santo Padre lo decida.

—¿Y son todos como éste?

—¿Quiénes?

—Los mártires.

—Sí, todos.

—¿Incluso el padre José?

—No lo nombres —le reconvino la madre—. ¿Cómo te atreves? Ese hombre ruin. Un traidor a Dios.

—Él me ha dicho que era más mártir que los demás.

—Ya te he dicho muchas veces que no le hables. ¡Mi querido niño! ¡Oh, mi querido niño!

—¿Y aquel otro, aquel que vino a vernos?

—No, ése no es, exactamente, como Juan.

—¿Es despreciable?

—No, no. No es despreciable.

La niña menor dijo de pronto:

—Echa un tufillo raro.

La madre continuó la lectura:

—¿Tuvo aquella noche el joven Juan algún presagio de que también él, a los pocos años, se contaría entre los mártires? No podemos saberlo, pero el padre Miguel Serra dice que estuvo arrodillado más tiempo que de costumbre, y mientras sus compañeros le hostigaban un poco, cual muchachos...

La voz seguía incansable, suave y circunspecta, inflexiblemente dulce; las niñas escuchaban atentas forjando en la mente pequeñas sentencias piadosas con que sorprender a sus padres, y el muchacho bostezaba junto a la pared encalada, deseando que terminase la lectura cuanto antes. Todo tiene un fin.

Después la madre fue al encuentro de su marido. Le dijo:

—Estoy muy preocupada por el muchacho.

—¿Y por qué no por las muchachas? Hay preocupación en todas partes.

—Ellas son ya dos santitas. Pero el chico... hace cada pregunta acerca del *pater whisky*... Ojalá nunca hubiera entrado en esta casa.

—Entonces lo hubieran cogido y sería uno de tus mártires. Escribirían un libro sobre él y tú se lo leerías a los chicos.

—¡Ese hombre, jamás!

—Bueno, después de todo —observó el marido—, él sigue aguantando. Yo no creo lo que se escribe en estos libros. Todos somos humanos.

—¿No sabes de lo que me he enterado hoy? Se trata de una pobre mujer que llevó a su hijo para bautizarlo. Ella quería que se llamase Pedro; pero él estaba tan borracho que no se dio cuenta y le puso Brígida. ¡Brígida!

—Bien: es el nombre de una santa.

—Hay ocasiones en que me hace perder la paciencia —rezongó ella—. Y además, el chico ha estado hablando con el padre José.

—Ésta es una ciudad pequeña —repuso el marido—. Y es inútil solicitar destino. Nos han abandonado aquí. Hemos de tirar lo mejor que podamos. En cuanto a la Iglesia..., la Iglesia es el padre José y el *pater whisky.* No conozco a ningún otro. Si la Iglesia no nos gusta, pues tendremos que dejarla.

La observaba con paciencia. Tenía mejor educación que ella: sabía manejar una máquina de escribir y poseía elementos de teneduría de libros. Había estado una vez en Ciudad de México; sabía consultar un mapa. Conocía la magnitud de su abandono: las diez horas río abajo hasta el puerto, las cuarenta y dos por el golfo hasta Veracruz. Ésta era una de las salidas. Hacia el norte los pantanos y ríos se perdían en las montañas que les separaban del estado vecino. Y por el otro lado ningún camino; tan sólo sendas de mulo y algún aeroplano casual e incierto; aldeas indias y cabañas de pastoreo; doscientas millas más allá, el océano Pacífico.

Ella dijo:

—Preferiría morirme.

—¡Oh, desde luego! —asintió él—. Ni que decir tiene. Pero hemos de continuar viviendo.

El anciano estaba sentado sobre un cajón de embalaje en el sórdido patinillo. Era muy gordo y corto de aliento; con el calor, jadeaba un poco como después de un esfuerzo. En otro tiempo tuvo algo de astrónomo, y ahora trataba de distinguir las constelaciones, mirando arriba, al cielo nocturno. Vestía tan sólo camisa y pantalón, llevaba los pies desnudos; pero en sus modales quedaba algo inequívocamente clerical. Cuarenta años de sacerdocio le habían marcado a fuego. Reinaba un silencio completo sobre la ciudad; todo el mundo dormía.

Los mundos rutilantes en el espacio eran como una promesa: la tierra no era todo el Universo. Acaso en alguna parte Cristo no hubiera muerto. No podía creer que para un observador de allá, *este* mundo resplandeciera con tal brillo: rodaría pesadamente por el espacio, envuelto en niebla, como un barco encendido y abandonado. El globo entero iba envuelto en su propio pecado.

Una mujer llamó desde el único cuarto que poseía:

—*José, José.*

Pensó con envidia en los que habían muerto: acabó todo tan pronto... Los habían llevado al cementerio y fusilado contra el muro; en dos minutos se extinguió la vida. Y a eso le llamaban martirio. Aquí la vida seguía y seguía... No tenía más que sesenta y dos años. Acaso viviera noventa: veintiocho más... el mismo período inconmensurable que transcurrió desde su nacimiento hasta su primera parroquia... toda la infancia, la juventud y el seminario estaban comprendidos en él.

—*¡José!* ¡Ven a la cama!

Se estremeció; sabía que era un bufón. Un viejo que se casa ya es grotesco; pero un cura viejo... Se examinó fríamente y pensó que ni siquiera era digno del infierno: no era sino un viejo impotente, ridículo y vituperado entre las sábanas. Pero entonces recordó el don que recibiera y que nadie le podía quitar. Aquello era lo que le hacía digno de condenación: el poder que conservaba de convertir la hostia en carne y sangre de Dios. Era un sacrílego. Dondequiera que fuere, hiciera lo que hiciese, profanaba a Dios. Cierto católico renegado, engreído con la política del gobernador, irrumpió una vez en la iglesia (cuando aún había iglesia) y se apoderó de la Hostia consagrada. La escupió, la pisoteó, y entonces el pueblo lo cogió y lo ahorcó en el campanario, como hacían con el figurón de Judas en Jueves Santo.

«Aquél no era tan mal hombre», pensaba el *padre José;* sería perdonado, no era más que un político; pero él..., él era peor que el otro; era como una pintura obscena colgada de continuo allí para corromper a los niños.

Eructó sobre su cajón de embalar, sacudido por el flato.

—*José,* ¿qué estás haciendo? Ven a la cama.

Nunca había nada que hacer en absoluto. Ni rezo diario, ni misas, ni confesiones, y tampoco había ya oraciones útiles: una oración pide un efecto y él no se proponía ninguno. Hacía dos años que vivía en pecado mortal continuo, sin que nadie le oyera en confesión: nada que hacer más que comer, comer con exceso, pues ella lo cebaba, lo engordaba y lo conservaba como a un verraco de concurso.

—*¡José!*

Un hipo nervioso le sobrevino al considerar que iba a encararse la vez número setecientos treinta y ocho con su áspera ama de llaves: su deber. Allí estaría ella acostada en el amplio lecho de la ignominia que llenaba medio cuarto: una silueta huesuda debajo del mosquitero, una mandíbula larguirucha, una coleta gris raquítica y un gorro absurdo. Ella creía un deber conservar su posición: era pensionista del Gobierno, era la esposa del único cura casado. Estaba orgullosa de serlo.

—*¡José!*

—Ya voy, ¡hip!, amor mío —dijo, levantándose del cajón. Alguien se reía por allá dentro.

Alzó los ojuelos, rojizos como los de un cerdo consciente de que va al matadero. Se oyó el grito de una voz aguda de niño:

—*¡José!*

Miró con extravío alrededor del patio. Desde una ventana con reja, unos chiquillos le observaban con profunda gravedad. Les volvió la espalda y dio un paso o dos hacia la puerta, moviéndose muy despacio a causa de su corpulencia.

—*¡José!* —chilló alguien de nuevo—. *¡José!*

Miró atrás por encima del hombro y sorprendió las caras infantiles expresando un gozo salvaje. Los ojuelos encarnados del *padre José* no mostraron cólera; no tenía derecho a enfadarse. Intentó una sonrisa atontada, rota, dislocada, y cual si aquella prueba de flaqueza les diera la licencia necesaria, se pusieron a berrear sin miramientos:

—*¡José! ¡José!* ¡Ven a la cama!

Las vocecitas desvergonzadas llenaban el patio y él sonreía humilde, iniciaba leves ademanes pidiendo silencio; pero no quedaba respeto para él en ninguna parte: ni en su hogar, ni en la ciudad, ni en el abandonado planeta.

Capítulo III
El río

El capitán Fellows cantaba en voz alta para sí mismo, mientras el pequeño motor de la canoa repiqueteaba en la popa. Su cara grande y quemada por el sol era como el mapa de una región montañosa: manchas de un pardo más o menos oscuro con dos pequeños lagos azules que eran los ojos. Componía las canciones sobre la marcha y su voz era del todo desentonada.

Hacia casa, hacia casa el comer bueno será.
No me gusta la comida en la cruenta *ciudá*.

Pasó de la corriente principal a un afluente.

No me gustan vuestros morros, oh, truchas.
No me gustan vuestros morros, oh, truchas.

Era un hombre feliz.

Los platanares descendían hasta las orillas; su voz retumbaba bajo el duro sol: ella y el golpeteo del motor eran los únicos ruidos. Estaba completamente solo.

Le embargaba una gran corriente de alegría juvenil: el ejercer una tarea viril en el mismo corazón de la Naturaleza.

No sentía obligación hacia nadie. Tan sólo en otro país llegó a sentirse más dichoso y fue en Francia durante la guerra, en los parajes devastados de las trincheras. El afluente serpenteante se convertía en pantano cubierto de maleza y un zopilote con las alas desplegadas se sostenía en el cielo. El abrió una caja y se comió un bocadillo; nunca sabe tan bien el alimento como al aire libre. Un mono lanzó de pronto un aullido a su paso, y eso le hizo sentirse feliz, de acuerdo con la Naturaleza; un amplio parentesco superficial con el mundo entero corría en la sangre de sus venas: estaba en casa dondequiera que estuviese. «Bellaco diablillo —pensó—, bellaco diablillo».

Empezó a cantar de nuevo: una letra de algún otro, un poco embrollada en su memoria benévola y deficiente.

Dadme la vida que amo
que moje el pan en el río,
bajo el cielo ancho y estrellado,
el hogar del cazador que viene del mar...

Las haciendas disminuían y lejos, detrás de los montes que ya se divisaban, dibujábanse negras líneas bajas en el cielo. Unas cuantas chozas con galería se alzaban sobre el barro. Estaba en casa. Una nube muy ligera ensombreció su dicha. Se dijo: «Después de todo, a un hombre le gusta que le den la bienvenida».

Subió hacia su casita porticada; se la distinguía de las demás situadas a lo largo de la orilla por la cubierta de tejas, por un asta sin bandera y por una placa en la puerta con el título: COMPAÑÍA BANANERA DE CENTROAMÉRICA. Dos hamacas colgaban en la veranda, pero no había nadie por las inmediaciones. De todos modos, él sabía dónde hallar a su esposa; no era a ella a quien había esperado. Irrumpió con estrépito por la puerta, gritando:

—¡Papaíto está en casa!

Una cara sobresaltada le atisbó a través del mosquitero; las botas de él pisaban en son de paz; la señora Fellows se escabulló dentro del blanco mosquitero. Él dijo:

—¿No te gusta verme, Trixy?

Su rostro esbozó con rapidez una bienvenida medrosa. Fue como el truco que se hace en la pizarra. Dibujar un perro de una sola línea sin levantar la tiza. La solución, por supuesto, es una salchicha.

—Me alegro de estar en casa —manifestó él, y así lo creía. Era su única convicción firme la de que sus emociones de amor, pesar y odio eran las correctas. Siempre había sido un buen hombre a la hora cero.

—¿Marchan bien tus compañeros?

—Espléndido, espléndido —contestó.

—Yo tuve ayer algo de fiebre.

—¡Ah! Tú necesitas cuidados. Te encontrarás perfectamente ahora que estoy en casa —aseguró con vaguedad. Desechó alegremente el asunto de la fiebre, palmoteando, con risotadas, mientras ella temblaba detrás del mosquitero—. ¿Dónde está Coral?

—Está con el policía.

—Yo esperaba que me saliera al encuentro —repuso él, vagando sin objeto por el cuartito sórdido lleno de hormas de zapato, y de pronto su cerebro retuvo las palabras de su mujer—. ¿Un policía? ¿Qué policía?

—Vino anoche y Coral le dejó dormir en la veranda. Ella dice que ha venido buscando a alguien.

—¡Qué cosa más extraordinaria! *¡Aquí!*

—No es un policía vulgar. Es un oficial. Ha dejado su tropa en la aldea. Lo dice Coral.

—Creo que debiste levantarte —dijo él—. Quiero decir... esos individuos, no puedes fiarte de ellos.

Añadió, nada convencido de lo que decía:

—Ella es una criatura.

—Te digo que tuve fiebre —gimió la señora Fellows—. Me sentía horriblemente mal.

—Te pondrás muy bien. Tan sólo ha sido algo de insolación. Ya verás: ahora ya estoy en casa.

—Tuve tal dolor de cabeza... No podía leer ni coser. Y además, ese hombre...

Siempre tenía el terror a su espalda: se agotaba con el esfuerzo de no mirar atrás.

Disfrazaba su miedo de modo que pudiera verlo en forma de fiebre, ratas, ocio.

La verdad era tabú; la muerte acercándose de año en año en aquel lugar extranjero; todos haciendo el equipaje y partiendo mientras ella permaneció en un cementerio que nadie visitaba, en el fondo de una tumba, bajo tierra.

—Creo que debería ir a ver a ese oficial —musitó él sentándose en la cama y poniendo la mano en el brazo de ella. Ambos tenían algo en común, una cierta cortedad. Él agregó con la mente ausente—: Ya no veremos más al secretario dago* del patrón.

* Dago, calificativo para señalar a cualquiera de raza latina o meridional, español, portugués o italiano.

—¿Adónde ha ido?

—Al otro mundo.

Inmediatamente notó que el brazo de ella se ponía rígido; se apartó de él y se acercó a la pared. Había tocado el tabú. Se dio cuenta de que el lazo que les unía estaba roto sin saber la causa.

—¿Te duele la cabeza, cariño? —inquirió.

—¿No sería mejor que vieras tú al policía?

—¡Oh, sí, sí! Ahora iré.

Pero no se movió: quien entró fue la niña.

Permaneció en el umbral observándolos con aspecto de responsabilidad inmensa. Ante su mirada seria, ellos se convertían en un muchacho del cual no se puede uno fiar y en un espectro que se disiparía con un soplo; un fragmento de aire aterrorizado. Era muy joven, de unos trece años, y a esa edad no se tiene miedo de muchas cosas: vejez y muerte, mordedura de serpiente, fiebre, ratas o mal olor. La vida no la había atacado aún: su aire inexpugnable era falso. Pero ella se había reducido a los términos más concisos, cual si ya lo hubiera hecho: allí estaba todo, pero en sus brazos más tenues. Era lo que hiciera el sol de una chiquilla: reducirla a un armazón. La ajorca de oro en la muñeca huesuda como un candado en una puerta de lona que puede romperse de un puñetazo. Anunció:

—Le he dicho al policía que tú estabas aquí.

—¡Oh, sí, sí! —contestó el capitán Fellows—. ¿No tienes un beso para tu padre?

Ella cruzó el cuarto con solemnidad y le besó formalmente en la frente. Él pudo notar la falta de entusiasmo. La niña tenía otras cosas en que pensar.

—He dicho a la cocinera que mamá no se levantaría para la comida.

—Yo creo que deberías hacer un esfuerzo, querida.

—¿Por qué? —se opuso Coral.

—¡Oh! Bien...

Coral añadió:

—Necesito hablarte a solas.

La señora Fellows se movió dentro del mosquitero; precisamente tenía la certeza de que Coral arreglaría su evacuación definitiva. El sentido común era una cualidad horripilante que no poseyó ella jamás; era el sentido común que decía: «La muerte no puede oír» o «ella no puede ahora enterarse» o «los adornos de estaño son más prácticos».

—No comprendo por qué tu madre no ha de oírlo —objetó el capitán Fellows, inquieto.

—A ella no le interesaría el asunto. No haría más que asustarla.

Coral tenía respuesta para todo; él ya se había acostumbrado a ello. Nunca hablaba sin reflexionar: estaba preparada; pero a veces las contestaciones que tenía dispuestas le parecían a él de una ferocidad...; estaban basadas en la única vida que podía recordar: aquélla. El pantano y los buitres; ningún chiquillo por parte alguna, excepto unos pocos en la aldea con vientres hinchados por las lombrices, que comían basura de la ribera, bestialmente. Se dice que los hijos unen a los padres, y él sentía ciertamente una resistencia enorme en confiarse sólo a la niña aquella cuyas contestaciones podían arrastrarle a cualquier parte. Sintió a través del mosquitero la mano de su esposa que le buscaba en secreto: ellos eran dos adultos, se sentían unidos, y la niña era una extranjera instalada en casa.

Él añadió ruidosamente:

—Nos estás asustando.

—No creo —arguyó la niña con cautela—. Que tú vayas a asustarte.

Él comentó, débil, apretando la mano a su esposa:

—Bien, querida, parece que nuestra hija ha decidido...

—Lo primero tienes que ver al policía. Es preciso que se vaya. No me agrada.

—Entonces tiene que irse, desde luego —asintió Fellows, con risa hueca e insegura.

—Yo se lo dije así. Le dije que no podíamos negarle una hamaca para pasar la noche, puesto que llegaba tan tarde. Pero que ahora debía marcharse.

—¿Y te ha desobedecido?

—Dijo que quería hablar contigo.

—Poco sabe él —exclamó Fellows—, poco sabe él...

La ironía era su única defensa, pero la niña no le comprendió; nada comprendía si no era claro como el alfabeto o una simple suma o una fecha histórica. Abandonó la mano de su esposa y se dejó conducir hacia el sol de la tarde. El oficial permanecía frente a la veranda: una figura olivácea inmóvil. Ni siquiera movió un pie para ir al encuentro del capitán Fellows.

—¿Y bien, teniente? —dijo éste con jovialidad. Se le ocurrió que Coral tenía más de común con el teniente que con él mismo.

—Estoy buscando a un hombre —explicó el teniente—. Se le ha visto en este distrito.

—No puede hallarse aquí.

—Su hija me dice lo mismo.

—Ella sabe lo que dice.

—Se le acusa de cargos muy serios.

—¿Asesinato?

—No. Traición.

—¡Oh, traición! —exclamó Fellows perdiendo todo interés: había tanta traición por todas partes...; era como el hurto en los cuarteles.

—Es un sacerdote. Confío en que usted lo denunciará en cuanto sea visto —el teniente hizo una pausa—. Usted es un extranjero bajo la protección de nuestras leyes. Esperamos corresponda de modo correcto a nuestra hospitalidad. ¿Es usted católico?

—No.

—Entonces, ¿puedo confiar en su informe?

—Lo supongo.

El teniente permanecía allí al sol, como un punto de interrogación amenazador y oscuro; por su actitud parecía indicar que ni siquiera aceptaría de un extranjero el beneficio de la sombra. Pero había usado una hamaca: aquello, suponía Fellows, debía considerarse como una requisa.

—¿Quiere un vaso de *gaseosa*?

—No. No, gracias.

—Bien —suspiró el capitán Fellows—. No puedo ofrecerle nada más, ¿no es cierto? Beber alcohol es también una traición.

El teniente giró de pronto sobre sus talones como si no pudiera soportar por más tiempo su presencia, y se fue dando zancadas por la senda que llevaba a la aldea; las polainas y la pistolera centelleaban a la luz del sol. Se pudo ver que a cierta distancia se detenía para escupir: no había sido descortés, había esperado lo que suponía suficiente para no ser visto antes de descargar su odio y su desprecio por un estilo de vida diferente, por la comodidad, la seguridad, la tolerancia, la complacencia.

—No quisiera tenerlo como enemigo —comentó el capitán Fellows.

—Desde luego, no se fía de nosotros.

—Ellos no se fían de nadie.

—Creo —aventuró Coral— que se ha olido algo.

—Ésos huelen en todas partes.

—Verás, es que yo no le dejé registrar aquí.

—¿Y por qué no? —saltó el capitán Fellows; pero enseguida su mente confusa salió por la tangente—. ¿Cómo se lo impediste?

—Le dije que le soltaría los perros... y que me quejaría al cónsul. No tenía derecho alguno...

—¡Oh, derecho! —repuso Fellows—. Ésos llevan el derecho en la pistola. Ningún mal había en dejarles mirar.

—Yo le di mi palabra.

La niña era tan inflexible como el teniente: menuda, negruzca y desplazada entre los platanares. Su candor no hacía concesiones a nadie; el futuro, lleno de compromisos, ansiedades y bochorno, permanecía del lado de fuera; la puerta que algún día lo dejaría entrar estaba cerrada. Pero en cualquier momento una palabra, un gesto, el acto más trivial, pudiera ser su ábrete sésamo... ¿para qué? El capitán Fellows se sobrecogió de temor; se daba cuenta de que su cariño excesivo le robaba autoridad. Uno no puede regir lo que ama; uno lo observa cuando se arroja con temeridad hacia el puente roto, hacia el carril levantado, hacia el horror de los setenta años futuros... Cerró los ojos (era un hombre feliz) y tarareó una canción.

Coral dijo:

—No me hubiera hecho gracia que un hombre como ése me cogiera... Mintiendo, quiero decir.

—¿Mintiendo? ¡Dios mío! ¿No querrás decir que lo escondes aquí? —exclamó Fellows.

—Desde luego que está aquí —declaró Coral.

—¿Dónde?

—En el hórreo grande —explicó con suavidad—. No podíamos permitir que lo cogieran.

—¿Sabe tu madre algo de esto?

La niña contestó con una probidad asoladora:

—¡Oh, no! No podía fiarme de ella.

Era independiente de ambos: ellos pertenecían al pasado. En un plazo de cuarenta años estarían tan muertos como el perro del año pasado.

—Será mejor que me lo enseñes.

Caminaba despacio; la felicidad se le iba más deprisa que a un hombre desgraciado; éste está preparado siempre. Como ella iba delante con sus trenzas escasas decoradas por el sol, se le ocurrió por vez primera al padre que estaba en la edad en que las mexicanas son aptas para el primer novio. ¿Qué iba a ocurrir? Se acobardaba ante problemas que nunca osó afrontar. Al pasar junto a la ventana de su dormitorio vislumbró una forma flaca, encogida y huesuda, solitaria bajo el mosquitero. Recordó con nostalgia, compadeciéndose de sí mismo, la felicidad del río, la ejecución de su tarea viril olvidado de los demás. Se sintió impotente ante la crueldad infantil de su hija. Ahogó un gemido y dijo:

—No es asunto nuestro el mezclarnos en su política.

—Esto no es política —replicó con suavidad—. No entiendo de política. Mamá y yo estamos estudiando el «Proyecto de Reforma».

Se sacó una llave del bolsillo y abrió el hórreo grande donde almacenaban los plátanos antes de mandarlos por el río hacia el puerto. Resultaba muy oscuro después del cegador sol exterior: algo rebullía en un rincón. Fellows alzó una linterna eléctrica y alumbró a alguien vestido con un traje oscuro destrozado, un hombre pequeño que parpadeaba y necesitaba un afeitado.

—*¿Qué es usted?* —le preguntó.

—Hablo inglés.

Apretaba contra su costado una pequeña caja atada, como si aguardase coger un tren que no debía perder de ningún modo.

—No tiene usted nada que hacer aquí.

—No —reconoció el hombre—. No.

—No tenemos nada que ver con todo eso —continuó el capitán Fellows—. Somos extranjeros.

—Desde luego —admitió el hombre—. Me iré.

Estaba de pie con la cabeza un poco inclinada como un soldado escuchando la decisión de un oficial. El capitán Fellows se aplacó un poco.

—Haría mejor en esperar que oscureciera. No hace falta que le cojan.

—No.

—¿Tiene hambre?

—Un poco. No importa —y añadió con humildad un tanto repulsiva—: Si quisiera usted hacerme un favor...

—¿Cuál?

—Un poco de aguardiente.

—Ya he faltado bastante a la ley por usted —replicó Fellows.

Salió del hórreo a grandes pasos, sintiendo doblemente su tamaño, abandonando la figurilla inclinada en la oscuridad entre los plátanos. Coral cerró la puerta y le siguió.

—¡Qué religión! —abominaba él—. ¡Mendigando aguardiente! ¡Sinvergüenza!

—Pero tú lo bebes a veces.

—Querida —arguyó él—, cuando seas mayor comprenderás la diferencia entre beber un poco de aguardiente después de comer y..., bueno, y necesitarlo.

—¿Le puedo traer un poco de cerveza?

—*Tú* no le traerás nada.

—No hay que fiarse de los criados.

Fellows se sentía impotente y furioso; dijo:

—Ya ves en qué atolladero nos has metido.

Entró en la casa dando tropezones y se metió en el dormitorio, vagando inquieto entre las hormas. La señora Fellows dormía tranquila soñando con casamientos. De pronto pronunció en voz alta:

—¡Mi tren! ¡Cuidado con mi tren!

—¿Qué pasa? —inquirió él, malhumorado—. ¿Qué pasa?

La oscuridad cayó como una cortina; hacía un momento el sol estaba allí, un momento después se había puesto. La señora Fellows despertó a una noche nueva.

—¿Decías algo, querido?

—Eras tú quien hablaba —dijo él—. Algo acerca de un tren.

—Debía de estar soñando.

—Pasará mucho tiempo antes de que haya trenes aquí —repuso él, con satisfacción fúnebre.

Sentose en la cama rehuyendo la ventana: lo que está fuera de la vida, está fuera del recuerdo. Los grillos empezaron a chirriar y más allá de la tela metálica las luciérnagas se movían semejando lámparas diminutas. Puso su pesada mano, requiriendo ser tranquilizada, sobre el cuerpo entre las sábanas y se expresó así:

—No es tan mala esta vida, Trixy. ¿No es así? No es mala vida.

Pero notó que ella se envaraba: el vocablo «vida» era tabú, recordaba la muerte. Trixy apartó de él la cara volviéndose hacia la pared y luego, desesperanzada, deshizo el giro: la frase «volverse de cara a la pared» también es tabú. Yacía presa de pánico mientras los límites de su temor se ampliaban más y más hasta incluir las afinidades y el mundo completo de las cosas inanimadas: era como una enfermedad infecciosa. No podía uno mirar a nada por mucho tiempo sin darse cuenta de que aquello también llevaba en sí el germen...; incluso la palabra sábana. Enseguida la apartó de sí y se lamentó:

—¡Qué calor, qué calor!

El habitualmente feliz y la siempre desdichada, observaban desde la cama cerrarse la noche con recelo. Eran compañeros, aislados del resto del mundo: nada tenía sentido fuera de sus propios corazones; iban como chiquillos en un coche, a través de inmensos espacios, desconocedores de su destino. Él empezó a tararear con animación desesperada una canción de los años de guerra: no quería oír las pisadas que atravesaban el patio inmediato y se dirigían hacia el hórreo grande.

Coral puso en el suelo la pata de pollo y las tortillas y abrió la puerta. Traía una botella de Cerveza Moctezuma debajo del brazo. En la oscuridad se produjo el mismo rebullir de antes: el ruido de un hombre que se asusta.

—Soy yo —dijo ella para tranquilizarlo, pero no encendió la lámpara. Continuó—: Aquí hay una botella de cerveza y algún alimento. La policía ha salido de la aldea hacia el sur. Sería mejor que fuera usted hacia el norte.

Él no pronunció ninguna palabra.

—¿Qué harían con usted si le encontraran?

—Fusilarme.

—Debe de estar muy asustado —comentó ella con interés.

El hombre sondeó el camino a través del hórreo hacia la puerta y la luz pálida de las estrellas, y confesó:

—*Estoy* asustado —y tropezó con un racimo de plátanos.

—¿No puede usted huir del país?

—Lo intenté. Hace un mes. Ya salía el barco y entonces... me mandaron llamar.

—¿Alguien que necesitaba de usted?

—Ni siquiera me necesitaba —contestó él con amargura.

Coral pudo verle la cara en aquel instante, ahora que el mundo miraba bajo las estrellas: era lo que su padre llamaría una cara indigna de confianza.

Dijo él:

—Ya ve usted lo indigno que soy al hablar así.

—¿Indigno de qué?

Él apretó fuertemente su cajita y preguntó:

—¿Podría usted decirme en qué mes estamos? ¿Todavía en febrero?

—No. Estamos a siete de marzo.

—No encuentro a menudo gente que lo sepa. Ello significa otro más, seis semanas, antes de las lluvias. Cuando lleguen las lluvias casi estaré salvado. La policía, comprende usted, no podrá andar por ahí.

—¿Las lluvias le favorecen a usted? —inquirió ella. Tenía un deseo agudo de aprender. El «Proyecto de Reforma», la «Colina de Senlac» y un poco de francés permanecían en su cerebro como un tesoro descubierto. Exigía contestaciones a todas sus preguntas y las absorbía con avidez.

—¡Oh, no, no! Las lluvias representan otros seis meses viviendo como ahora —desgarró el muslo de pollo. Coral podía oler su aliento: era desagradable, como de cosa recalentada con exceso—. Sería mejor que me cogieran.

—Pero eso depende de usted. No tiene más que entregarse —observó ella con lógica.

Él tenía respuestas tan claras y evidentes como las preguntas de ella.

—Existe el dolor. No es posible escoger un dolor como ése. Además, mi deber es procurar que no me cojan. Ya ve usted, mi obispo no está aquí —una extraña pedantería le incitaba a hablar—. Ésta es mi parroquia.

Encontró una *tortilla* y empezó a comerla vorazmente.

La niña manifestó con solemnidad:

—Es un problema.

Oía el gorgoteo de él bebiendo en la botella.

—Procuro recordar lo feliz que era en otro tiempo —una luciérnaga le iluminó la cara como una lámpara y después se apagó: una cara de vagabundo. ¿Qué podría haberle hecho feliz? Añadió—: En Ciudad de México ahora están dando la bendición. El obispo está allí... ¿Imagina usted que él siquiera piensa...? Ni tan sólo saben que yo esté vivo.

Coral repuso:

—Por supuesto, podría usted renunciar.

—No comprendo.

—Renunciar a su fe —aclaró ella, empleando las palabras de su *Historia de Europa.*

Él contestó:

—No es posible. Ni hay manera. Soy sacerdote. No está en mi poder.

La niña escuchaba con intensidad. Se expresó así:

—Como un estigma de nacimiento —le oía chupar en la botella con desespero. Observó—: Creo que podría encontrar el aguardiente de mi padre.

—Oh, no: no debe usted robar —agotó la cerveza, se oyó un largo chiflido en las tinieblas: no debía quedar ni una gota. Exclamó—: He de irme. Enseguida.

—Siempre puede volver.

—A su padre no le agradaría.

—No necesita saberlo —contestó ella—. Yo puedo cuidar de usted. Mi cuarto cae precisamente delante de esta puerta. No tiene usted más que llamar a mi ventana. Quizá —continuó con seriedad— sería mejor tener una contraseña. Ya ve usted, podría llamar algún otro.

Él exclamó con voz horrorizada:

—¿Un hombre...?

—Sí. Una nunca sabe. Otro fugitivo de la justicia.

—Seguramente no sería muy probable —observó él con aturdimiento.

—Esas cosas ocurren —contestó ella con ligereza.

—¿Antes de hoy?

—No, pero es posible que ocurran otra vez. Necesito estar preparada. Tiene usted que llamar tres veces. Dos golpes largos y uno corto.

Él se mofó como un niño:

—¿Cómo da usted un golpe largo?

—Así.

—Oh, ¿usted quiere decir fuerte?

—Yo los llamo golpes largos según el Morse.

Él carecía de la suficiente imaginación. Para cambiar de conversación, dijo:

—Es usted muy buena. ¿Rezará por mí?

—¡Oh!, yo no creo en eso —declaró ella.

—¿En la oración, no?

—Ya ve usted, no creo en Dios. Perdí la fe cuando tenía diez años.

—¡Pero, niña! —exclamó él—. Entonces yo rezaré por usted.

—Puede hacerlo —condescendió ella— si quiere. Si vuelve usted le enseñaré el alfabeto Morse. Le sería de utilidad.

—¿Cómo?

—Si se escondiera usted en las plantaciones yo le podría enviar noticias de los movimientos del enemigo mediante destellos con mi espejo.

Él escuchaba con seriedad.

—Pero ¿no la verán a usted?

—¡Oh!, inventaría una explicación —contestó.

Ella avanzaba con lógica, cada paso a su tiempo, eliminando todas las objeciones.

—¡Adiós, hija mía! —se despidió él.

Se demoraba junto a la puerta.

—Acaso... Ya que a usted no le importan las oraciones, acaso le gustaría. . . Yo sé un buen juego de manos.

—Me gustan los juegos de manos.

—Se hace con naipes. ¿Tiene usted una baraja?

—No.

Él suspiró.

—Entonces, no hay nada que hacer —y disimuló su confusión. Coral olía la cerveza en su aliento—. No podré hacer más que rogar por usted.

—No parece usted asustado —observó ella.

—Un poco de bebida hace maravillas en un hombre cobarde. Con algo de aguardiente, ¡vamos!, desafiaría al diablo.

Tropezó en el portal.

—¡Adiós! —murmuró ella—. Deseo que pueda escapar —un débil suspiro salió de la oscuridad y ella añadió con dulzura—: Si le matan a usted no les perdonaré... jamás.

Estaba dispuesta a aceptar cualquier responsabilidad, la de la venganza inclusive, sin reservas mentales. Ello estaba en su naturaleza.

Media docena de cabañas de barro y zarzos se alzaban en un claro; dos de ellas ruinosas. Unos cuantos cerdos hozaban alrededor, y una vieja llevaba de cabaña en cabaña un ascua, encendiendo fuego en el centro de cada una para llenarla de humo que alejase los mosquitos. Las mujeres vivían en dos de las cabañas, los cerdos en otra; en una de las que estaban todavía en pie, donde se almacenaba el maíz, residían un anciano, un muchacho y una tribu de ratas. El anciano, de pie en el claro, vigilaba la ronda del fuego que revoloteaba por la negrura como un rito repetido a la misma hora durante la vida entera. Pelo cano, hirsuta barba blanca y manos morenas y frágiles como las hojas del año anterior; el viejo producía un sorprendente efecto de permanencia. Viviendo en el límite de la existencia, nada podía cambiar gran cosa en él. Hacía tiempo que era viejo.

El forastero entró en el claro. Calzaba los que habían sido unos zapatos de ciudad, negros y puntiagudos; pero tan sólo quedaba la parte de encima, de modo que, prácticamente, andaba descalzo. Los zapatos eran simbólicos, como los estandartes con telarañas de las iglesias. Llevaba una camisa y unos pantalones negros destrozados, y acarreaba su cajita atada como si fuera un viajero con abono en el ferrocarril. También él casi alcanzaba un estado de permanencia, pero llevaba las cicatrices del tiempo: los averiados zapatos implicaban un pasado diferente, las arrugas de su cara indicaban esperanzas y temores del futuro. La vieja de las ascuas se detuvo entre dos chozas y le observó. El forastero penetraba en el claro con los ojos bajos y la espalda encorvada como si temiera las miradas. El anciano avanzó a su encuentro: le tomó la mano y se la besó.

—¿Pueden dejarme una hamaca para pasar la noche?

—Ah, padre, tendría usted que ir a la ciudad para encontrar una hamaca. Aquí ha de conformarse con lo que haya.

—No importa. Cualquier sitio donde acostarme. ¿Me pueden dar... un poco de alcohol?

—Café, padre. No tenemos nada más.

—Algún alimento.

—No lo tenemos.

—No importa.

El muchacho salió de la choza y les observó; todos observaban. Era como en una corrida de toros: el animal estaba cansado y ellos acechaban el próximo movimiento. No eran duros de corazón; contemplaban el raro espectáculo de alguien en peor situación que la de ellos mismos. El forastero se dirigió renqueando hacia la choza. Dentro, de rodillas para arriba, todo estaba oscuro; no había llama en el suelo, sólo unas brasas mortecinas. El sitio estaba medio ocupado por una muela de maíz y las ratas hacían crujir las secas hojas exteriores. Había una cama de tierra con un colchón de paja encima, y una mesa compuesta de dos cajas de embalaje. El forastero se tumbó, y el anciano cerró la puerta detrás de ambos.

—¿Estamos seguros?

—El muchacho vigilará. Él está enterado.

—¿Me aguardaban ustedes?

—No, padre. Pero hacía cinco años que no veíamos un cura..., algún día tenía que ser.

El cura se durmió con sueño tranquilo, y el anciano, agazapado en el suelo, avivó el fuego soplando. Alguien llamó a la puerta y el cura se incorporó de un brinco.

—No pasa nada —dijo el anciano—. Sólo el café, padre.

Se le acercó: era un café de maíz, de color grisáceo, humeando en un cubilete de hojalata; pero el cura estaba demasiado cansado para beber. Yacía inmóvil de costado. Una rata lo miraba desde las panojas.

—Los soldados estuvieron aquí ayer —manifestó el anciano.

Sopló el fuego; el humo llenó la choza. El cura empezó a toser y la rata se metió en las hacinas, rápida como la sombra de una mano.

—El muchacho no está bautizado, padre —explicó el anciano—. El último cura que estuvo aquí quería dos *pesos*. Yo no tenía más que uno. Ahora sólo dispongo de cincuenta *centavos*.

—Mañana —pronunció abrumado el cura.

—¿Dirá usted misa, padre, por la mañana?

—Sí, sí.

—¿Y la confesión, padre? ¿Nos oirá en confesión?

—Sí, pero antes déjenme dormir.

Volvió la espalda y cerró los ojos para protegerlos del humo.

—No tenemos dinero para darle, padre. El otro sacerdote, el *padre José*...

—Denme alguna ropa entonces —dijo con impaciencia.

—Pero si no tenemos más que lo puesto.

—Coja la mía en cambio.

El viejo murmuró en son de protesta mirando al soslayo lo que el fuego iluminaba del roto traje negro.

—Si es necesario, padre —dijo. Sopló al fuego con sosiego durante unos minutos. Los ojos del cura se cerraron de nuevo—. Después de cinco años hay mucho que confesar.

El sacerdote se incorporó rápidamente.

—¿Qué ha pasado?

—Estaba usted soñando, padre. El muchacho nos avisará si vienen los soldados. Yo tan sólo decía...

—¿No puede dejarme dormir cinco minutos? —se lamentó.

Se tumbó de nuevo. En alguna parte, en una de las cabañas de mujeres, alguien cantaba:

Yo bajé a mi jardín y encontré una rosa...

El anciano dijo muy quedo:

—Sería una lástima si vinieran los soldados antes de que tuviéramos tiempo... semejante peso sobre nuestras pobres almas, padre.

El cura se incorporó apoyando el hombro contra la pared y concedió con furia:

—Muy bien. Empiece. Le confesaré —las ratas peleaban en el maíz—. Diga, pues. No malgastemos el tiempo. Aprisa. ¿Cuándo fue la última?

El viejo se arrodilló junto al fuego mientras al otro lado del claro cantaba la mujer:

Yo bajé a mi jardín y la rosa estaba marchita.

—Hace cinco años —hizo una pausa y sopló al fuego—. Es difícil acordarse, padre.

—¿Ha pecado contra la pureza?

El cura se apoyaba en la pared con las piernas dobladas debajo de él, y las ratas, acostumbradas a las voces, volvían a moverse en el maíz. El anciano escogía sus pecados con dificultad, soplando al fuego.

—Haga un buen acto de contrición —dijo el sacerdote—, y diga..., diga..., ¿tiene usted rosario?, entonces rece los Misterios de Gozo.

Se le cerraron los ojos; lengua y labios farfullaban la absolución, que no acertaba a terminar...

Volvió a despertar sobresaltado.

—¿Puedo traer a las mujeres? —decía el anciano—. Hace cinco años...

—¡Oh, que vengan! ¡Que vengan todas! —gritó el cura con ira—. Soy vuestro servidor.

Se llevó la mano a los ojos y empezó a llorar. El viejo abrió la puerta: fuera, la oscuridad no era completa bajo el arco inmenso del cielo estrellado. Fue a las chozas de mujeres y llamó:

—¡Venid! Tenéis que confesaros. Se trata de una cortesía para con el padre.

Ellas se lamentaron, pues estaban cansadas..., lo harían por la mañana.

—¿Es que le queréis ofender? —protestó él—. ¿Para qué creéis que ha venido? Es un cura muy santo. Allí está, en mi cabaña, llorando por nuestros pecados.

Las sacó a empellones: una tras otra cruzaron el claro hacia la cabaña, y el anciano se quedó abajo en el sendero, de cara al río, en el lugar donde el muchacho vigilaba el vado a causa de los soldados.

Capítulo IV
Los circunstantes

Años hacía que míster Tench no había escrito una carta. Sentado ante la mesa de trabajo chupaba la pluma de acero. Un impulso extraño le había hecho poner en aquella carta lanzada al azar la última dirección que él tuvo en Southend. ¿Quién sabe los que todavía estarían vivos? Intentó empezar: era como romper el hielo en una reunión donde uno no conoce a nadie. Empezó a escribir el sobre:

> «Mrs. Henry Tench, a cargo de Mrs. Marsdyke,
> 3,The Avenue.Westeliff».

Era la casa de la suegra, la dominante y entrometida criatura que le había inducido a establecerse en Southend durante un período funesto. «Ruego se la entregue», escribió. No haría tal si conociera su letra; pero probablemente la tendría olvidada por entonces.

Chupó la pluma entintada. ¿Cómo continuar? Sería más fácil si tuviera otro propósito que el vago deseo de hacer saber a una persona que todavía estaba vivo. Demostraría torpeza con esto si ella se hubiese casado de nuevo; pero en este caso ella no vacilaría en romper la carta. Escribió:

«Querida Silvia», con letra grande, clara e imperfecta, el oído atento a la fundición que ronroneaba sobre el banco. Estaba haciendo una aleación de oro; allí no había establecimientos donde comprar el material confeccionado. Además, éstos no facilitan oro de catorce quilates para trabajos dentales, y él no podía proporcionarse un material más fino.

El engorro consistía en que allí jamás ocurría nada. Su vida era tan sobria, respetable y regular como la misma mistress Marsdyke pudiera exigir.

Echó una mirada al crisol: el oro estaba a punto de mezclarse con la aleación; por tanto, le echó una cucharada de carbón vegetal para proteger la mezcla contra el aire, volvió a coger la pluma y se sentó, embobado ante el papel. No podía recordar claramente a su mujer: tan sólo los sombreros que llevaba. ¡Qué sorprendida quedaría al tener noticias suyas después de tanto tiempo! Tan sólo habían escrito una carta cada uno desde la muerte del chico. Los años, en realidad, no significaban nada para él; pasaban con regularidad y rapidez sin cambiar una sola de sus costumbres. Seis años atrás había intentado marcharse, pero el *peso* bajó de valor a causa de una revolución, y él tuvo que instalarse en el sur. Ahora tenía más dinero ahorrado, pero hacía un mes que el *peso* había vuelto a bajar: otra revolución en algún sitio. No había más remedio que aguardar... Volvió a meterse la pluma entre los dientes, y su memoria se desvaneció en el cuartito caluroso. ¿Por qué escribir, después de todo? Ya no recordaba cómo se le había ocurrido tan extravagante idea. Alguien llamó a la puerta exterior y él dejó la carta sobre el banco, el «Querida Silvia» mirando para arriba, grande, descarado y sin esperanza. La campana de un barco sonaba junto a la orilla del río; era el *General Obregón* de vuelta de Veracruz. Se agitó un recuerdo; fue como si algo vivo y dolorido se moviera en el cuartito delantero entre las mecedoras —una tarde interesante: ¿qué le habría ocurrido cuando...?—. Entonces se esfumó el recuerdo: míster Tench estaba acostumbrado al dolor; era su profesión. Aguardó con cautela hasta que volvieron a llamar a la puerta y una voz dijo:

—*Con amistad* —antes de descorrer el cerrojo y abrir para dar paso a un paciente. No había seguridad en ninguna parte.

El *padre José* franqueó la gran portada clásica que rezaba en letras negras, *Silencio,* en lo que la gente solía llamar el «jardín de Dios». Era aquél un sistema de construir en que nadie se fijaba en la arquitectura de la casa vecina. Los mausoleos de piedra eran de cualquier altura y de cualquier forma: a veces un ángel estaba sobre el tejado con las alas cubiertas de liquen; a veces, a través de una vidriera podían verse algunas flores de metal oxidadas sobre un anaquel; era como asomarse a la cocina de una casa cuyos dueños se acaban de mudar olvidándose de coger los utensilios. Reinaba una sensación de intimidad: uno podía ir a todas partes y verlo todo. De allí la vida se había retirado por completo.

El *padre José* caminaba muy despacio entre las tumbas a causa de su corpulencia; allí le era posible estar solo: no había chiquillos por los alrededores y sentía despertarse en él una sensación de nostalgia preferible a la falta de todo sentimiento. Había enterrado a algunas de aquellas personas.

Sus ojuelos inflamados giraban de aquí para allá. Al rodear la enorme masa gris del panteón de los López, familia de comerciantes que cincuenta años atrás poseía el único hotel de la capital, encontró que no estaba solo. Habían excavado una tumba en el límite del cementerio próximo a la pared. Dos hombres trabajaban con rapidez; a su lado estaban una mujer y un anciano. A sus pies yacía un ataúd de niño. El suelo empapado permitía llegar rápidamente a la profundidad necesaria, pero el hoyo enseguida se llenaba de agua. Por eso, los que tenían dinero construían sus sepulturas sobre el nivel del suelo.

Todos se detuvieron un momento y miraron al *padre José,* el cual torció hacia el panteón de los López como si fuera un intruso. No había señal ninguna de dolor en el día cálido y brillante: un zopilote permanecía sobre un tejado junto al cementerio. Alguien dijo:

—*Padre.*

Éste levantó la mano suplicando, cual si tratara de indicar que no estaba, que se había ido lejos; perdido de vista.

El anciano volvió a decir:

—*Padre José.*

Todos le observaban ávidamente: estuvieron resignados hasta que él apareció; pero ahora estaban ansiosos, exigentes... Se escabulló dándoles un quiebro.

—*Padre José* —repitió el viejo—. ¿Una oración?

Los demás le sonreían, esperando. Estaban acostumbrados a ver morir gente, pero una esperanza imprevista de felicidad había surgido ante ellos; podrían después de aquello presumir de que al menos uno de su familia había sido enterrado con una oración oficial.

—Es imposible —contestó él.

—Ayer fue el día de su santo —dijo la mujer, como si esto modificara el caso—. Tenía cinco años.

Era una de esas mujeres parlanchinas que enseñan a los extraños las fotografías de sus hijos; pero entonces cuanto podía mostrar era un ataúd.

—Lo siento.

El anciano empujó a un lado el ataúd con los pies para poder acercarse más al *padre José;* era pequeño y ligero y acaso no contuviera sino huesos.

—No se trata de un servicio completo, ¿comprende? Tan sólo una oración. Era una niña... inocente.

La palabra sonaba extraña, arcaica y local en la pequeña ciudad de piedra, anticuada como la tumba de los López, propia de allí tan sólo.

—Es contrario a la ley.

—Su nombre —siguió la mujer— era *Anita.* Yo estaba enferma cuando la tuve —explicó como para excusar la fragilidad de la niña que estaba produciendo todos aquellos inconvenientes.

—La ley...

El viejo se llevó un dedo a la nariz.

—Puede usted fiarse de nosotros. No se trata más que de una breve plegaria. Yo soy su abuelo y éstos, su madre, su padre, su tío. Puede usted fiarse de nosotros.

Pero allí estaba la dificultad: no podía fiarse de nadie. Tan pronto como volvieran a su casa, uno u otro empezaría a jactarse. El *padre José* retrocedía sin cesar, agitando sus dedos rollizos, sacudiendo la cabeza, y casi chocó contra la tumba de los López. Estaba espantado y, sin embargo, un curioso orgullo bullía en su garganta, porque se le volvía a tratar como a un sacerdote, con respeto.

—Si pudiera —empezó—, hijos míos...

Súbita e inesperadamente la desesperación cayó sobre el cementerio. Aquella gente se había hecho a perder hijos, pero no a lo que conoce mejor el resto del mundo: ver desvanecerse una esperanza. La mujer empezó a llorar, en seco, sin lágrimas, con el ruido de un animal cogido en la trampa y que implora ser liberado; el anciano cayó de rodillas con las manos extendidas.

—*Padre José* —dijo ella—, no hay ningún otro...

Tenía el aspecto de quien pide un milagro. A él le asaltó una tentación enorme de correr el riesgo y decir una oración sobre la tumba; sentía la fuerte atracción de cumplir con su deber y empezó a trazar el signo de la cruz en el aire; entonces volvió el miedo, como un narcótico. El envilecimiento y la seguridad le aguardaban abajo, junto al muelle: necesitaba marcharse. Cayó desesperadamente sobre las rodillas y les suplicó:

—¡Déjenme solo! —añadió—: Soy indigno. ¿No pueden verlo? Soy un cobarde.

Los dos viejos se miraban cara a cara arrodillados entre las sepulturas, con el pequeño ataúd apartado a un lado como un pretexto. Un espectáculo ridículo. Comprendía que era absurdo: toda una vida de autoanálisis le capacitaba para verse tal como era, gordo, repugnante, viejo y humillado. Fue como si un seductor coro de ángeles se hubiese retirado en silencio dejando oír las voces de los chiquillos en el patio:

—Ven a la cama, *José,* ven a la cama —más agudas y estridentes que nunca. Comprendió que se hallaba en las garras del imperdonable pecado: la desesperación.

Al fin llegó el día bendito —leía la madre en voz alta—, en que terminose el noviciado de Juan. Oh, qué día de gozo fue aquél para su madre y hermanas. Y también un poco triste, porque la carne no siempre puede ser fuerte. ¿Y cómo habían de evitar afligirse un tanto en sus corazones por la pérdida de un hijo pequeño y de un hermano mayor? ¡Ah, si hubiesen comprendido que aquel día ganaban un santo en el cielo para rogar por ellas!

La niña menor inquirió desde la cama:
—*Nosotros,* ¿tenemos todos un santo?
—Por supuesto.
—¿Por qué necesitaban ellas otro santo?
La madre continuó leyendo:

Al día siguiente toda la familia recibió la comunión de manos de su hijo y hermano. Después se despidieron cariñosamente (poco imaginaban que sería por última vez) del nuevo soldado de Cristo y volvieron a su hogar de Morelos. Las nubes ya oscurecen el cielo, y el presidente Calles estaba discutiendo las leyes anticatólicas en el Palacio de Chapultepec. El demonio estaba preparado para el asalto al desgraciado México.

—¿Empezarán pronto los fusilamientos? —preguntó el muchacho, moviéndose inquieto contra la pared.

Su madre prosiguió, implacable:

> Juan, desconocido por todos, excepto por un confesor, preparábase para los malos días futuros con las mortificaciones más rigurosas. Sus compañeros no sospechaban nada, porque él era siempre el corazón y el alma de todas las conversaciones y diversiones, y en la fiesta del fundador de la Orden fue él...

—Ya sé, ya sé —la interrumpió el muchacho—. Representó una comedia.

Las niñas abrieron unos ojos asombrados.

—¿Y por qué no, Luis? —dijo la madre con suave amonestación, con el dedo sobre el libro prohibido. Él le devolvió una mirada cazurra—. ¿Y por qué no, Luis? —repitió ella.

Aguardó un rato, y mientras las niñas observaban a su hermano con horror y admiración, ella siguió leyendo así:

> Fue él quien obtuvo el permiso para representar una obrita en un acto basado en...

—Ya sé, ya sé —alzó de nuevo su voz el muchacho—, en la historia de las catacumbas.

La madre, apretando los labios, continuó:

> ... la historia de los cristianos primitivos. Tal vez recordara aquella ocasión de su niñez en que representó el papel de Nerón ante el anciano obispo, pero esta vez insistió en asumir el papel cómico de un verdulero romano.

—No creo una palabra de todo eso —exclamó el muchacho con furia sombría—, ni una sola palabra.

—¡Cómo te atreves!

—Nadie puede ser tan tonto.

Las niñas, sentadas, inmóviles, abiertos los grandes ojos pardos y piadosos, saboreaban aquel infierno.

—Vete con tu padre.

—Iría a cualquier parte para no oír más esta... esta... —insistía tercamente el chico.

—Dile a él lo que me has dicho a mí.

—Esta...

Dio un portazo tras de sí. Su padre, junto a la ventana enrejada de la *sala,* miraba hacia el exterior. Los escarabajos crepitaban contra la lámpara de petróleo, y se arrastraban con las alas rotas sobre el suelo empedrado. Dijo el muchacho:

—Dice mi madre que le diga a usted lo que le dije a ella: que no creo nada del libro que está leyendo...

—¿Qué libro?

—El libro del santo.

El padre repuso con tristeza:

—¡Oh, eso...! —no pasaba nadie por la calle, no sucedía nada; eran más de las nueve y media y todas las luces estaban apagadas. Él añadió—: Has de hacerte cargo. En cuanto a nosotros, sabes, parece que estamos del otro lado. Ese libro... es como nuestra propia infancia.

—Resulta tan memo...

—Tú no te acuerdas del tiempo en que aquí había iglesia. Yo fui un mal católico, pero la religión significaba... bueno, significaba música, luces, un sitio donde sentarse lejos de este calor...: y para tu madre, bueno, siempre le daba algo que hacer. Si tuviéramos un teatro o lo que fuera en su lugar, no nos sentiríamos tan abandonados.

—Pero ese Juan —reiteró el chico—, parece tan bobo...

—Lo mataron, ¿no es cierto?

—Oh, también a Villa, a Obregón, a Madero...

—¿Quién te ha hablado de ellos?

—Todos nosotros jugamos a eso. Ayer yo fui Madero. Me fusilaron en la *plaza*... la ley de fugas —en alguna parte sonaba un tambor entre las tinieblas; el olor agrio del vino llenaba la estancia: era tan familiar como el hollín en las ciudades—. Lo jugamos a cara o cruz. Me tocó ser Madero; Pedro tuvo que ser Huerta. Huyó a Veracruz río abajo. Manuel lo persiguió: era Carranza.

El padre se sacudió un escarabajo de la camisa, mirando a la calle. Se acercaba un ruido de pasos. Inquirió:

—Supongo que tu madre estará enfadada, ¿no?

—¿Usted no lo está? —preguntó el chico.

—¿Para qué? No es culpa tuya. Nos han abandonado.

Pasaron los soldados, de vuelta al cuartel, por lo alto de la cuesta, cerca de lo que fue catedral. Marchaban sin llevar el paso a pesar del tambor. Parecían desnutridos y poco aguerridos. Pasaron como aletargados por la calle oscura y el muchacho, con ojos exaltados y llenos de esperanza, los estuvo mirando hasta que se perdieron de vista.

La señora Fellows se mecía atrás y adelante, atrás y adelante.

Y de igual modo, Lord Palmerston dijo que si el gobierno griego no hacía justicia a don Pacífico...

La señora anunció:

—Queridita, tengo tanto dolor de cabeza que creo debemos dejarlo por hoy.

—Desde luego. También yo tengo un poco.

—Espero te pase pronto. ¿No te importa llevarte los libros?

Aquellos mugrientos libritos habían llegado por correo procedentes de una empresa de Paterson Row denominada Preceptores Particulares, Sociedad Limitada. Era un curso completo de educación que comenzaba con «Reading Without Tears»* y seguía metódicamente con el Proyecto de Reforma, Lord Palmerston y los poemas de Victor Hugo. Cada seis meses remitían una hoja de examen y la señora de Fellows repasaba laboriosamente las contestaciones y asignaba las notas. Luego las enviaba a Paterson Row, donde semanas después eran archivadas. Una vez se había olvidado de esta obligación, cuando hubo tiros en Zapata, y había recibido un volante impreso que comenzaba: «Muy señor mío: Siento mucho comprobar...». El engorro consistía en que llevaban varios años de adelanto sobre el programa (eran muy pocos los libros que tenía para leer) y de este modo las hojas de examen se retrasaban años enteros. A veces la casa mandaba certificados impresos en relieve, para poner en un cuadro, expresando que la señorita Coral Fellows había pasado con provecho del tercer grado al segundo, firmados con es-

* Aprender a leer sin lágrimas. *(N. del T.)*

tampilla por Henry Beckley, B. A.,* director de Preceptores Particulares, Sociedad Limitada. A veces llegaban breves cartas personales escritas a máquina, con la misma firma en azul, algo emborronada, que decían:

> Querida alumna:
> Creo que debe usted poner más atención durante esta semana a...

Estas cartas llevaban siempre fecha de seis semanas atrás.

—Queridita mía —añadió la señora Fellows—, ¿quieres ir a encargar el almuerzo a la cocinera? Sólo para ti. Yo no puedo comer nada, y tu padre está en la hacienda.

—Mamá —dijo la chica—, ¿crees que hay Dios?

La pregunta sobresaltó a la señora Fellows. Se meció furiosa arriba y abajo y contestó:

—Desde luego.

—Quiero decir el alumbramiento de la Virgen... y todo lo demás.

—¡Qué cosas preguntas, querida! ¿Quién te ha hablado de eso?

—Oh —dijo la niña—, lo he estado pensando; esto es todo.

No aguardó mejor respuesta: sabía muy bien que no la tendría. Siempre fue su tendencia tomar decisiones. Henry Beckley, Bachiller en Artes, había incluido el tema en una de las primeras lecciones. Entonces no le había parecido más

* Bachelor of Arts (Bachiller en Artes). *(N. del T.)*

difícil de aceptar que lo del gigante en la cima de su tallo de habas, y a la edad de diez años había descartado ambas cosas implacablemente. Por entonces empezaba a estudiar álgebra.

—Seguramente no ha sido tu padre...

—Oh, no.

Se puso el casco para el sol y salió al calor llameante de las diez a buscar a la cocinera. Parecía más frágil y más indomable que nunca. Una vez dadas las órdenes fue al almacén a inspeccionar las pieles de caimán clavadas en la pared y después a los establos para ver si los mulos estaban bien cuidados. Llevaba sus obligaciones cuidadosamente, como si fueran loza, a través del patio caldeado. No había pregunta que no pudiera contestar. Los buitres alzaron el vuelo con languidez al acercarse ella.

Volvió a la casa junto a su madre.

—Hoy es miércoles.

—¿Sí, querida?

—¿No ha bajado papá las bananas al muelle?

—¿Cómo quieres que lo sepa, querida?

Volvió deprisa al patio y llamó. Acudió un indio. No, las bananas estaban aún almacenadas; no se había dado ninguna orden.

—A bajarlas —mandó ella—, enseguida, rápido. El barco estará pronto aquí.

Fue a por el libro registro de su padre y contó los racimos a medida que los sacaban fuera; un centenar de bananas o más por racimo, cuyo precio era de unos peniques. Se necesitaron más de dos horas para vaciar el almacén. Alguien tenía que hacer aquel trabajo y ya otra vez su padre se había olvidado del día. Después de media hora empezó a sentirse cansada; no solía fatigarse tan pronto. Se apoyó en la pared, que le abrasó las paletillas. No sentía resentimiento alguno por hallarse allí cuidando de los asuntos de su padre; la palabra «juego» carecía de todo sentido: el conjunto de su vida era adulto. En uno de los primeros libros de lectura de Henry Beckley vio una ilustración con una tertulia de muñecas tomando el té; para ella era tan incomprensible como una ceremonia desconocida: no le encontraba ningún sentido. Cuatrocientos cincuenta y seis. Cuatrocientos cincuenta y siete. El sudor corría continuo por el cuerpo de los peones como una ducha. De pronto sintió un terrible dolor en el vientre, se le pasó por alto una carga y procuró incluirla en sus cálculos: el sentido de la responsabilidad era igual a un peso soportado demasiados años. Quinientos veinticinco. Tuvo dolor de nuevo (esta vez no eran lombrices), pero no se asustó: era como si su cuerpo lo esperara, como si se hubiera preparado para ello, igual que la mente se hace a la pérdida de la ternura. No podía decirse que fuese la niñez que se iba: la niñez era algo de lo que jamás tuvo ella conciencia verdadera.

—¿Ya es el último?

—Sí, *señorita.*

—¿Está usted seguro?

—Sí, *señorita.*

Pero tenía que verlo por sí misma. Jamás le había ocurrido el rehuir una obligación (si ella no lo hacía no lo haría nadie), aunque en aquel momento deseaba acostarse, dormir. Si no salían todos los plátanos era culpa de su padre. Pensó si tendría fiebre: sentía los pies fríos sobre el piso caliente. ¡Bueno!, pensó, y se dirigió pacientemente al hórreo, buscó una lámpara y la encendió. Sí; el lugar parecía vacío, pero ella nunca dejaba las cosas a medio hacer. Avanzó hasta la pared del fondo sosteniendo la lámpara hacia adelante. Rodó una botella vacía; bajó la luz sobre ella: *Cerveza Moctezuma*. Después iluminó la pared: al acercarse vio que muy abajo, cerca del suelo, alguien había garrapateado con tiza una serie de crucecitas ladeadas dentro del círculo de la luz. El forastero debió de estar echado entre los plátanos y, maquinalmente, intentaría distraer su temor escribiendo algo y aquello sería cuanto se le ocurrió. La niña las miró aguantando su dolor de mujer: toda la mañana se veía rodeada de horribles novedades; era como si en aquel día todo fuese memorable.

El jefe de policía estaba en la *cantina* jugando al billar cuando el teniente le halló. Aquél llevaba un pañuelo atado alrededor de la cara con la idea de que le aliviara el dolor de muelas. Ponía tiza en el taco para una jugada difícil cuando el teniente empujó la puerta giratoria. En los estantes sólo había botellas de *gaseosa* y de un líquido amarillo denominado «Sidral», garantizado como no alcohólico. El teniente permaneció en el umbral en actitud de protesta: la situación era innoble; deseaba eliminar del estado todo cuanto suscitara el desprecio de los extranjeros.

—¿Puedo hablar con usted? —preguntó.

El jefe respingó ante un súbito pinchazo de dolor y se dirigió a la puerta con presteza insólita; el teniente miró los tantos marcados con anillas colgadas de una cuerda: el *jefe* estaba perdiendo.

—Ya vuelvo; un momento —dijo éste, y aclaró al teniente—: Casi no puedo abrir la boca.

Cuando ambos empujaron la puerta, alguien alzó un taco y subrepticiamente volvió atrás un tanto del jefe.

Marchaban juntos por la calle: el gordo y el flaco. Era domingo y todas las tiendas cerraban a mediodía: tal era la última reliquia de los tiempos viejos. No sonaban campanas por ninguna parte. El teniente inquirió:

—¿Ha visto usted al gobernador?

—Puede usted hacer lo que quiera —contestó el jefe—, lo que quiera.

—¿Lo deja en nuestras manos?

—Con condiciones —replicó el otro.

—¿Cuáles son?

—Le haré a usted responsable si... no le coge usted antes de las lluvias.

—Mientras no sea responsable de nada más... —repuso el teniente, pensativo.

—Fue usted quien lo pidió. Ya lo tiene.

—Me alegro.

Al teniente le parecía ahora tener a sus pies al único mundo que le importaba. Pasaron ante el nuevo edificio construido para el Sindicato de obreros y Campesinos. A través de la ventana pudieron ver las grandes pinturas murales procaces y hábiles: un sacerdote acariciando a una mujer en el confesionario; otro «empinando el codo» con el vino sagrado...; el teniente comentó:

—Pronto haremos que todo esto sea innecesario.

Miraba las pinturas con ojos de extranjero: le parecían bárbaras.

—¿Por qué? Son... divertidas.

—Algún día llegarán a olvidarse incluso de que hubiese aquí una iglesia.

El jefe no contestó. El teniente comprendió que pensaba: «Cuánto alboroto para nada». Preguntó cortante:

—Bien, ¿cuáles son las órdenes?

—¿Órdenes?

—Mi jefe es usted.

El jefe quedó silencioso: estudiaba discretamente al teniente con ojuelos astutos. Luego se expresó así:

—Ya sabe que me fío de usted. Haga lo que crea mejor.

—¿Me lo quiere decir por escrito?

—Oh, no es necesario. Nos conocemos.

—¿El gobernador no le dio nada por escrito?

—No, dijo que ya nos conocíamos.

Fue el teniente quien cedió, pues en realidad era a él a quien la cosa interesaba. Su porvenir personal le era indiferente. Anunció:

—Cogeré rehenes en todos los pueblos.

—Entonces él no parará en los pueblos.

—¿Se imagina usted que no saben ellos dónde están? —dijo el teniente con amargura—.Tiene que tener algún enlace.

—A su gusto —contestó el jefe.

—Y fusilaré tan a menudo como sea preciso.

El jefe opinó con agudeza ficticia:

—Un poco de sangre no hace daño a nadie. ¿Por dónde empezará usted?

—Creo que por su parroquia, Concepción; y luego, tal vez vaya a su pueblo natal.

—¿Por qué allí?

—Él creerá estar seguro allí —pasadas las tiendas, el teniente prosiguió—: Vale la pena aunque haya unos cuantos muertos; pero ¿cree usted que «él» me sostendrá si se levanta un alboroto en México?

—Eso no es probable, ¿verdad? —dijo el jefe—. Pero es lo que...

Un pinchazo de dolor le detuvo.

—Es lo que yo necesitaba —terminó el teniente por él.

Siguió solo su camino hacia el puesto de policía, mientras el jefe volvía al billar. Había poca gente por la calle; el calor era excesivo. «Si al menos —pensaba— tuviéramos una fotografia decente». Deseaba conocer las facciones de su enemigo. Un enjambre de chiquillos tomaba por suya la *plaza*. Jugaban a algún oscuro e intrincado juego, de banco a banco; una botella de *gaseosa* voló por el aire y se estrelló a los pies del teniente. Se volvió con la mano en la pistolera: sorprendió una mirada de consternación en la cara de un muchacho.

—¿Has tirado tú esa botella?

Los estúpidos ojos oscuros le miraban con cazurrería.

—¿Qué estabas haciendo?

—Era una bomba.

—¿Y me la tirabas a mí?

—No.

—Entonces, ¿a quién?

—A un *gringo*.

—Perfectamente; pero debes apuntar mejor.

Apartó de un puntapié la botella rota y trató de encontrar las palabras que mostrasen a los chiquillos que estaba de su parte. Dijo:

—Supongo que el *gringo* sería uno de esos ricos yanquis que creen... —pero sorprendió una expresión de adhesión en la cara del chico; ello requería corresponder de algún modo y él se dio cuenta de la existencia, en su propio corazón, de un amor triste e insatisfecho. Le ordenó—: Ven aquí —el chico se acercó mientras sus asustados compañeros formaban un semicírculo y observaban a prudente distancia—: ¿Cómo te llamas?

—Luis.

—Bien —carraspeó él sin saber cómo seguir—, has de aprender a tirar con puntería.

El chico contestó con pasión:

—Me gustaría saber.

No quitaba los ojos de la pistolera.

—¿Te gustaría ver mi revólver? —dijo el teniente. Sacó el arma de la funda y la mostró. Los chiquillos se aproximaron con cautela. Él replicó—: Esto es el seguro. Levántalo así. Ahora está dispuesta para hacer fuego.

—¿Está cargada? —preguntó Luis.

—Siempre está cargada.

El chico enseñaba la punta de la lengua. Su boca se llenaba de la saliva que segregaban sus glándulas como si notara el olor de la comida. Ahora todos se habían juntado. Un atrevido alargó la mano y tocó la pistolera. Todos cercaban al teniente, que se sintió rodeado de una dicha insegura cuando colocó el revólver en el costado.

—¿De qué marca es? —preguntó Luis.

—Un Colt del treinta y ocho.

—¿Cuántos cartuchos?

—Seis.

—¿No has matado a nadie con él?

—Todavía no —contestó el teniente.

El interés les suspendía el aliento. El teniente, con la mano en la pistolera, observaba los ojos pardos atentos y pacienzudos. Luchaba precisamente por ellos; quisiera eliminar de su infancia cuanto le hiciera a él desgraciado, todo lo que fuera pobre, supersticioso y corrupto. Se merecían nada menos que la verdad; un universo despejado y un mundo refrescante; el derecho de ser felices en cualquier orientación que eligieran. Estaba del todo dispuesto a hacer una carnicería en provecho de esos niños: primero la Iglesia, después los extranjeros, después los politicastros; hasta a su propio jefe tendría que llegar algún día. Desearía empezar de nuevo el mundo con ellos, en un desierto.

—¡Oh! —dijo Luis—, yo quisiera..., yo quisiera... —como si su ambición fuese demasiado vasta para definirla.

El teniente extendió la mano en ademán afectuoso. Una caricia... No sabía cómo hacerla. Le pellizcó una oreja al chico y le vio hacer un gesto de dolor. Se dispersaron como pájaros y él siguió solo, a través de la plaza, hacia el puesto de policía; una figura de odio portadora de un secreto de amor. En la pared del despacho, el bandido, de perfil, aún miraba obstinado hacia la fiesta de primera comunión. Alguien había rodeado con tinta la cabeza del cura para destacarla de las caras de las muchachas y mujeres: la insoportable sonrisa destacaba bajo una aureola. El teniente llamó con furia hacia el *patio.*

—¿No hay nadie aquí?

Después se sentó al escritorio mientras se aproximaba el rumor de las culatas de los fusiles restregándose en el suelo.

Segunda parte

Capítulo I

De pronto, la mula en que iba sentado el cura se sentó. No era raro, pues estaban marchando a través de la selva desde hacía más de doce horas. Se dirigían al oeste cuando les llegaron noticias de soldados por esa zona y torcieron hacia el este. En esta dirección los «camisas rojas» ejercían gran actividad, así que cambiaron nuevamente hacia el norte, vadeando los pantanos y sumergiéndose entre las sombrías caobas. Ahora estaban los dos cansados y la mula se sentó, simplemente. El cura bajó de ella gateando y empezó a reír. Se sentía feliz. Ésa es una de las revelaciones extrañas en tal clase de vida; un hombre, a pesar de padecerla, tiene momentos de alborozo; siempre halla comparaciones con tiempos peores. Hasta en el peligro y en la miseria el péndulo oscila.

Salió con cautela del recinto arbolado y entró en un claro pantanoso; todo aquel estado era igual: río, selva y pantano. Se arrodilló bajo la declinante luz solar y se lavó la cara en un charco sucio que reflejó, como un cacharro vidriado, su semblante barbudo y hundido; fue la cosa tan inesperada, que hizo una mueca con una sonrisa tímida, evasiva, retorcida, de hombre cogido en el garlito. En otros tiempos ensayaba con frecuencia los ademanes ante el espejo durante un largo rato, de modo que llegó a conocer su propia fisonomía tan bien como un actor. Era una especie de humildad; su cara natural no le parecía conveniente. Era la cara de un bufón, buena para dirigir bromas inocentes a las mujeres, pero inadecuada para el antepecho del altar. Había procurado cambiarla y, ciertamente, pensaba, lo había logrado; jamás le reconocerían ya, y el regocijo volvió a él como un sabor de aguardiente, prometiéndose temporal alivio contra el miedo, la soledad y una porción de cosas más. La presencia de los soldados le había llevado al lugar donde más deseaba estar. Lo había evitado durante seis años; pero ahora no era culpa suya, le habían obligado a volver allí; no podía considerarse un pecado. Volvió a la mula y le dio puntapiés suaves.

—¡Arriba, mula, arriba!

Era un hombrecillo macilento, vestido con ropas destrozadas de paisano, dirigiéndose, por vez primera después de muchos años, como un hombre vulgar cualquiera, a su propia casa.

En todo caso, aunque hubiera podido ir hacia el sur evitando la aldea, el no hacerlo constituiría tan sólo una capitulación más. Los años anteriores estaban sembrados de claudicaciones parecidas: las fiestas de guardar, los ayunos y abstinencias fueron los primeros desatendidos, después no se había preocupado más que de tarde en tarde por el rezo de su breviario, el cual, por fin, había abandonado y perdido en uno de sus periódicos intentos de fuga. Luego la piedra de altar se volvió harto peligrosa para ser acarreada. No debía decir misa sin ella; probablemente se exponía a una suspensión de licencias, pero las penas eclesiásticas empezaban a parecer irreales en una situación donde la única pena subsistente era la civil de muerte.

La rutina de su vida había reventado como un dique y el olvido llegó con su gorgoteo, borrando unas cosas y otras. Cinco años atrás había dado paso a la desesperación (el pecado imperdonable) y ahora consideraba la pasada escena de su desespero con curiosa despreocupación. Porque también había pasado por encima de la desesperanza. Era un mal sacerdote, lo sabía: un *pater whisky,* mote puesto a los de su clase; pero el chorreo de sus culpas caía fuera de la vista y del entendimiento, en algún lugar donde las acumulaba en secreto: el vertedero de sus caídas. Alguna vez, suponía él, llegarían a obturar la fuente de la gracia. Hasta entonces seguiría tirando, con períodos de temor y de cansancio; con vergonzosa ligereza de corazón.

La mula chapoteó por el calvero y ambos volvieron al arbolado. El haber cesado en la desesperación no significaba, por supuesto, que no estuviese condenado; suponía simplemente que después de cierto tiempo el misterio se había hecho demasiado grande. Un condenado que ponía a Dios en la boca de los demás hombres resulta un extraño servidor del diablo. Tenía la mente llena de una mitología simplificada: Miguel, revestido de coraza, mataba al dragón, y los ángeles caían por el espacio cual cometas de flamantes cabelleras porque tuvieron celos —según ha dicho uno de los padres— de lo que Dios destinaba a los hombres: el privilegio enorme de la vida, de esta vida.

Se notaban señales de labranza: tocones de árbol y cenizas de hoguera donde se había desmochado el terreno para sembrar la cosecha. Dejó de azuzar a la mula. Sentía una rara ansiedad.

Salió una mujer de una cabaña y le observó subiendo remolón el sendero en su mula cansada. La pequeña aldea, cuyas casas no pasarían de dos docenas alrededor de una *plaza* polvorienta, fue construida según el modelo corriente; pero era un modelo muy unido a su corazón. Se sentía tranquilo, estaba seguro de ser bien recibido, pues en aquel lugar residía al menos una persona en la que podía confiar y que no le delataría a la policía. Cuando ya estuvo muy cerca, la mula volvió a sentarse, y esta vez el hombre, para zafarse, tuvo que rodar por el suelo. Se puso de pie y la mujer le miró como a un enemigo.

—¡Ah, María! —dijo—. ¿Cómo estás? —no la miraba de frente: sus ojos eran tímidos y cautos—. ¿No me has reconocido?

—Ha cambiado usted —contestó ella, observándole de pies a cabeza con un cierto desdén—. ¿Cuándo se procuró usted esa ropa? —inquirió.

—Hace una semana.

—¿Qué hizo usted con la suya?

—La cambié por ésta.

—¿Por qué? Era un traje muy bueno.

—Estaba muy andrajoso... y llamaba la atención.

—Yo lo hubiera remendado y escondido bien. Es un gran derroche. Tiene usted el aspecto de un hombre ordinario.

Él sonrió, mirando al suelo, mientras ella le reñía como un ama de llaves: precisamente así era en tiempos pasados cuando había presbiterio y reuniones de las Hijas de María» y de todas las hermandades de la parroquia, excepto, claro es, que... Sin mirarla, preguntó suavemente:

—¿Cómo está Brígida? —y el corazón le saltó al nombrarla. Un pecado puede tener enormes consecuencias: él llevaba seis años fuera de su... hogar.

—Está bien, como todos nosotros. ¿Qué creía usted?

Ya tenía él una satisfacción: estaba relacionada con su crimen. No era de su incumbencia el sentir placer por nada que se refiriera al pasado.

Pronunció maquinalmente:

—Está bien —y mientras latía su corazón con amor secreto y aterrador, añadió—: Estoy muy cansado. La policía andaba cerca de mí por Zapata...

—¿Por qué no se fue usted por Monte Cristo?

Levantó la vista con ansiedad. Aquélla no era la bienvenida que esperaba; un corrillo de gente se había reunido entre las cabañas y le observaba a prudente distancia. Había un templete para la música algo deteriorado y un solo tenderete para las *gaseosas*. La gente había sacado las sillas a la calle para pasar la velada. Nadie se adelantó para besarle la mano y pedirle la bendición. Era como si hubiese descendido, gracias a su pecado, a la lucha humana para aprender otras cosas además del amor y de la desesperación: que un hombre puede ser mal recibido incluso en su propia casa. Contestó:

—Allí estaban los «camisas rojas».

—Bueno, padre —dijo la mujer—, no le podemos echar a usted. Mejor hubiera sido que pasara de largo.

La siguió dócilmente pisándose los largos pantalones de peón, la dicha se borró de su cara y en ella quedó olvidada una sonrisa, se sentía como el superviviente de un naufragio. Había siete u ocho hombres, dos mujeres, media docena de chiquillos: pasó entre ellos como un mendigo. No pudo menos de recordar la vez anterior..., la conmoción, las calabazas de vino que salían de los escondrijos cavados en la tierra... Su culpa todavía era entonces reciente y, sin embargo, ¡cómo le habían agasajado! Fue como si regresara uno de ellos a su corrompida cárcel, un emigrado enriquecido de vuelta a su lugar natal.

—Éste es el padre —dijo la mujer.

Tal vez todo era debido a que no le habían reconocido, pensó, y aguardó sus saludos. Se adelantaron de uno en uno a besarle la mano, retrocediendo después y quedándose para observarlo.

—Me alegro de veros...

Iba a llamarles hijos míos, pero le pareció que tan sólo el hombre sin hijos tiene derecho a llamar hijos suyos a los extraños. Los chiquillos ya estaban llegando, uno a uno, a besarle la mano empujados por sus padres. Eran harto jóvenes para recordar los tiempos en que los sacerdotes vestían de negro y llevaban alzacuello romano y tenían las manos suaves, autoritarias y condescendientes. Pudo verles desconcertados por aquella muestra de respeto a un labriego como sus padres. No les miró de frente, pero los estuvo observando de cerca de todos modos. Dos eran niñas; una pequeñita de rostro descolorido, ¿de cinco, seis, o siete años?, no podría decirlo; y otra a la que el hambre había aguzado con una apariencia de diablura y malicia excesivas para su edad. A los ojos de la niña asomaba ya la mujer. Los miró a todos mientras se dispersaban: sin decir nada; eran extraños.

Uno de los hombres preguntó:

—¿Estará usted mucho tiempo, padre?

Contestó:

—Creo, acaso... que podría quedarme... unos cuantos días.

Otro aventuró:

—¿No podría usted irse un poquitín más al norte, padre: a Pueblito?

—Hemos andado doce horas el mulo y yo.

La mujer, de pronto, habló por él, airada:

—Por supuesto que se quedará aquí esta noche. Es lo menos que podemos hacer.

Él anunció:

—Diré la misa para ustedes mañana por la mañana.

—Y pareció cual si les ofreciera un soborno, pero con moneda que casi podía pasar como robada a juzgar por su expresión de rechazo y repugnancia.

Alguien pidió:

—Si no le importa, padre, que sea muy temprano..., aún de noche si es posible...

—Pero ¿qué os pasa a todos? —exclamó—. ¿Por qué tenéis miedo?

—¿No se ha enterado...?

—¿Enterado?

—Ahora cogen rehenes en todos los pueblos donde creen que ha estado usted. Y si la gente no le denuncia..., pues fusilan a uno... y después cogen a otro rehén. Así ocurrió en Concepción.

—¿Concepción? —uno de sus labios empezó a temblar, arriba y abajo, horror y desesperación—. ¿A quién? —le miraron atontados. Él repitió—: ¿A quién asesinaron?

—A Pedro Montes.

Aulló sordamente como un perro; abreviatura absurda del dolor. La niña envejecida se rió. Gritó él:

—¿Por qué no me cogen a mí? ¡Badulaques! ¿Por qué no me cogen a *mí*?

La niña volvió a reírse. Él la miró con la vista extraviada, como si pudiera oírla pero no verle la cara. La felicidad moría de nuevo antes de llegar a respirar; el cura se sentía como una mujer con un aborto: lo enterraba deprisa, lo olvidaba y vuelta a empezar. Tal vez el próximo viviría.

—Ya ve usted, padre —dijo uno de los hombres—, por qué...

Él se sentía como un culpable ante los jueces. Preguntó:

—¿Preferirías que yo fuera como... como el *padre José* de la capital...? ¿Habéis oído hablar de él?

Respondieron sin convicción:

—Desde luego que no, padre.

—¿Pero qué estoy diciendo? No se trata de lo que vosotros queráis o de lo que quiera yo —añadió bruscamente, con autoridad—. Ahora quiero dormir... Me podéis despertar una hora antes de amanecer... Media hora para confesar... y después la misa, y me marcharé enseguida.

Pero ¿adónde? No habría en todo el estado un pueblo donde no resultara un peligro indeseable.

La mujer le guió.

—Por aquí, padre.

La siguió a su cuarto pequeño con muebles construidos de cajones de embalaje: una silla, una cama de tablas clavadas y cubierta con un jergón de paja, un cacaxtle sobre el que habían extendido un mantel, y sobre éste un quinqué de petróleo. Él dijo:

—No quiero sacar a nadie de este cuarto.

—Es el mío.

La miró con aire dudoso.

—¿Dónde dormirás tú?

El hombre temía que ella hiciera valer sus derechos. La observaba con disimulo. ¿El matrimonio no era más que aquello: la duda, el recelo y el desasosiego? Cuando la gente se confesaba con él y hablaba de pasión, ¿era todo esto lo que quería decir: el lecho duro, la mujer atareada y el no hablar del pasado...?

—Dormiré cuando usted se haya marchado.

La luz disminuía detrás del bosque y las largas sombras de los árboles señalaban hacia la puerta. El cura descansaba en la cama y la mujer se ocupaba en algo fuera de su vista: la oía restregando los pies por el piso de tierra apisonada. No podía dormir. ¿Su deber, entonces, era la huida? Varias veces intentó escapar, pero siempre se lo habían impedido... Ahora quisieran ellos que se fuera. Nadie le detendría diciéndole que había una mujer enferma o un hombre moribundo. Ahora la enfermedad era él.

—María —llamó—, María, ¿qué haces?

—He ahorrado un poco de aguardiente para usted.

Reflexionaba: «Si me voy encontraré otro sacerdote, me confesaré, tendré contrición y seré perdonado. Una vida eterna empezará de nuevo para mí. La Iglesia enseña que el primer deber de los hombres es salvar su propia alma». En su cerebro se agitaban las ideas sencillas de cielo e infierno: la existencia sin libros, sin contacto con personas educadas, el más simple esquema del misterio.

—Aquí está —dijo la mujer, ofreciéndole una botella de medicina llena de licor.

Si se marchaba, todos quedarían a salvo y además se librarían de su ejemplo: era el único sacerdote que los niños podían recordar. Tendrían que tomar de él sus ideas acerca de la fe. Pero también de él recibían a Dios, en la boca. Cuando se hubiese marchado sería como si Dios, en todo aquel espacio entre el mar y las montañas, hubiera dejado de existir. ¿No sería su deber quedarse, aunque le despreciasen, aunque fuesen asesinados por su causa, aunque les corrompiese su mal ejemplo? Le perturbaba la enormidad del problema; yacía con las manos sobre los ojos: en ninguna parte, en toda la llanura pantanosa, había una sola persona a quien consultar. Se llevó a la boca la botella de aguardiente.

Preguntó con timidez:

—Y Brígida... ¿Está bien?

—Acaba usted de verla.

—No.

No podía creer que no la hubiese reconocido. Era la publicidad de su pecado mortal: no es posible hacer una cosa semejante y luego ni siquiera reconocerla...

—Sí, allí estaba —María se asomó a la puerta y llamó—: ¡Brígida! ¡Brígida!

Y el cura se volvió de costado, y vio llegar, sobre el paisaje exterior de terror y lujuria, aquella chiquilla maliciosa que se había reído de él.

—Ve, háblale al padre —le ordenó María—. Anda.

Él hizo ademán de esconder la botella de aguardiente, pero no había dónde, por lo que procuró achicarla bajo sus manos, observando a la niña, sintiendo la conmoción del amor humano.

—Sabe el catecismo —dijo María—, pero no quiere decirlo...

La niña permanecía de pie, mirándole con sutileza y menosprecio. Sus padres no pusieron ningún amor en concebirla. Tan sólo el temor, la desesperación, media botella de aguardiente y la sensación de soledad le habían conducido a él a un acto que le horrorizaba; y el resultado fue aquel importante amor inquieto y vergonzoso. Dijo:

—¿Por qué no? ¿Por qué no quieres decirlo? —dirigiéndole miradas furtivas sin buscar nunca las de ella, sintiendo latir el propio corazón en la respiración desigual como una vieja bomba aspirante, con el deseo desesperado de salvarla a ella de todo.

—¿Por qué habría de decirlo?

—A Dios le place.

—¿Cómo lo sabe usted?

Se daba cuenta de su carga inmensa de responsabilidad, la cual no era discernible del cariño. Esto, pensaba, debe de ser lo que sienten todos los padres: los hombres corrientes pasan por la vida de este modo, rechazando esa carga para librarse del dolor, del miedo... De esto nos libramos sin ningún coste, sacrificando un impulso del cuerpo sin importancia. Durante años, por supuesto, le cupo la responsabilidad por las almas; pero aquello era diferente... Mucho más fácil. Puede uno confiar en la indulgencia de Dios, pero no fiarse de las viruelas, del hambre, de los hombres.

—Querida mía —pronunció apretando la mano sobre la botella.

La había bautizado durante su visita anterior, siendo ella como una muñeca pingajosa con cara de vieja arrugada;

parecía improbable que durase mucho... No había sentido él sino pesar: es difícil avergonzarse siquiera cuando nadie le reprocha a uno. Era el único sacerdote que la mayoría del pueblo había conocido; para ellos daba la pauta del sacerdocio. Incluso para las mujeres.

—¿Es usted el *gringo*?

—¿Qué *gringo*?

La mujer explicó:

—¡Qué criatura más tonta! Es que la policía estuvo buscando a un hombre.

Al cura le pareció raro saber que buscasen a uno distinto a él.

—¿Qué ha hecho?

—Es un yanqui. Asesinó a algunas personas en el Norte.

—¿Y por qué había de estar aquí?

—Creen que se dirige a Quintana Roo; hacia las plantaciones de *chiceli*.

Allí era donde terminaban muchos criminales de México; podían trabajar en un ingenio y ganar buen jornal sin que nadie se inmiscuyera.

—¿Es usted el *gringo*? —repitió la niña.

—¿Tengo aspecto del asesino?

—No lo sé.

Si salía del país la tendría que dejar también a ella, abandonarla. Le preguntó a la mujer con humildad:

—¿Podría quedarme unos días aquí?

—Es demasiado expuesto, padre.

Echó una mirada a los ojos de la pequeña, que le amedrentaban; de nuevo parecía tener delante a una niña hecha mujer antes de tiempo, maquinando planes, demasiado consciente. Era como si viera su propio pecado mortal sin contrición que le mirase. Intentó hallar algún contacto con la niña y no con la mujer:

—Querida mía, dime cuáles son tus juegos...

La niña lanzó una risotada. Él apartó rápidamente la vista y miró al techo, donde se movía una araña. Recordaba un proverbio (surgía de lo recóndito de su propia infancia, su padre lo solía decir): «El mejor olor es el del pan, el mejor sabor el de la sal, el mejor amor el de los niños». Disfrutó de una infancia feliz, excepto en lo de carecer de muchas cosas y odiar la pobreza como un crimen: se había figurado que cuando llegase a sacerdote sería rico y respetado; a esto se llamaba tener vocación. Pensaba en la distancia inconmensurable que recorre un hombre desde la primera curda hasta la cama aquella donde yacía agarrado al aguardiente. La risotada de la niña y el primer pecado mortal estaban más juntos que dos parpadeos de un ojo. Extendió la mano como si pudiera separar por fuerza a la niña de... alguna cosa; pero no tenía poder; el hombre o la mujer destinados a corromperla del todo, acaso no habían nacido todavía: ¿cómo guardarla contra lo inexistente?

La niña comenzaba donde él no podía alcanzar. Y comenzó por sacarle la lengua.

Exclamó la madre:

—¡Cómo! ¡Tú, diablillo! —y levantó la mano.

—No —se apresuró el sacerdote—. No —gateó hasta quedar sentado—. No te atrevas.

—Soy su madre.

—No tenemos ningún derecho —se puso en pie. Se dirigió a la niña—: Si al menos tuviera una baraja, podría enseñarte un par de juegos de mano. Y tú se los enseñarías a tus amigos... —nunca supo cómo hablar a los niños, excepto desde el púlpito. Ella le miraba con insolencia. Añadió él—: ¿Sabes transmitir mensajes con golpecitos: corto, largo, corto, largo...?

—¿A que viene esto, padre? —exclamó la mujer.

—Es un juego de niños. Ya lo sé —le preguntó a la niña—: ¿Tienes amistades?

Ella rompió a reír de nuevo con malicia. Aquel cuerpecito de seis años era como el de una enana: encubría una madurez repugnante.

—¡Fuera de aquí! —le ordenó la madre—. ¡Vete, antes de que yo te enseñe...!

Ella hizo un último gesto procaz y malicioso y desapareció. Tal vez para siempre, en cuanto a él concernía. No siempre se dice adiós a los seres queridos junto a un lecho de muerte en una atmósfera de paz y de incienso. Exclamó:

—Pensaba en lo que «nosotros» podemos enseñarle...

Cavilaba sobre su propia muerte y sobre la vida que continuaría para ella. Tal vez el infierno, para él, sería contemplarla alcanzándole, degradándose gradualmente, compartiendo las flaquezas transmitidas por él, como una tuberculosis... Se acostó de espaldas y desvió la cara de la luz declinante; parecía dormir, pero estaba desvelado. La mujer se afanaba en pequeñas tareas, y a medida que se ponía el sol salieron los mosquitos, como cuchillos lanzados por un marinero.

—Le pondré un mosquitero, padre.

—No, no hace falta.

Durante los últimos diez años había tenido fiebre más veces de lo que podía recordar; ya no se preocupaba. La fiebre venía, se marchaba y todo quedaba igual; formaba parte de su ambiente.

Al poco rato salió ella de la cabaña y él oyó la voz que comadreaba fuera. Le asombraba y le aliviaba un poco el carácter acomodaticio de María. Una vez, durante cinco minutos, siete años atrás, habían sido amantes, si es que puede darse tal nombre a una situación en la que ella no le llamó jamás por su nombre de pila; para ella no fue sino un incidente, un rasguño que se cura por completo en la carne sana. Incluso la enorgullecía el haber sido la mujer del cura. Tan sólo él llevaba una herida que le hacía pensar que se había acabado el mundo.

Fuera estaba oscuro: aún no había señales del alba.

Apenas dos docenas de personas sentábanse en el suelo terroso de la cabaña más grande oyéndole predicar. El no podía verlos con precisión: los cirios colocados sobre una caja de embalaje despedían un humo vertical y espeso; la puerta cerrada impedía las corrientes de aire. Hablaba del cielo, vestido con los pantalones andrajosos de peón y la camisa rota, de pie entre los feligreses y las luces. Aquéllos refunfuñaban y se movían inquietos. El cura comprendía que estaban deseando que acabase la misa: le habían despertado muy temprano porque había rumores de policía...

Les decía:

—Un santo Padre nos ha enseñado que la alegría está condicionada al dolor. El dolor es una parte de la alegría. Cuando tenemos hambre pensamos en lo que disfrutaríamos al fin con el alimento. Cuando tenemos sed... —se detuvo de pronto, hundiendo la mirada en las sombras, esperando la risa cruel que no llegaba. Continuó—: Renunciamos a muchas cosas para podernos luego regocijar. Habréis oído hablar de los ricachos del Norte, que comen alimentos salados para tener sed... y luego disfrutar de lo que ellos llaman el cóctel. Antes del matrimonio, también está el largo noviazgo...

Volvió a detenerse. Sentía su propia indignidad como un peso en la base de la lengua. En el intenso calor nocturno un cirio doblado olía a cera caliente. La gente se removía en la sombra sobre el duro suelo. El olor de seres humanos sin lavar luchaba con el de la cera. Él gritaba, obstinado, con voz autoritaria:

—Por esto, yo digo que el cielo está aquí, esto es parte del cielo, lo mismo que el pan es parte del placer —añadió—: Pedid sufrir más cada día. No os canséis jamás de sufrir. La policía que os vigila, los soldados que os cobran impuestos, los azotes del jefe que siempre recibís porque sois demasiado pobres para poder pagar, las viruelas y la fiebre, el hambre... Todo esto forma parte del cielo; es la preparación. Acaso sin esto, ¿quién sabe?, no gozaríais tanto del paraíso. No sería completo. ¿Y el cielo? ¿Qué es el cielo?

Su lengua trabucaba frases literales de lo que ahora tenía por otra vida, la vida escrupulosa y tranquila del seminario: nombres de piedras preciosas, la Jerusalén Áurea. Pero aquella gente no había visto el oro jamás.

Siguió farfullando un poco.

—El cielo está allí donde no hay jefes, ni leyes injustas, ni contribuciones, ni soldados, ni hambre. Vuestros hijos no mueren en el cielo —se abrió la puerta de la cabaña y entró deslizándose un hombre. Hubo susurros fuera del alcance de las luces—. Allí nunca estaréis asustados ni inseguros.

Allí no hay «camisas rojas». Nadie envejece. La cosecha nunca se malogra. ¡Oh! ¡Qué fácil es decir todo lo que *no* hay en el cielo! Lo que si hay es Dios. Eso ya es más difícil. Las palabras están hechas para describir lo que conocemos por nuestros sentidos. Decimos«luz», pero tan sólo pensamos en el sol; «amor»... —no resultaba fácil concentrarse; la policía no andaría lejos. Aquel hombre probablemente traía noticias—. Ello, quizá, significa un hijo...

La puerta volvió a abrirse mostrando otra luz indecisa, como una pizarra gris, por la parte de afuera. Una voz le susurró apremiante:

—Padre.

—¿Qué?

—La policía tiene su pista; tan sólo está a una milla de aquí, atravesando el bosque.

Para él aquello era lo habitual; sus palabras que no llegaban a culminar, el final atropellado, la expectativa de dolor interpuesta entre él y la fe. Pronunció con insistencia:

—Por encima de todo acordaos de esto: el cielo está aquí —¿vendrían a pie o a caballo? Si a pie, le quedaban veinte minutos para terminar la misa y esconderse—. Aquí mismo, en este mismo instante, vuestro miedo y el mío forman parte del cielo, donde ya no habrá miedo nunca jamás.

Les volvió la espalda y empezó a recitar el credo. Hubo una ocasión en que se acercó el canon de la Misa con verdadero pavor físico; fue la primera vez que consumió el Cuerpo y la Sangre de Dios estando en pecado mortal; pero después la vida engendró sus excusas; al poco tiempo no le pareció que importara mucho que se condenara él o no, con tal que aquellos otros...

Besó la parte superior de la caja de embalaje y se volvió para bendecir... A la escasa luz pudo ver a dos hombres de rodillas con los brazos en cruz; guardaban aquella postura mientras no terminase la consagración: una mortificación más exprimida de sus vidas duras y penosas. Se sintió humillado por el dolor que los hombres ordinarios soportaban voluntariamente; a él el dolor le era impuesto.

Oh, Señor, he amado el decoro de vuestra casa...*

Los cirios humeaban y el pueblo se revolvía sobre sus rodillas. Sentía una felicidad absurda saltándole dentro del pecho, antes que retornara la ansiedad; era como si le fuese dado examinar desde fuera la población del cielo. Éste debía contener precisamente aquellas caras hambrientas, asustadas y perplejas. Durante unos segundos sintió satisfacción inmensa, ya que podía hablarles del sufrimiento sin hipocresía. Resulta difícil predicar la pobreza cuando se es un cura orondo y bien alimentado.

Empezó el Memento por los vivos: la larga lista de los apóstoles y mártires, cuyos nombres caían con rumor de pasos: Cornelio, Cipriano, Lorenzo, Crisógono... La policía llegaría pronto al calvero donde el mulo se le había sentado y donde se había lavado él en el charco. Las palabras latinas corrían entremezcladas por su lengua apresurada: notaba la impaciencia a su alrededor. Empezó la Consagración (se le habían terminado las formas hacía mucho tiempo; empleó un trozo de pan del horno de María); la impaciencia desa-

* Parte del Salmo XXV que se reza en el lavatorio de la Misa. *(N. del T.)*

pareció bruscamente; con el tiempo todo se convertía en rutina menos esto:

—El cual el día antes de su Pasión tomó el pan en sus venerables manos y...

Quienquiera que fuese el que se moviera por el sendero del bosque, allí dentro no se movía nadie.

—*Hoc est enim Corpus Meum.*

Oyó suspiros de alivio surgiendo de muchos pechos; allí estaba Dios en un cuerpo por primera vez después de seis años. Cuando alzó la Hostia pudo imaginarse las caras alzadas como de perros hambrientos. Empezó la consagración del vino en una copa desconchada. Aquello era un abandono más; durante dos años había llevado el cáliz consigo: en cierta ocasión le hubiera sido fatal si el oficial que le abrió la caja no hubiera sido católico. Ello pudo muy bien costarle la vida al oficial si llega a descubrirse la evasión; él no lo sabía: uno rueda por el mundo causando sabe Dios cuántos mártires, en Concepción o en cualquier lugar, mientras uno mismo carece de la gracia suficiente para morir.

La Consagración fue silenciosa: no sonó la campanilla. Se arrodilló junto a la caja, agotado, sin una oración. Alguien abrió la puerta; una voz susurró apremiante:

—Están aquí.

«Entonces no venían a pie», pensó vagamente. Un caballo relinchó, no más lejos de un cuarto de milla, en medio del absoluto silencio del amanecer.

Él se puso en pie. María se pegaba a su codo diciéndole:

—El mantel, padre; déme usted el mantel.

Se puso la Hostia en la boca apresuradamente y bebió el vino: tenía que evitar las profanaciones. Quitaron el mantel de la caja. María pellizcó los pabilos de los cirios para que no dieran olor... El cuarto estaba ya despejado; tan sólo el dueño aguardaba junto a la entrada para besarle la mano. A través de la puerta el mundo era tenuemente visible y un gallo cantaba en la aldea.

María dijo:

—Venga deprisa a la cabaña.

—Sería mejor que me fuese —no tenía plan—. Que no me cojan aquí.

—Han rodeado toda la aldea.

«¿Sería ya el final?», pensó. En alguna parte aguardaba el miedo para saltarle encima, lo sabía; pero todavía no estaba asustado. Siguió a la mujer escabulléndose por la aldea hacia su cabaña, repitiendo, maquinalmente, un acto de contrición mientras andaba. Cavilaba cuándo le entraría el miedo: lo tuvo cuando el policía le abrió la caja, pero de aquello hacía años; lo sintió, escondido en el cobertizo, mientras la niña discutía con el oficial, y aquello fue sólo unas semanas antes. Sin duda lo volvería a sentir pronto. No había señales de policía; únicamente la madrugada gris y los pollos y pavos agitándose y aleteando al bajar de los árboles donde habían estado encaramados durante la noche. El gallo volvió a cacarear. Si ellos tomaban tantas precauciones era porque sabían sin sombra de duda que él estaría allí. *Era* el final de todo.

María tiraba de él.

—¡Entre...! ¡Rápido! ¡A la cama!

Tendría una idea sin duda. Las mujeres son asombrosamente prácticas construyendo en el acto planes nuevos sobre ruinas de los viejos. Pero ¿con qué utilidad? Dijo:

—Déjeme olerle el aliento. ¡Oh, Dios mío! Cualquiera lo notaría... vino... ¡Nosotros nunca bebemos vino!

Desapareció adentro levantando barullo en la paz y silencio de la aurora. De pronto, fuera del bosque, a unas cien yardas apareció un oficial montado. En la quietud se oía el crujido de su pistolera cuando él se volvía y hacía señas.

Rodeando todo el claro apareció la policía; tuvieron que haber caminado muy deprisa porque sólo el oficial iba a caballo. Empuñando los fusiles se aproximaban al pequeño grupo de cabañas en exagerado y absurdo alarde de fuerza. Uno arrastraba la venda de una polaina que se le habría enganchado en algún saliente del bosque. La pisó y se cayó, haciendo un ruido enorme con el fusil y los cartuchos de la canana. El teniente a caballo miró alrededor y después volvió la cara iracunda y severa hacia las cabañas silenciosas.

La mujer tiraba del cura en el interior de la cabaña. Le ordenaba:

—Coma esto. Pronto. No hay tiempo...

Volvió él la espalda a la policía, que avanzaba y entró en la oscuridad del cuarto. La mujer tenía una ruedecita de cebolla en la mano.

—Muérdala.

Él obedeció y empezó a lagrimear.

—¿Va mejor así? —le preguntó mientras se oía el paso cauto del caballo entre las chozas.

—Es horrible —contestó él con risa contenida.

—Démelo.

Lo hizo desaparecer entre sus vestidos: truco al parecer conocido de todas las mujeres. Inquirió él:

—¿Dónde está mi caja?

—No se preocupe por su caja. Métase en la cama.

Pero antes de que pudiera moverse, un caballo cubría la entrada: vieron una pierna con bota de montar ribeteada de rojo; brillaban las hebillas de latón; una mano enguantada descansaba en el pomo de la montura. María puso la mano en el brazo del cura; fue lo más parecido a un impulso de afecto que jamás saliera de ella: el afecto era tabú entre ambos. Una voz gritó:

—Venid aquí fuera todos vosotros —el caballo piafaba, y se levantaba una columnita de polvo.—. ¡Aquí fuera, digo!

Sonó un tiro en alguna parte. El cura salió de la cabaña.

En realidad había despuntado la aurora; por el aire volaban leves plumas de color: un soldado aún mantenía el fusil apuntado hacia arriba y de la boca del cañón surgía una... nubecilla de humo gris. ¿Iba de este modo a empezar la agonía?

Los aldeanos salían remolones de todas las cabañas: los chiquillos primeros; éstos tenían ya el aspecto de gente reprobada por la autoridad: ésta nunca se equivoca. Ninguno miraba al cura. Fijaban la vista en el suelo y aguardaban; tan sólo la chiquillería observaba al caballo como a la cosa más importante de allí.

El teniente ordenó:

—Registrad las cabañas.

El tiempo transcurría muy lento; incluso el humo del disparo parecía mantenerse en el aire más de lo natural. Algunos cerdos salieron gruñendo de una choza, y un gallipavo se paseó con dignidad maligna en medio del corro, esponjando las plumas polvorientas y agitando la larga membrana roja del pico. Un soldado se acercó al teniente con un esbozo de saludo.

—Todos están aquí —anunció.

—¿No han encontrado nada sospechoso?

—No.

—Pues mire otra vez.

El tiempo volvió a detenerse como un reloj estropeado. El teniente sacó una petaca, vaciló y volvió a guardarla. De nuevo el policía se aproximó para informarle:

—Nada.

El teniente gritó:

—¡Atención! ¡Todos vosotros! ¡Escuchadme!

El círculo exterior de policía se estrechó, obligando a los aldeanos a formar un reducido grupo delante del oficial; únicamente se dejó libres a los chicos.

El cura vio a su propia hija junto al caballo del teniente; no alcanzaba más arriba de la bota; levantó la mano y palpó el cuero. Dijo el teniente:

—Busco a dos hombres. Uno es un *gringo,* un yanqui, un asesino. Me doy perfecta cuenta de que no está aquí. Hay un premio de quinientos pesos para quien lo capture. Tened los ojos abiertos.

Hizo una pausa y recorrió el auditorio con la mirada. El cura notó que se detenía: él miraba hacia el suelo, igual que los demás.

—El otro —volvió a decir el teniente— es un cura —levantó la voz—: Ya sabéis lo que esto significa: es un traidor a la República. Cualquiera que lo encubra es traidor también —la inmovilidad general pareció irritarle. Exclamó—: Sois idiotas si todavía creéis lo que os cuentan los curas. Lo que quieren ellos es vuestro dinero. ¿Qué ha hecho Dios nunca por vosotros? ¿Tenéis suficiente para comer? ¿Tienen lo necesario vuestros hijos? En vez de daros alimento os hablan del cielo. ¡Oh, todo será espléndido cuando hayáis muerto!, os dicen. Y yo os digo: todo será espléndido cuando hayan muerto ellos. Y vosotros debéis ayudar.

La niña tenía una mano sobre la bota del teniente. El la miró con afecto sombrío. Continuó con convicción:

—Esa chiquilla vale más que el Papa de Roma.

La tropa se apoyaba en los fusiles: un gendarme bostezaba; el gallipavo volvió hacia las chozas. El teniente agregó:

—Si habéis visto a ese cura, hablad. Hay una recompensa de setecientos pesos...

Nadie habló.

Él volvió de un tirón la cabeza del caballo hacia la gente.

—Sabemos que está en este distrito. Tal vez no sepáis lo que le ocurrió a un hombre en Concepción —una de las mujeres empezó a llorar y él prosiguió así—: Venid uno después de otro y decidme vuestros nombres. No; las mujeres no; los hombres.

Se pusieron en fila, hoscamente, y él les preguntó:

—¿Cómo se llama usted? ¿Qué hace? ¿Casado? ¿Quién es su mujer? ¿Sabe usted algo de ese cura?

No quedaba más que un hombre entre él y la cabeza del caballo. Recitó un acto de contrición en silencio, pero maquinalmente, con la mente ausente: «... mis pecados, pero sobre todo porque han ofendido...». Era una formalidad, pues un hombre ha de estar preparado; era como hacer testamento... y acaso tan sin importancia.

—¿Su nombre?

El nombre de aquél en Concepción le vino a la memoria:

—Montes —dijo.

—¿No ha visto usted nunca al cura?

—No.

—¿En qué se ocupa?

—Tengo un poco de tierra.

—¿Es usted casado?

—Sí.

—¿Quién es su esposa?

María intervino de pronto:

—Soy yo. ¿Para qué necesita usted preguntar tanto? ¿Le parece que tiene aspecto de cura?

El teniente examinaba algo sobre el arzón de la montura; parecía ser una fotografía antigua.

—Déjeme ver sus manos —ordenó.

El sacerdote las levantó; eran tan ásperas como las de un labriego. De improviso el teniente se inclinó desde la silla y le olió el aliento. Hubo un silencio absoluto entre los aldeanos; un silencio peligroso, pues parecía delatar cierto temor... El teniente volvió a mirar la cara hundida e hirsuta, y a la fotografía de nuevo.

—Perfectamente —dijo—, el siguiente —y después, como el cura se hacía a un lado, le detuvo—: Aguarde —puso la mano sobre la cabeza de Brígida y tiró suavemente del áspero pelo negro. Le habló así—: Mírame. Tú conoces a todos los de esta aldea, ¿verdad?

—Sí —dijo ella.

—¿Quién es entonces este hombre? ¿Cómo se llama?

—No lo sé —contestó la niña.

El teniente contuvo el aliento.

—¿No sabes su nombre? ¿Es forastero?

María gritó rápidamente:

—¡Vamos! La niña no sabe siquiera cómo se llama ella. Pregúntele quién es su padre.

—¿Quién es tu padre?

La chiquilla levantó la vista hacia el teniente y después volvió sus expresivos ojos hacia el cura... «... me pesa y pido perdón por todos mis pecados», repetía con los dedos en cruz para impetrar buena suerte. La chiquilla dijo:

—Éste es.

—Perfectamente —concedió el teniente—. El que sigue.

Continuaba el interrogatorio: ¿nombre?, ¿oficio?, ¿casado?, mientras el sol se elevaba sobre el bosque. El cura permanecía con las manos entrelazadas delante de sí: de nuevo se posponía la muerte. Sintió una tentación inmensa de adelantarse ante el teniente y declarar: «Soy yo el que usted busca». ¿Le fusilarían al instante? Una ilusoria promesa de paz le tentaba. Lejos, en el firmamento, vigilaba un zopilote: desde aquella altura le debían parecer los hombres dos grupos de animales carnívoros que podían en cualquier momento romper las hostilidades, y él aguardaba allí, cuan manchita negra, la carroña. Pero la muerte no es el término del dolor; creer en la paz sería una especie de herejía.

El último aldeano prestó su declaración.

El teniente preguntó:

—¿No hay ningún voluntario para ayudarnos?

Todos permanecieron silenciosos junto al tablado de la música. Continuó el teniente:

—Ya sabéis lo que ocurrió en Concepción. Allí cogí un rehén... y cuando averigüé que el cura estuvo por las inmediaciones, lo fusilé contra el primer árbol. Y supe la verdad porque hay siempre quien cambia de idea; porque, acaso, alguno de Concepción amaba a la mujer del rehén y quería quitarlo de en medio. No es cuenta mía examinar los motivos. Yo tan sólo sé que más tarde hallamos vino en Concepción... En este pueblo quizás hay quien codicie vuestro pedazo de tierra o vuestra vaca. Es mucho más seguro hablar ahora. Porque voy también a coger un rehén aquí —hizo una pausa. Después se expresó así—: No es preciso hablar siquiera, si él está aquí entre vosotros. Basta que le miréis. Nadie sabrá entonces quién lo ha denunciado. Él mismo lo ignorará, si es que teméis sus maldiciones. Ea..., ésta es la última oportunidad que os doy.

El cura miraba al suelo; no pondría dificultades al que lo entregara.

—Muy bien —repuso el teniente—, entonces escogeré al rehén. Vosotros os lo habéis ganado.

Desde su caballo los observaba; uno de los gendarmes, con el fusil apoyado en el tablado, se arreglaba una polaina. Los aldeanos todavía miraban al suelo, todos temían llamar la atención.

Súbitamente pareció compadecerse:

—¿Por qué no os fiáis de mí? Yo no quiero que muera ninguno de vosotros. A mis ojos, ¿por qué no queréis comprenderlo?, valéis mucho más que él. Yo os lo quisiera dar *todo* —e hizo un ademán que resultó inútil porque nadie le miraba. Con voz apagada pronunció—: Usted. El de allí. Le detendré a usted.

Chilló una voz de mujer.

—¡Ése es mi hijo! Es Miguel. No puede usted llevarse a mi hijo.

El teniente contestó sin expresión:

—Aquí cada uno es el marido o el hijo de alguien. Eso ya lo sabía yo.

El cura permanecía callado con las manos entrelazadas: los nudillos palidecían a medida que apretaba..., a su alrededor notaba el comienzo del odio, pues él no era ni marido ni hijo de nadie.

—Teniente... —balbució.

—¿Qué quiere usted?

—Me estoy haciendo muy viejo para ser útil en el campo. Escójame a mí.

Una piara de cerdos irrumpió por la esquina de una choza sin consideración para nadie. El soldado acabó de liarse la venda de la polaina y se enderezó. El sol, alzándose por encima del bosque, centelleaba en las botellas del tenderete.

Replicó el teniente:

—Estoy escogiendo un rehén, no ofreciendo alojamiento y manutención gratuita a un holgazán. Si no sirve usted para el campo, tampoco sirve para rehén —dio una orden—: Atadle las manos y vámonos.

La policía partió al instante; se llevó consigo dos o tres pollos, un pavo y al hombre llamado Miguel.

El cura manifestó en voz alta:

—He hecho cuanto he podido. El entregarme es asunto *vuestro*. ¿Qué esperabais de mí? Evitar que me cojan es asunto mío.

Un hombre dijo:

—Está muy bien, padre. Únicamente, ¿tendrá cuidado..., mirará de no dejar ningún vino detrás de usted... como en Concepción?

Otro habló así:

—No es bueno demorarse aquí, padre. Al fin le cogerían a usted. No se olvidarán de su cara para otra vez. Vale más ir al Norte, a las montañas. Al otro lado de la frontera.

—Es un estado magnífico el del otro lado —observó una mujer—. Allí aún tienen iglesias. No dejan entrar a nadie en ellas, desde luego; pero las hay. ¡Vaya! Como que me han dicho que hay curas también en las ciudades. Un primo mío estuvo una vez al otro lado de las montañas, en Las Casas, una vez, y allí oyó misa en una casa, dicha en un verdadero altar y con el cura revestido igual que en tiempos pasados.

—¡La caja! María, ¿dónde está la caja? —inquirió él.

—Es demasiado expuesto llevar eso de ahora en adelante —replicó la mujer.

—¿Cómo, si no, llevaría el vino?

—No queda vino.

—¿Qué quieres decir?

Explicó ella:

—No quiero preocupaciones ni para usted ni para nadie. He roto la botella. Aunque ello me traiga mala suerte.

El cura le amonestó con suavidad y tristeza:

—No seas supersticiosa. Era vino, simplemente. No hay nada sagrado en el vino. Sólo que es difícil obtenerlo aquí. Por eso guardé un repuesto en Concepción. Pero me lo han encontrado.

—Ahora creo que se irá usted muy lejos, muy lejos. Ya no es útil a nadie —dijo ella con ferocidad—. ¿No lo comprende usted, padre? Ya no nos hace ninguna falta.

—¡Oh, sí! —contestó él—. Comprendo. Pero no se trata de vuestro deseo ni del mío.

Le interrumpió ella con brutalidad:

—¡Esas cosas ya las sé yo! Fui a la escuela. No soy una ignorante como esas otras. Yo sé que es usted un mal sacerdote. Estuvimos juntos aquella vez. Apostaría que aquello no fue todo lo que ha hecho usted. ¿Cree usted que Dios quiere que usted se quede para que lo maten... un *pater whisky* como usted?

Él permanecía resignado ante ella, como si estuviera ante el teniente, escuchando. No la hubiera creído capaz de tanta reflexión.

—Suponga que lo matan. Sería un mártir, ¿no es cierto? ¿Qué clase de mártir cree usted que sería? Es para que la gente se burle.

Jamás se le había ocurrido a él que nadie le podría considerar como a un mártir.

Dijo:

—Es arduo. Mucho. Pensaré en ello. No quisiera que se mofaran de la Iglesia.

—Entonces, piénselo al otro lado de la frontera...

—Bien...

—Cuando sucedió lo que usted sabe, yo me sentí orgullosa. Pensé que volverían los días buenos. No puede ser cualquiera la mujer de un cura. Y la niña... Creí que usted haría mucho por ella. Pero de igual modo pudo usted ser un ladrón, porque todo el bien...

Él la interrumpió:

—Ha habido muchos buenos ladrones —dijo con voz suave.

—¡Por el amor de Dios, coja su aguardiente y márchese!

—Había una cosa. En la caja había algo...

—Entonces, váyase y búsquela usted mismo entre la basura. Yo no la quiero tocar otra vez.

—Y la niña. Eres una buena mujer, María. Quiero decir... procurarás educarla bien... como a una cristiana...

—No servirá nunca para nada; ya lo ha podido usted ver.

—No puede ser muy mala a su edad —imploró él.

—Seguirá por el camino emprendido.

—La próxima misa que diga será para ella.

María ni siquiera le escuchaba. Insistió:

—Es mala por los cuatro costados.

Él no se daba cuenta de que la fe se estaba extinguiendo; la Misa pronto no significaría para nadie más que un gato negro cruzando por el camino. Arriesgaría la vida de todos por una superstición más equivalente para ellos a la sal derramada o al gesto de tocar madera. Empezó:

—Mi mula...

—Ahora le están echando maíz. Lo mejor es que vaya usted hacia el Norte. Por el sur ya no hay nada que hacer.

—Yo pensé acaso en Carmen...

—Ahora vigilan por allí.

—Bueno... —suspiró él con tristeza—. Tal vez algún día... Cuando mejoren las cosas...

Esbozó una cruz para bendecir, pero María permaneció de pie impaciente, deseando que se fuera para siempre.

—Bueno, adiós, María.

—Adiós.

Atravesó la plaza con la espalda encorvada: notaba que no había en el lugar ni un alma que no le viera irse con satisfacción; era el perturbador al que por motivos oscuros y supersticiosos preferían no denunciar a la policía; sintió envidia del *gringo* desconocido que ellos no vacilarían en atrapar; al menos aquél no tenía que cargar con el peso de la gratitud.

Al final de una pendiente, batida por los cascos de las mulas y agrietada por las raíces de los árboles, se hallaba el río, con no más de dos pies de profundidad, sembrado de latas vacías y botellas rotas. Debajo de un letrero colgado de un árbol que advertía: *Se prohíbe depositar desperdicios...*, toda la basura del pueblo se agrupaba y resbalaba gradualmente, hacia el agua. Cuando vinieran las lluvias se lo llevarían todo. Metió el pie entre las viejas latas y entre las hortalizas pudriéndose y alcanzó la caja. Suspiró: había sido una caja muy buena: una reliquia más del pasado tranquilo... Pronto sería difícil recordar que la vida hubiese sido alguna vez diferente. Le habían arrancado la cerradura; dentro palpó el forro...

Allí estaban los papeles. Dejó caer la caja con pena.

Una juventud completa, respetada e importante cayó entre las latas. Le habían hecho aquel regalo los feligreses de su parroquia en el quinto aniversario de su sacerdocio... Alguien se movió detrás de un árbol. Sacó los pies de la basura; las moscas zumbaban alrededor de sus tobillos. Con los papeles en el puño rodeó el tronco para ver al espía... La niña, sentada sobre un tocón, golpeaba la corteza con los talones. Tenía los ojos cerrados con fuerza.

Dijo el cura:

—Queridita, ¿qué te ocurre...?

Entonces aparecieron los ojos ribeteados y coléricos, con una expresión de orgullo absurdo.

—Usted... Usted...

—¿Yo?

—Usted tiene la culpa.

Moviose hacia ella con precaución infinita, como si se tratara de un animal desconfiado. Sentíase desfallecer de anhelo.

—Querida mía, ¿por qué yo...?

—Se ríen de mí —le interrumpió ella con furia.

—¿Por mi causa?

—Todos los demás tienen un padre... que trabaja.

—Yo también trabajo.

—Usted es cura, ¿verdad?

—Sí.

—Pedro dice que usted no es hombre. Que no sirve usted para nada con las mujeres —añadió—: No comprendo lo que quiere decir.

—Supongo que tampoco él lo comprende.

—¡Oh, él sí! —contestó la niña—.Tiene diez años. Y yo quiero comprenderlo. Se marcha usted, ¿verdad?

—Sí.

Se sentía de nuevo arrebatado por la madurez de la niña, mientras ella lucía inopinadamente una sonrisa de su extenso y variado repertorio. Sentada sobre ese tronco de árbol junto al vertedero, mostraba un aire de abandono. El mundo ya se alojaba en su corazón como el germen de la podredumbre en una fruta. Se hallaba sin protección; carecía de gracia y de encanto alguno que abogara por ella; el corazón del cura se desalentó ante la convicción de su pérdida. Dijo:

—Querida mía, ten cuidado...

—¿De qué? ¿Por qué se marcha usted?

Él se acercó un poco más. Pensaba... «Un hombre puede besar a su hija.» Pero ella se le escapó.

—No me toque —chilló con la voz de antes y se rió con risa falsa.

«Todos los niños nacen con cierto conocimiento del amor —pensaba el cura—; lo adquieren con la leche que maman; pero de los padres y de los amigos depende la clase de amor que conozcan: el que salva o el que condena». La lujuria también era una especie de amor. Contemplaba a la niña sujeta en su vida como una mosca al barniz: la mano de María levantada para pegar, Pedro hablándole prematuramente en la oscuridad, la policía rondando por el bosque; violencia por todas partes. Rogó mentalmente: «¡Oh, Dios! Dadme cualquier clase de muerte, sin contrición, en estado de culpa, pero salvad al menos a esta criatura».

Él fue un hombre del cual se suponía que salvaba almas; parecía tan sencillo en otro tiempo... Predicar y bendecir, organizar hermandades, tomar café con damas provectas detrás de las ventanas enrejadas, bendecir casas nuevas con un poco de incienso, usar guantes negros... Era tan fácil como ahorrar dinero. Ahora resultaba un misterio. Se daba cuenta de su propia insuficiencia desesperada.

Se arrodilló y atrajo hacia sí a la niña, mientras ella contenía la risa y luchaba por liberarse. Le habló así:

—Te quiero. Soy tu padre y te quiero. Procura comprender esto —la cogió, apretándole la muñeca, y de pronto se quedó la niña inmóvil, mirándole. Él continuó—: Te daría mi vida; no, eso no es nada, mi alma... Hija mía, procura comprender por qué eres tan importante —aquélla era la diferencia, como él había siempre notado, entre su fe y la de ellos: los políticos directores del pueblo que sólo se preocupaban de cosas como el Estado, la República... Su chiquilla era más importante que todo el continente. Le recomendó—: Tienes que cuidar de ti misma, puesto que eres tan... necesaria. Al presidente, allá en la capital, lo guardan hombres con fusiles; pero tú, niña mía, tú tienes los ángeles del cielo... —ella le devolvía la mirada con ojos oscuros e inconscientes, dándole la sensación de haber llegado tarde—. Adiós, querida mía.

No era sino un hombre maduro, tonto y cegado, que en el instante mismo de soltarla y partir hacia la *plaza* sintió tras su encorvada espalda todo el mundo vil que rodeaba a la niña para perderla. La mula estaba allí, enalbardada, junto al tenderete de gaseosas.

Un hombre le advirtió:

—Es mejor que vaya hacia el Norte, padre —y le hizo un gesto de despedida con la mano.

Uno no debe tener afectos humanos; o mejor, uno debe amar a todas las almas como si fueran la de su propio hijo. La pasión protectora debe extenderse sobre todo un mundo; pero él la sentía dolorosamente atada a su hija como un animal al tronco de un árbol.

Dirigió la mula hacia el sur.

Marchaba sobre el rastro dejado por la policía.

Mientras fuera despacio y no alcanzara a ningún rezagado, la ruta parecía de una seguridad excelente. Lo que necesitaba ahora era vino, y debía ser de uva: de otro modo no serviría. Hubiera también podido escapar hacia el Norte, hacia las montañas y al estado situado detrás de ellas, donde lo peor que pudiera ocurrirle sería pagar una multa o bien pasar unos días en la cárcel por falta de dinero. Pero no estaba dispuesto todavía para la capitulación final. Todos los pequeños abandonos los tenía que pagar con sufrimientos ulteriores, y ahora sentía la necesidad de algo que redimiera a su hija. Permanecería otro mes..., otro año... arreando la mula arriba y abajo; intentaba sobornar a Dios con promesas de firmeza... La mula de pronto fijó los cascos en el suelo y se paró en seco: una serpiente pequeña se alzó, como una mujer agraviada, en el sendero, y después se metió silbando en la hierba desapareciendo como se apaga un fósforo encendido. La mula echó de nuevo a andar.

Al llegar cerca de un pueblo detendría a la bestia, y él avanzaría a pie tan cerca del pueblo como pudiere. Acaso la policía se hubiese detenido allí; en tal caso volvería a montar y lo atravesaría deprisa sin decir a nadie más que los *buenos días*, y de nuevo en el bosque seguiría la pista del caballo del teniente. No tenía de momento idea clara de nada; tan sólo deseaba poner la mayor distancia entre él y el pueblo donde pasó la noche. Aún llevaba en la mano la pelota de papel arrugado. Alguien le había atado un racimo de unos cincuenta plátanos a la montura, además del *machete* y el saco pequeño que contenía su repuesto de cirios. De vez en cuando se comía un plátano maduro, moreno y blanducho, con gusto a jabón. Le dejaba unos bigotes de pringue sobre la boca.

Pasadas seis horas de camino llegó a La Candelaria, miserable aldea larguirucha con tejados de hojalata, puesta junto a un afluente del río Grijalva. Entró con cautela por la calle polvorienta; era poco después de mediodía, los zopilotes sobre los tejados resguardaban del sol sus menudas cabezas, y unos cuantos hombres yacían en las hamacas tendidas a la reducida sombra proyectada por las casas. La mula se afanaba avanzando con gran lentitud bajo la pesadez del día. Él se inclinaba sobre el arzón delantero.

El animal se detuvo por propia iniciativa junto a una hamaca; en ella un hombre, puesto en diagonal, arrastraba una pierna para conservar el vaivén de la hamaca —arriba y abajo, arriba y abajo— produciendo una leve corriente de aire.

—*Buenas tardes.*

El hombre abrió los ojos y le observó.

—¿A cuánto está Carmen de aquí? —inquirió el cura.

—Tres leguas.

—¿Podré pasar el río en canoa?

—Sí.

—¿Por dónde?

El hombre agitó una lánguida mano como para decir que por cualquier parte menos por allí. No le quedaban más que dos dientes, los colmillos, que asomaban amarillentos en los extremos de la boca como los pertenecientes a especies extinguidas de animales que engastan en arcilla.

—¿Qué hacía la policía por aquí? —preguntó el cura, y una nube de moscas bajó a posarse en el cuello del mulo. Las ahuyentó con una varilla y ellas se alzaron con pesadez, dejando un menudo rastro de sangre y cayendo de nuevo sobre el rudo pellejo gris. El animal parecía no darse cuenta, esperando el sol, con la cabeza caída.

—Tal vez buscan a alguien —contestó aquel hombre con indolencia.

—He oído decir que se da una recompensa por capturar a un *gringo*.

El hombre columpió su hamaca de aquí para allá.

Exclamó:

—Más vale estar vivo y pobre que muerto y rico.

—¿Podría alcanzarles, si fuese a Carmen?

—Ellos no van a Carmen.

—¿No?

—Se dirigen a la ciudad.

Él, sin apearse, siguió adelante. A las veinte yardas, volvió a detenerse junto a un tenderete de *gaseosa* y preguntó al chico encargado:

—¿Dónde puedo encontrar un bote para cruzar el río?

—No hay bote.

—¿Que no hay bote?

—Alguien lo robó.

—Dame un Sidral —bebióse todo el líquido químico amarillo y espumoso que le dejó con más sed de la que tenía, e indagó—: ¿Cómo podré pasar?

—¿Para qué quiere usted pasarlo?

—Me dirijo a Carmen. ¿Cómo lo pasó la policía?

—A nado.

El cura arreó al animal más allá del inevitable tablado y de una estatua en estilo florido de una mujer con toga que agitaba una guirnalda; parte del pedestal se había desprendido y yacía en mitad del camino; la mula lo rodeó. Él miró para atrás: lejos, al final de la calle, el *mestizo* se había sentado en la hamaca observándole. La mula penetró en una escarpada pendiente que bajaba hasta el río, y otra vez miró al caer hacia atrás: el *cholo* estaba todavía en la hamaca, pero con los dos pies en el suelo. Un desasosiego inveterado le obligó a pegar a la bestia. «*Mula, mula*», pero el animal desoía la orden y se deslizaba lentamente, talud abajo, hacia el río.

Junto a la orilla se negó a entrar en el agua. Él partió el cabo de su bastón con los dientes, y con la punta afilada le pinchó los flancos. Ella vadeó de mala gana, y el agua le alcanzó los estribos y luego las rodillas. Finalmente, empezó a nadar como un caimán, sin mostrar más que los ojos y las ventanillas de la nariz.

Alguien voceaba desde la orilla.

Él miró alrededor; al borde del agua estaba el *mestizo* llamándole, no muy alto: su voz no llegaba. Era como si tuviese el designio secreto de que no le oyera nadie excepto el cura. Con los brazos hacía señales requiriéndole para que volviese, pero la mula salió del agua con bruscas sacudidas ganando la orilla opuesta, y el cura no hizo caso.

La intranquilidad habíase alojado en su cerebro. Azuzaba al animal a través de la penumbra en un bosque de plátanos y sin mirar atrás. Durante los años anteriores tuvo siempre dos lugares adonde dirigirse y esconderse con seguridad: uno era Concepción, su antigua parroquia, que ahora se había cerrado para él; el otro era Carmen, donde naciera y donde sus padres estaban enterrados. Se había imaginado que pudiera existir un tercero, pero ya no volvería a él en adelante.

Dirigió la cabeza de la mula hacia Carmen, y el bosque los acogió de nuevo. De este modo llegaría por la noche, que era lo que él deseaba. Cuando no la hostigaba, la mula caminaba con gran languidez, caída la cabeza y oliendo un poco a sangre. Él, inclinándose sobre el arzón muy alto, se quedó dormido. Soñó que una niña vestida de rígida muselina blanca recitaba el catecismo; hacia el fondo había un obispo y un grupo de «Hijas de María», mujeres de edad con caras bastas y grises luciendo lazos azul celeste. El obispo decía: «Excelente... Excelente», y batía palmas, ¡plop, plop! Un hombre vestido de negro hablaba así: «Nos faltan todavía quinientos pesos para el órgano nuevo. Proponemos dar una audición musical especial, de la que podemos esperar...». Con brusco sobresalto pensó que él no podía quedarse allí de ningún modo, pues debía dirigir unos ejercicios en Concepción. El hombre llamado Montes apareció gesticulando detrás de la niña vestida de muselina blanca, recordándole que... Algo le había ocurrido, pues traía una herida con sangre seca en la frente. Percibió con horrible certeza una amenaza para la niña. Dijo:

—Querida, querida —y despertó al ruido de unas pisadas.

Volvió la cabeza: era el *mestizo*, vagabundeando detrás de él, chorreando agua; debió pasar el río a nado. Los dos colmillos asomaban sobre el labio inferior y hacía muecas insinuantes.

—¿Qué quiere usted? —preguntó el cura.

—No me dijo que se dirigía a Carmen.

—¿Por qué había de decírselo?

—Ya ve usted. Yo voy a Carmen también. Es mejor viajar en compañía.

Llevaba una camisa, pantalones blancos y sandalias por donde asomaba un dedo gordo del pie, rollizo y amarillo como algo que vive bajo tierra.

Se rascó debajo del sobaco y se acercó familiarmente al estribo del cura.

—¿No se ha ofendido, *señor*?

—¿Por qué me llama *señor*?

—Cualquiera puede ver que es usted un hombre educado.

—El bosque está franco para todos —contestó el cura.

—¿Conoce usted bien Carmen? —inquirió el *mestizo*.

—No muy bien. Tengo allí algunos amigos.

—Va usted por negocios, supongo.

El cura no respondió. Sentía la mano de aquel hombre sobre el pie: un contacto ligero e implorante.

Le oyó decir:

—Hay una *finca* fuera del camino a dos leguas de aquí. Vendría bien para pasar la noche.

—Voy con prisa —replicó él.

—Pero ¿qué ventaja tendría el llegar a Carmen a la una o las dos de la madrugada? Podríamos dormir en la finca y estar allí antes de que el sol estuviera alto.

—Yo haré lo que me convenga.

—Desde luego, *señor*, desde luego —el hombre se calló durante un rato, y luego se expresó así—: No es prudente viajar de noche, si el *señor* no lleva pistola. Para un hombre como yo es distinto...

—Yo soy muy pobre —repuso el cura—. Lo puede ver usted mismo. No vale la pena robarme.

—Además, está el *gringo*. Dicen que es un hombre feroz, un pistolero auténtico. Llega hasta uno y le dice en su propio lenguaje: «Alto: cuál es el mejor camino para...». Bueno, para cualquier sitio. Uno no entiende lo que dice y tal vez hace un movimiento en falso y entonces él le mata a tiros. ¿Pero acaso usted sabe el americano, *señor*?

—Desde luego que no. ¿Cómo habría de saberlo? Soy un pobre. Pero no hago caso de las historias de bandidos.

—¿Viene usted de lejos?

El cura meditó un momento.

—De Concepción —contestó al fin, pensando que allí ya no podría hacer más daño.

El hombre pareció momentáneamente satisfecho. Andaba junto a la mula con una mano en el estribo; de vez en cuando escupía. Cuando el cura miraba al suelo veía un dedo gordo moviéndose como una larva por la tierra. Probablemente no era peligroso. Es condición general de la vida inclinar a la sospecha. Llegó el crepúsculo y después, casi enseguida, la oscuridad. La mula se movía aún más despacio. A su alrededor empezaron los rumores, como en un teatro cuando cae el telón y entre bastidores y por los pasillos empieza la bulla. Ruidos que uno no podía descifrar, los jaguares quizá, chillaban en la maleza; los monos andaban por las ramas altas, y los mosquitos zumbaban por todas partes como máquinas de coser.

—El andar da sed —comentó el hombre—. ¿Tiene usted por casualidad, *señor,* algo de beber...?

—No.

—Si ha de llegar usted a Carmen antes de las tres, tendrá que pegarle a la mula. Si usted quiere yo cogeré el palo y...

—No, no; deje al pobre animal que se tome el tiempo que quiera. A mí no me importa... —dijo soñoliento.

—Habla usted como un cura.

Se despertó de golpe, pero bajo los altos árboles oscuros no podía ver nada.

—¡Qué tonterías dice usted! —exclamó.

—Yo soy un buen cristiano —repuso el hombre, acariciándole el pie.

—Lo creo. Yo quisiera poder decir lo mismo.

—¡Ah! Debiera usted ser capaz de reconocer a las personas en quienes puede confiar —manifestó, escupiendo campechano.

—No tengo nada que confiar a nadie —replicó el cura—, excepto estos pantalones, que están muy rotos. Y esta mula, que no es muy buena, como usted mismo puede ver.

Durante un rato hubo silencio, y después, cual si hubiera estado considerando la afirmación anterior, el *mestizo* se expresó de este modo:

—No sería mala mula si usted la tratara como es debido. Nadie me puede enseñar nada en cuestión de mulos. Bien veo yo que revienta de cansada.

El cura bajó la mirada sobre la cabeza gris y estúpida.

—¿Lo cree usted así?

—¿Cuánto anduvieron ayer?

—Tal vez doce leguas.

—Hasta un mulo necesita descanso.

El cura sacó el pie desnudo de los profundos estribos de cuero y se deslizó a tierra. La mula aligeró el paso durante menos de un minuto y luego siguió a un paso todavía más corto que antes. Las ramitas y raíces del sendero herían los pies del cura: a los cinco minutos le sangraban. Trató en vano de no cojear.

El *mestizo* exclamó:

—¡Qué pies más delicados tiene! Debería llevar zapatos.

Él volvió a afirmar, obstinado:

—Soy un pobre.

—No llegará usted nunca a Carmen de esta manera. Hombre, tenga juicio. Si no quiere usted separarse del sendero como para llegar a la finca, yo conozco una choza a menos de media legua de aquí. Podemos dormir unas horas y llegar a Carmen todavía al amanecer.

Se oyó un crujido en la hierba junto al sendero; el cura pensó en las serpientes y en sus pies sin protección. Los mosquitos le picaban en las muñecas; eran como jeringuillas quirúrgicas llenas de veneno que alcanzaban a la corriente sanguínea. A veces una luciérnaga mantenía un círculo luminoso junto a la cara del *mestizo,* encendiéndolo y apagándolo como una lámpara.

—No se fía usted de mí. Sólo porque soy un hombre a quien gusta portarse bien con los forasteros, porque procuro ser un cristiano, usted no se fía de mí —parecía ir entrando en un estado de ira un poco artificial. Añadió—: Si hubiese querido robarle, ¿no lo habría hecho ya? Es usted un anciano.

—No tanto —replicó el cura con suavidad.

Su conciencia empezaba a funcionar automáticamente como una máquina con ranura en la cual encaja cualquier moneda, incluso el disco sin acuñar del timador. Las palabras: soberbio, lujurioso, envidioso, ingrato, todas ellas movían los resortes correspondientes, él era todas esas cosas.

El *mestizo* dijo:

—He empleado muchas horas en guiarle a usted a Carmen. No quiero recompensa ninguna porque soy un buen cristiano. Probablemente he perdido dinero en casa por este motivo; no importa eso...

—Me pareció oírle a usted que tenía quehacer en Carmen —observó el cura dulcemente.

—¿Cuándo he dicho yo eso? —cierto: el cura no podía recordarlo... acaso era injusto también...—. ¿Por qué había de decir lo que no es verdad? No, yo he perdido un día entero en ayudarle, y usted ni siquiera se fija en que su guía está cansado.

—Yo no tenía necesidad de ningún guía —protestó con indulgencia.

—Dice usted eso cuando el camino es fácil; pero si no fuese por mí, hace tiempo se hubiera equivocado de senda. Dijo usted mismo que no conocía bien Carmen. Por eso he venido.

—Por supuesto —concedió el cura—, si está usted cansado, descansaremos.

Sentíase culpable por su desconfianza, pero de todos modos ésta permanecía adherida a él, igual a un tumor del que sólo pudiera librarle el bisturí.

Al cabo de media hora llegaron a la choza. Hecha de barro y ramaje, la había construido un ranchero en un pequeño calvero. Debió de abandonarla a causa de la selva que le acuciaba con fuerza natural incontenible y que no pudo él vencer con su machete ni con sus pequeñas hogueras. En la tierra ennegrecida quedaban aún señales de un intento de desbroce para una cosecha pobre, limitada e insuficiente.

El hombre dijo:

—Yo cuidaré de la mula. Usted entre, acuéstese y descanse.

—Pero si es usted quien está cansado.

—¿Yo, cansado? ¿Por qué dice eso? Yo nunca estoy cansado.

Con el corazón apesadumbrado, el cura cogió su alforja, empujó la puerta y entró en la más completa oscuridad. Encendió una cerilla; no había muebles: tan sólo una elevada grada de tierra y un jergón de paja demasiado roto para poder ser removido. Encendió una vela y la pegó con su propia cera en la grada; después se sentó y aguardó: el hombre tardaba mucho. Aún conservaba en la mano la pelota de papel salvada de la caja; un hombre después de todo necesita mantener ciertas reliquias sentimentales si ha de vivir. El argumento del peligro sólo es aplicable a los que viven seguros. Discurría si el *mestizo* no le habría robado la mula y se reprochaba la sospecha inevitable. Entonces se abrió la puerta y entró el hombre con sus dos colmillos amarillos y sus uñas rascando el sobaco. Se sentó en el suelo con la espalda contra la puerta y dijo:

—Duerma. Está usted cansado. Yo le despertaré cuando tengamos que partir.

—No tengo mucho sueño.

—Apague la vela. Dormirá mejor.

—No me gusta la oscuridad —respondió el cura dominado por el miedo.

—¿No quiere usted decir una oración, padre, antes de dormirnos?

—¿Por qué me llama usted eso? —protestó él con vehemencia, escudriñando entre las tinieblas del suelo hacia el lugar donde se sentaba el mestizo contra la puerta.

—¡Oh!, porque lo adiviné por supuesto. Pero no me tenga usted miedo. Soy un buen cristiano.

—Está usted equivocado.

—Lo podría averiguar con facilidad, ¿no es cierto? No tendría más que decirle: Padre, quiero confesarme. No puede usted rechazar a un hombre en pecado mortal.

Él nada contestó esperando la exigencia inmediata: la mano que agarraba los papeles se crispó:

—¡Oh, no me tenga miedo! —repitió el *mestizo* con precaución—. Yo no le traicionaré. Soy cristiano. Tan sólo pensé que una oración... sería buena...

—No hace falta ser cura para saber una oración —empezó—. *Pater noster qui es in coelis* —mientras los mosquitos se dirigían zumbando a la llama del cirio.

Estaba resuelto a no dormir; aquel hombre tenía algún plan; incluso la conciencia cesó de reprocharle su falta de caridad. Lo veía. Estaba en presencia de Judas. Apoyó la cabeza contra la pared y entrecerró los ojos; recordó la Semana Santa de antaño, cuando un monigote representando a Judas era ahorcado en el campanario y los muchachos hacían un repiqueteo de latas y matracas mientras bamboleaba sobre la puerta. Los miembros de la congregación viejos y serios, a veces oponían objeciones: era blasfematorio, decían, convertir al traidor de Nuestro Señor en aquel mamarracho; pero él no decía nada y dejaba continuar la costumbre. Le parecía cosa buena que el mayor traidor del mundo constituyera un motivo de befa. Por otra parte, resultaba demasiado fácil el idealizarlo como a un hombre que había luchado con Dios, un Prometeo, una víctima noble de una guerra sin esperanza.

—¿Está usted despierto? —susurró una voz desde la puerta.

A él le entró, de pronto, una risa inmotivada, como si aquel hombre fuese un ridículo monigote, con las piernas rellenas de paja, la cara pintada y un sombrero viejo, dispuesto para ser quemado en la plaza mientras la gente hacía discursos políticos y se disparaban fuegos artificiales.

—¿No puede usted dormir?

—Estaba soñando —murmuró él. Abrió los ojos y vio que el hombre tiritaba junto a la puerta. Los dos afilados colmillos brincaban arriba y abajo sobre el labio inferior—. ¿Está usted enfermo?

—Un poco de fiebre —contestó el hombre—. ¿Tiene usted alguna medicina?

—No.

La puerta donde apoyaba la espalda crujía debido a los escalofríos que recorrían su cuerpo.

—Fue al mojarme en el río... —dijo, y se acostó.

Los mosquitos, con las alas chamuscadas, arrastrábanse sobre la cama terriza.

El cura pensaba: «No debo dormirme: es peligroso. He de vigilarle». Abrió el puño y alisó el papel. Se distinguían unas débiles líneas a lápiz, apenas visibles; palabras sueltas, pedazos de frases, cifras. Ahora que ya no tenía la caja, aquello era la única prueba restante de que la vida había sido distinta en otro tiempo; llevaba consigo aquello como un talismán, porque si la vida fue alguna vez de aquel modo, podía volver a serlo. La llama de la vela, en el aire de la pantanosa tierra baja, se agitaba despidiendo humo... Él sostenía junto a ella el papel y leía las palabras «Sociedad del Altar», «Hermandad del Santísimo Sacramento», «Hijas de María»; después levantó la vista y vio, a través de la oscura choza, los amarillos ojos palúdicos del *mestizo* que le observaban. Cristo no hubiera encontrado a Judas dormido en el huerto: Judas podía velar más de una hora.

—¿Qué papel es ése..., padre? —preguntó con halago, tiritando contra la puerta.

—No me llame padre. Es una lista de semillas que he de comprar en Carmen.

—¿Sabe usted escribir?

—Sé leer.

Volvió al papel y le saltó a la vista un chistecito de leve impiedad escrito a lápiz, desvaído; algo acerca «de una sola sustancia». Se había referido a su propia corpulencia y al banquete recién comido: los feligreses no habían celebrado mucho el humorismo.

Se trataba de una comida dada en Concepción para celebrar el décimo aniversario de sus órdenes sagradas. Se sentaba presidiendo la mesa con..., ¿quién estaba a su derecha? Había doce cubiertos; él había dicho algo sobre los apóstoles, también, que no se consideró del mejor gusto. Era entonces muy joven y le había impulsado una diablura benigna, rodeado de todas aquellas personas provectas, piadosas y respetables de Concepción que lucían sus lazos de hermandad y sus divisas. Había bebido tan sólo un poco más de lo justo: en aquellos tiempos no estaba acostumbrado al licor. De pronto recordó a quién tenía sentado a su derecha: era Montes, el padre del que después sería fusilado.

Aquél había hablado con cierta extensión. Había referido el progreso de la «Sociedad del Altar» durante el año anterior: tenía un saldo a su favor de veintidós pesos. Él lo había anotado como comentario; allí estaba: «S. del A.» 22. Montes se había mostrado anhelante por establecer una rama de la Sociedad de San Vicente de Paúl, y alguna mujer se había quejado de que se vendieran libros malos en Concepción, enviados en mulo desde la capital: su hijo había poseído uno titulado: *Un marido por una noche*. El cura, en su discurso, dijo que escribiría al gobernador sobre el asunto.

En el momento de decir aquello, el fotógrafo local había disparado el magnesio; por lo tanto, podía recordarse a sí mismo en aquel instante, igual que si hubiera sido un extraño mirando desde fuera, atraído por el ruido, por algún acontecimiento feliz, festivo y singular; notando con envidia, y tal vez un poco divertido, al cura gordo y juvenil que tendía autoritario una mano rechoncha mientras la lengua se recreaba gustosa con la palabra «Gobernador». Las bocas se abrían de par en par, aleladas, y las caras destacaban con la palidez del magnesio, borrados los rasgos y la individualidad.

Aquel momento de autoridad le había devuelto de un tirón a la compostura; había dejado de solaparse y todos respiraron aliviados. Dijo:

—El saldo de veintidós pesos en las cuentas de la «Sociedad del Altar», aunque del todo inusitado para Concepción, no es el único motivo de congratulación del pasado año. Las «Hijas de María» han aumentado en nueve el número de sus afiliadas, y la «Hermandad del Santísimo Sacramento» durante el otoño último hizo su retiro anual con más éxito que de costumbre. Pero no debemos descansar sobre nuestros laureles, y os confieso que tengo proyectos que podéis encontrar algo alarmantes. Ya sé que me tenéis por hombre de ambiciones excesivas; bueno, yo quiero que Concepción tenga una escuela mejor; y ello significa un presbiterio mejor también, por supuesto. Constituimos una gran parroquia y el cura tiene que mantener su rango. No pienso en mí, sino en la Iglesia. Y no nos detendremos ahí, aunque el reunir dinero para ello temo nos ocupe bastantes años, incluso en una ciudad tan importante como Concepción.

Mientras hablaba se extendía ante él una vida llena de serenidad. Tenía ambición: no había motivo para que no se hallase algún día en la capital del estado, agregado a la catedral, dejando a otro que desempeñara sus deberes en Concepción. A un sacerdote activo siempre se le conoce por sus dudas. Continuaba agitando una mano rolliza y elocuente:

—Desde luego, aquí en México, muchos peligros amenazan a nuestra querida Iglesia. En este estado somos excepcionalmente dichosos: en el Norte hubo hombres que perdieron la vida, y nosotros debemos estar preparados... —refrescó la boca seca con un trago de vino— para lo peor. Vigilad y rezad —continuó vagamente—, vigilad y rezad. El demonio, como un león furioso...

Las «Hijas de María» le miraban con la boca entreabierta, el lazo azul celeste terciado sobre las oscuras blusas domingueras.

Había hablado largo rato gozando con el sonido de su propia voz; había disuadido a Montes sobre el asunto de lo de San Vicente de Paúl, porque uno debe cuidar de no animar demasiado a los seglares; y había contado una historia encantadora sobre la agonía de una niña que moría de consunción, muy firme a su fe, a la edad de once años. Preguntó ella quién estaba a los pies de la cama, de pie, y le dijeron que «el padre Fulano de Tal», y la niña dijo: «No, no. Conozco al padre Fulano de Tal. Quiero decir aquel que lleva una corona de oro». Uno de la «Hermandad del Santísimo Sacramento» había llorado. Todos se sentían muy felices. Además, era una historia verdadera, si bien no podía recordar del todo dónde la había oído referir. Tal vez la hubiera leído en algún libro. Alguien le llenó de nuevo el vaso. Respiró profundamente y dijo:

—Hijos míos...

Y como el *mestizo* se agitaba y gruñía junto a la puerta, él abrió los ojos, y la vida pasada se desplegó como una etiqueta vieja; quedaba él, acostado, con pantalones rotos de peón, en una choza oscura sin ventilar y con la cabeza puesta a precio. El mundo en conjunto había cambiado, no había iglesias en parte alguna, ni ningún compañero del clero, excepto el *padre José,* el desecho de la capital. Yacía escuchando la respiración pesada del *mestizo* y preguntándose por qué no había seguido el mismo camino del *padre José,* conformándose con las leyes. «Por demasiado ambicioso», pensaba; tal era el motivo. Quizá fuera el otro el mejor; siempre fue tan humilde que estuvo dispuesto a aceptar todas las burlas; en lo mejor de los tiempos nunca se consideró digno del sacerdocio. En una ocasión hubo una conferencia del clero parroquial en la capital, cuando los días felices del antiguo gobernador, y él recordaba al *padre José* yendo siempre en último lugar, achicándose, medio oculto en una de las filas de atrás, sin abrir mucho la boca. No era así por demasiado escrupuloso, como algunos sacerdotes más intelectuales; siempre tuvo sencillamente un abrumador sentido de la presencia de Dios. Al elevar la Hostia podían verse temblar sus manos. No era como santo Tomás, que necesitó ponerlas en las heridas para creer: para él las heridas sangraban de nuevo en cada altar. Una vez le había dicho en una explosión confidencial:

—Cada vez..., siento tal miedo...

Su padre había sido peón.

Pero su caso era distinto; él tenía ambición. No era más intelectual que el *padre José,* pero su padre era tendero, y el hijo conocía el valor de un saldo de veinte pesos y sabía administrar hipotecas. No se conformaba con ser toda la vida el cura de una parroquia no muy grande. Ahora recordaba sus ambiciones como algo levemente cómico y soltó una breve carcajada de asombro. El *atravesado* abrió los ojos y preguntó:

—¿Aún no duerme usted?

—Duerma usted —contestó él, secándose un poco de sudor de la cara con la manga.

—Tengo tanto frío...

—No es más que la fiebre. ¿Quiere usted esta camisa? No es gran cosa, pero le puede aliviar.

—No, no. No quiero nada de usted. No se fía de mí.

No, si él hubiese sido humilde como el *padre José* ahora viviría en la capital con María y cobraría una pensión. Aquello era orgullo, diabólico orgullo: el permanecer allí ofreciéndole la camisa a un hombre que deseaba venderlo. Incluso sus intentos de fuga habían sido tibios a causa de su... su orgullo, el pecado por el cual cayeron los ángeles. Cuando se quedó como único cura en el estado, su orgullo fue tanto mayor: creía ser un héroe porque transportaba... a Dios en la penumbra, lujurioso y voraz: «¡Oh, Dios, perdóname! Soy un hombre. He amado con exceso la autoridad. Esas gentes son mártires al protegerme a mí con sus propias vidas. Se merecen que cuide de ellos un mártir y no un necio como yo, que ama todas las cosas falsas. Quizás hubiera hecho mejor en huir; si yo dijese a la gente lo que aquí ocurre, acaso mandarían a un hombre virtuoso encendido de amor...». Como de costumbre, su autoconfesión se disolvió en problemas prácticos, «¿qué he de hacer?».

Apoyado en la puerta, el *mestizo* dormía inquieto.

¡Cuán poco alimento bastaba a su orgullo! En todo el año sólo había celebrado cuatro misas y oído acaso un centenar de confesiones. Le parecía que el más zote de cualquier seminario lo habría hecho tan bien... o mejor. Se levantó con gran precaución y anduvo de puntillas con los pies desnudos sobre el suelo. Necesitaba llegar a Carmen y marcharse deprisa antes que aquel hombre... Tenía la boca abierta mostrando las encías desdentadas, ásperas y descoloridas; entre sueños gruñía y luchaba; después se desplomó en el suelo y quedó inmóvil.

Daba una sensación de abandono como si hubiera desechado toda lucha desde aquel momento y yaciera en tierra víctima de algún poder... Él no tenía más que pasar sobre sus piernas y empujar la puerta: se abría hacia fuera.

Pasó una pierna sobre el cuerpo y una mano le agarró el tobillo.

—¿Adónde va usted?

—Necesito aliviarme —contestó él.

La mano aún retenía su tobillo.

—¿Por qué no puede usted hacerlo aquí? —gruñía el hombre—. ¿Qué se lo impide, padre? Porque yo creo que es usted un padre, ¿verdad?

—Tengo un hijo —replicó él—, si es eso lo que usted quiere decir.

—Ya sabe usted lo que quiero decir. Es usted entendido en las cosas de Dios, ¿no es verdad? —la cálida mano se adhería—. Tal vez lo trae usted ahí, en el bolsillo. Lo lleva consigo por ahí, ¿verdad?, para el caso de que haya un enfermo... Pues yo estoy enfermo. ¿Por qué no me lo da? ¿O acaso es que cree usted que no querría nada conmigo si supiera...?

—Tiene usted fiebre.

Pero el hombre no quería callarse. El cura se acordaba de un surtidor de petróleo descubierto tiempo atrás cerca de Concepción; el terreno, al parecer, no era bueno para justificar nuevas operaciones, pero durante cuarenta y ocho horas la negra fuente, salida del suelo estéril y pantanoso, lanzó contra el cielo cincuenta mil galones por hora que fluyeron para derrocharse. Tal es a veces el sentido religioso en el hombre lanzado de pronto hacia lo alto cual negra columna de gases e impurezas, derramándose para perderse luego para siempre.

—Voy a decirle lo que yo he hecho. Es misión suya el escucharme. He tomado dinero de las mujeres para hacer lo que usted sabe, y he dado dinero a los muchachos.

—No quiero oírle.

—Es su obligación.

—Está usted equivocado.

—¡Oh, no! No lo estoy. No puede usted engañarme. Escuche. He dado dinero a los muchachos; ya sabe usted lo que quiero decir. Y he comido carne en viernes —la mezcla horrible de lo indecoroso, lo trivial y lo grotesco se disparaba entre los colmillos amarillentos, y la mano agarrada al tobillo del cura temblaba más y más de fiebre—. He dicho mentiras, no he ayunado en cuaresma desde no sé cuántos años. Una vez tuve dos mujeres. Le diré a usted lo que hice...

Demostraba una vanidad inmensa; era incapaz de imaginar un mundo de perfidia, violencia y lujuria en el que su ignominia fuera en conjunto insignificante. ¡Cuán a menudo había escuchado el sacerdote la misma confesión! ¡El hombre es tan limitado! No tiene siquiera la habilidad de inventar un vicio nuevo: los animales saben tanto como él. Fue para este mundo que murió Cristo: cuanta más corrupción hay en el mundo, tanto más resplandece la gloria que rodea su muerte. Resulta demasiado fácil morir por lo bueno o hermoso, por el hogar o los hijos o la civilización: fue necesario un dios que muriese por los hombres mezquinos y corrompidos.

Inquirió:

—¿Por qué me cuenta todo eso?

El hombre yacía agotado sin decir nada: empezaba a sudar; su mano aflojó la presa del tobillo. El cura empujó la puerta y salió; la oscuridad era completa. ¿Cómo encontrar la mula? Estuvo escuchando; se oyó un rugido no muy lejos. Se aterrorizó. Detrás, en la choza, la vela ardía; oíase un raro murmullo: el hombre lloraba. Volvió a recordar la tierra petrolífera con los charquitos negros y las burbujas hinchándose lentas, reventando después y empezando de nuevo.

Frotó una cerilla y anduvo recto hacia el frente: uno, dos, tres pasos y tropezó con un árbol. Una cerilla en la oscuridad inmensa no tenía más eficacia que una luciérnaga. Murmuró: «*Mula, mula*», con temor de gritar para que el *atravesado* no le oyera; además era inverosímil que la estúpida bestia le diese contestación alguna. La odiaba con su cabeza bamboleante de mandarín, su boca voraz y masculladora, su olor a sangre y basura. Encendió otra cerilla en el árbol. En la choza continuaba el sonido gangoso del llanto. Necesitaba llegar a Carmen y salir antes de que aquel hombre hallase medio de comunicar con la policía. Otra vez empezó: uno, dos, tres..., súbitamente el grito grotesco de la mula salió de la oscuridad, estaba famélica o acaso venteaba la presencia de algún animal.

La había atado unas yardas detrás de la choza donde no llegaba la luz de la vela. Las cerillas se gastaban deprisa, pero después de dos tentativas más la encontró. El *atravesado* la había desguarnecido y escondido la montura; no podía perder más tiempo en buscarla. Montó y sólo entonces se dio cuenta de cuán imposible resultaba ponerla en marcha sin tener siquiera un trozo de cuerda para atarle al cuello; probó retorciéndole las orejas, pero no eran más sensibles que un aldabón. Permanecía plantado allí como una estatua ecuestre. Encendió una cerilla y le acercó la llama al costado; ella dio de pronto un par de coces y él dejó caer la cerilla; quedose quieta de nuevo con su triste cabeza caída y sus ancas antediluvianas. Una voz acusadora le dijo:

—Me deja usted aquí... para que me muera.

—Tonterías —contestó él—. Tengo prisa. Por la mañana estará usted ya bien; pero yo no puedo aguardar.

Algo se movió en la oscuridad y luego una mano asió su pie desnudo.

—No me deje solo —gimió la voz—. Apelo a usted como cristiano.

—No le sucederá nada malo aquí.

—¿Cómo lo sabe usted, con el *gringo* por ahí?

—Yo no sé nada del *gringo*. No encontré a nadie que lo haya visto. Además, es un hombre... como cualquiera de nosotros.

—No quiero quedarme solo. Tengo un presentimiento...

—Muy bien —concedió él con hastío—, tráigame la montura.

Cuando hubieron ensillado la mula, reemprendieron la marcha; el *mestizo* siempre agarrado al estribo. Iban silenciosos; a veces aquél tropezaba. Despuntaba el gris falso del amanecer. En lo más hondo de la conciencia del sacerdote ardía una brasa diminuta de cruel satisfacción: aquél era Judas enfermo, inseguro y asustado en las tinieblas. No tenía más que pegar a la mula para dejarle abandonado en el bosque. En una ocasión le pinchó con la punta del palo obligándola a tomar un trote cansino, y pudo darse cuenta de los tirones del *atravesado* en el estribo para detenerle. Oyó un gemido que sonó como un «Madre de Dios», y dejó a la mula relajar el paso. Oraba en silencio —Dios me perdone—. Cristo también había muerto por aquel hombre. ¿Cómo pretendía él con su orgullo, lujuria y cobardía ser más digno de aquella muerte que aquel *mestizo*? Aquel hombre intentaba venderlo por un dinero que necesitaba, y él había traicionado a Dios por una lujuria que ni siquiera era auténtica. Preguntó:

—¿Está usted mal? —y no tuvo contestación. Se apeó y le invitó—: Suba. Yo andaré un rato.

tiros por ambos lados. Podía imaginarse el mundo entero escuchando lo que jamás había oído antes: la paz.

Una voz dijo:

—Usted es el cura, ¿no es cierto?

—Sí.

Fue como si ambos hubieran salido trepando de las respectivas trincheras encontrándose en la «tierra de nadie», entre las alambradas, para fraternizar. Recordaba relatos de la guerra europea que contaban cómo durante los últimos años hubo soldados que, llevados por un impulso inexplicable, se reunieron entre las dos líneas. «¿Es usted alemán?», pudieron decirse con incredulidad, ante un aspecto similar, o: «¿Es usted inglés?».

—Sí —volvió a decir, y la mula siguió avanzando.

Alguna vez, en los tiempos pasados, al instruir a los niños, algún indio chiquitín de ojos almendrados le había preguntado: «¿Cómo es Dios?», y él solía contestar fácilmente haciendo referencia al padre y a la madre, o quizá con mayor ambición, incluía hermano y hermana, y procuraba dar una idea de todos los cariños y parentescos, combinados en una pasión inmensa y, no obstante, personal... pero en el centro de su propia fe permanecía siempre la convicción misteriosa de que estamos hechos a imagen de Dios: Dios era el padre, pero también la policía, el criminal, el cura, el maníaco y el juez. Algunas veces la imagen de Dios colgaba de una horca o adoptaba raras actitudes ante las balas en el patio de una cárcel o se retorcía como un camello durante el acto sexual. Se sentaba en el confesionario y escuchaba las ingenuidades complicadas y sucias que la imagen de Dios había imaginado. Y ahora esta imagen se bamboleaba, arriba y abajo, sobre el lomo de una mula, con los dientes amarillos clavados en el labio inferior; y la misma imagen había cometido un día su acto de rebelión con María, en la cabaña, entre las ratas. A veces debe de ser un consuelo para el soldado el que sean iguales las atrocidades cometidas por ambas partes: nadie jamás era el único.

Preguntó:

—¿Se siente usted mejor ahora? No tiene tanto frío, ¿eh? —y oprimió con la mano, con cierto impulso de ternura, los hombros de la imagen de Dios.

El hombre no contestó: entretanto el espinazo de la mula lo hacía deslizarse a un lado y luego al otro.

—Ya no quedan más que dos leguas —observó el cura para darle ánimos.

Debía tomar una resolución. Tenía una visión de Carmen más clara que la de cualquier otro pueblo o ciudad del estado; el largo repecho de hierba que subía del río al cementerio sobre una pequeña colina, de unos veinte pies acaso, donde sus padres estaban enterrados. La pared del camposanto se había derrumbado hacia dentro; unas cuantas cruces destrozadas por los entusiastas; un ángel había perdido una de sus alas de piedra, y las pocas tumbas que quedaban intactas estaban casi ocultas por la tupida vegetación. Una imagen de la Virgen había perdido orejas y brazos y permanecía como una Venus pagana sobre la sepultura de algún rico y olvidado comerciante en maderas. Resultaba singular aquella furia mutiladora, porque, por supuesto, nunca la destrucción es suficiente. Si Dios fuera igual a un sapo, uno podría librar de ellos al mundo; pero ya que Dios era como uno mismo, no servía de nada estropear las figuras de piedra: sería preciso suicidarse entre las sepulturas. Volvió a preguntar:

—¿Está usted bastante fuerte ahora para sostenerse? —y separó la mano. El sendero se dividía: por un lado conducía a Carmen, por el otro al oeste. Empujó a la mula, zurrándola en la grupa, por el sendero que llevaba al pueblo. Dijo—: Estará usted allí en dos horas —y se quedó observando cómo la bestia seguía hacia su ciudad con el traidor encogido sobre el arzón.

El *mestizo* procuró enderezarse.

—¿Adónde va usted?

—Será usted mi testimonio —contestó el cura—. No he estado en Carmen. Pero si usted me nombra allí le darán de comer.

—¡Qué! ¡Qué...!

El *atravesado* intentaba torcer la cabeza de la mula, pero no tenía fuerza suficiente: tuvo que continuar. Él le gritó:

—¡Acuérdese: No he estado en Carmen!

¿Pero a qué otra parte podía ir? Llegó a la conclusión de que en todo el estado no había más que un lugar donde no pudieran coger a un inocente como rehén; pero no podía ir con aquella ropa... El *atravesado* se agarraba fuertemente al arzón y giraba sus amarillos ojos implorando:

—No me dejará usted aquí... solo.

Pero él abandonaba en aquella senda del bosque algo más que al *atravesado:* el mulo, saludando con su estúpida cabeza, presentaba su perfil oblicuamente como una barrera que se alzaba entre él y el lugar donde había nacido. Se sentía como un hombre sin pasaporte a quien rechazan en todos los puertos.

El *atravesado* se las había ingeniado para mantenerse derecho, le gritaba:

—¡Y se llama usted cristiano! —empezó a vociferar injurias, una serie insensata de palabras indecentes que se perdían en la selva como el eco de débiles martillazos. Murmuró—: Si le vuelvo a ver no podrá echarme a mí la culpa... —por supuesto tenía toda la razón para estar enfadado: había perdido setecientos pesos. Se desgañitó desesperado—: ¡Jamás me olvido de una cara!

Capítulo II

En la noche calurosa y cargada de electricidad los jóvenes de ambos sexos paseaban alrededor de la plaza: los hombres en una dirección, las mujeres en la opuesta, sin hablar nunca entre sí. Hacia el norte los relámpagos surcaban el cielo. Aquello era como una ceremonia religiosa cuyo significado se hubiera perdido, pero en la cual todos lucían todavía la mejor ropa. A veces un grupo de mujeres mayores se unía a la procesión, un algo más excitadas y risueñas, cual si conservaran el recuerdo de cómo solía transcurrir la ceremonia antes de que se perdieran todos los textos. Un hombre con revólver en la cadera vigilaba desde los escalones de la Tesorería y un soldado menudo y macilento estaba sentado ante la puerta de la cárcel con el fusil entre las rodillas; las sombras de las palmeras le señalaban como un cerco de sables. Las luces ardían en la ventana de un dentista, rielando en la silla giratoria, en los almohadones de felpa encarnada, en el vaso para enjuagarse colocado en su pequeño soporte y en la vitrina llena de herramientas. Detrás de las ventanas con alambrera de las casas particulares, las abuelas se columpiaban en sus mecedoras, entre fotografías similares... sin nada que hacer ni que decir... vestidas con demasiada ropa, un poco sudorosas. Aquello era la ciudad, capital de un estado.

Un hombre con traje de dril raído lo miraba todo desde un banco. Un pelotón de policía armada pasaba en dirección a su cuartel, marchando sin llevar el paso, con los fusiles de cualquier modo. La *plaza* se iluminaba en cada ángulo con grupos de tres globos unidos por feos alambres aéreos, y un mendigo hacía su recorrido de asiento en asiento sin ningún éxito.

Finalmente, se sentó cerca del hombre vestido de dril y empezó una larga explicación. En sus maneras había algo confidencial y al mismo tiempo amenazador. Por todas partes las calles bajaban al río, al puerto y a la llanura pantanosa. Contaba el mendigo que tenía mujer y muchos hijos, y que durante las últimas semanas casi no había comido... se interrumpió palpando el dril del otro.

—Y ¿cuánto le ha costado esto? —preguntó.

—Le sorprendería a usted cuán poco.

De pronto, en cuanto un reloj dio las nueve y media, se apagaron todas las luces.

El mendigo dijo:

—Es suficiente para desesperarle a uno.

Se refería al procedimiento y a que la concurrencia desfilaba cuesta abajo. El hombre vestido de dril se levantó, el otro se puso en pie también pisándole los talones hacia el límite de la *plaza;* sus pies desnudos y achatados iban dando trompicones en el adoquinado.

Suplicó:

—Unos cuantos pesos no representarían nada para usted...

—¡Ah, si supiera cuánta diferencia harían!

El mendigo quedó cortado. Se expresó así:

—Un hombre como yo a veces siente que haría cualquier cosa por unos pocos pesos —ahora que se habían apagado las luces en toda la ciudad, ambos intimaban más entre sombras. Añadió—: ¿Me lo censura usted?

—No, no. Sería lo último que hiciera.

Parecía que todas las cosas alimentaban la cólera del mendigo:

—A veces me siento capaz de matar...

—Eso, por supuesto, estaría muy mal.

—¿Estaría mal que cogiera a un hombre por la garganta?

—Bueno, un hombre que se muere de hambre tiene derecho a defender su vida, ciertamente.

El mendigo atisbaba con avidez, mientras el otro seguía hablando como si discutiese una cuestión académica.

—En mi caso, desde luego, apenas valdría la pena. Poseo exactamente quince pesos y setenta y cinco centavos en el mundo. No he comido desde hace cuarenta y ocho horas.

—¡Madre de Dios! —exclamó el mendigo—. Es usted duro como una piedra. ¿No tiene usted corazón?

El hombre vestido de dril se rió de pronto sin motivo. El otro rezongó:

—Está usted mintiendo. ¿Por qué no ha comido usted, si tiene quince pesos?

—Ya ve usted; quiero gastarlos en bebida.

—¿Qué clase de bebida?

—La que un forastero no sabe cómo lograr en un sitio como éste.

—¿Quiere usted decir alcohol?

—Sí... y vino.

El mendigo se le acercó mucho. Su pierna tocaba la suya ya; le puso una mano sobre la manga. Pudieron pasar por amigos íntimos hablando en la oscuridad; incluso las luces de las casas se iban apagando y los taxis que durante el día esperaban a media cuesta un cliente que parecía no llegar nunca, ya se dispersaban. Un farolillo parpadeaba y extinguiose más allá del cuartel de policía.

—Hombre, hoy está de suerte. ¿Cuánto me daría usted...?

—¿Por alguna bebida?

—Por presentarle a quien pudiera proporcionarle a usted un poco de aguardiente, un auténtico y estupendo aguardiente de Veracruz.

—Con una garganta como la mía —explicó el hombre vestido de dril—, lo que necesito en realidad es vino.

—Pulque o mezcal;* él tiene de todo.

—¿Y el vino?

—Vino de membrillo.

—Daría cuanto tengo —juró el otro con solemnidad y precisión—, excepto los centavos, quiero decir, por algún vino de uva verdadero.

En alguna parte, cuesta abajo, junto al río, sonaba un tambor: ram-plam, ram-plam, y unas pisadas que guardaban un ritmo más o menos regular. Los soldados o la policía volvían al cuartel para acostarse.

—¿Cuánto? —repitió impaciente el mendigo.

—Pues, yo le daría a usted los quince pesos y usted compraría el vino correspondiente a lo que quisiera gastar.

* Pulque y mezcal, dos variedades de aguardiente muy corrientes en México. *(N. del T.)*

—Venga usted conmigo.

Empezaron a bajar la cuesta hasta la esquina de una calle que subía más allá de la droguería, hacia el cuartel, y otra que bajaba al hotel, al muelle y al almacén de la Compañía Bananera. El hombre vestido de dril se detuvo. La policía subía con los fusiles calados cómodamente.

—Aguarde un momento.

Entre ellos marchaba un *mestizo* con unos colmillos como de bestia sobresaliendo de los labios. El hombre de dril permaneció en la sombra observándole mientras se alejaba; de pronto, el *mestizo* volvió la cabeza y sus ojos se encontraron. Después la policía pasó subiendo hacia la plaza.

—Vámonos. Deprisa.

El mendigo contestó:

—No se meterán con nosotros. Tienen asunto más gordo.

—¿Qué cree usted que haría aquel hombre con ellos?

—¿Quién sabe? Sería un rehén, tal vez.

—Si lo fuese le habrían atado las manos, ¿no es así?

—¿Cómo he de saberlo? —tenía la independencia rencorosa que se halla en los países donde los pobres gozan del derecho a mendigar. Gruñó—: ¿Quiere usted el alcohol o no lo quiere?

—Quiero vino.

—Yo no puedo decirle si habrá de esto o de aquello. Tiene usted que tomar lo que venga —le guió cuesta abajo hacia el río, añadiendo—: Ni siquiera sé si él está en la ciudad.

Los escarabajos se congregaban en bandadas y cubrían el pavimento; explotaban como vejigas hinchadas y un olor agrio y fresco subía del río. El busto blanco de un general se vislumbraba en el jardincillo público, recinto hecho de polvo y adoquines cálidos, y una dinamo eléctrica vibraba en la planta baja del único hotel. Una amplia escalera de madera poblada de escarabajos subía al primer piso.

—He hecho lo que he podido —dijo el mendigo—, un hombre no está obligado a más.

En el primer piso un hombre con pantalones oscuros de ceremonia y camiseta blanca ajustada, ceñida a la piel, salió de un dormitorio con una toalla sobre los hombros. Ostentaba una perilla gris aristocrática y usaba tirantes además de cinturón. A lo lejos gorgoteaba una cañería, y los escarabajos chocaban contra una bombilla desnuda. El mendigo estuvo hablándole con seriedad y mientras hablaba la luz se apagó del todo y después fluctuó de un modo deficiente. El rellano de la escalera estaba lleno de mecedoras, y escritos con tiza en una pizarra figuraban los nombres de los huéspedes: tres tan sólo para veinte habitaciones.

El mendigo se dirigió a su acompañante:

—El caballero —le anunció— no está aquí. Lo dice el gerente. ¿Le esperaremos?

Entraron en un gran dormitorio desmantelado con piso de baldosas. La pequeña cama negra de hierro parecía un objeto que alguien hubiese dejado por descuido al partir. Ambos se sentaron en ella uno al lado del otro y aguardaron.

Los escarabajos entraban disparados por los resquicios de la alambrera.

—Es un hombre muy importante —aseveró el mendigo—, es primo del gobernador; le puede proporcionar a usted de todo en absoluto. Pero, desde luego, hace falta que le presente alguien de confianza.

—¿Y él se fía de usted?

—Trabajé para él en otro tiempo —y agregó con franqueza—: Tiene que fiarse de mí.

—¿Lo sabe el gobernador?

—No, por supuesto. Es hombre difícil.

De vez en cuando las cañerías del agua absorbían ruidosamente.

—Y ¿por qué había de fiarse de mí?

—Oh, cualquiera puede adivinar a un bebedor. Usted querrá volver por más. Vende buen género. Lo mejor es que me dé los quince pesos —los contó con cuidado dos veces—. Le conseguiré una botella del mejor aguardiente de Veracruz. Ya lo verá usted.

La luz se apagó, y ambos quedaron sentados en la oscuridad. La cama crujió al moverse uno de ellos.

—No quiero aguardiente —pronunció una voz—. Al menos no mucho.

—¿Qué quiere usted entonces?

—Ya se lo dije a usted: vino.

—El vino es muy caro.

—Eso no importa. Vino o nada.

—¿Vino de membrillo?

—No, no. Vino francés.

—A veces tiene vino de California.

—Ése servirá.

—Por supuesto; él lo adquiere por nada. De la Aduana.

La dinamo empezó a latir de nuevo y la luz se encendió débilmente. Se abrió la puerta y el gerente llamó por señas al mendigo; comenzó una larga conversación. El hombre vestido de dril se echó hacia atrás en la cama. Su mentón tenía cortes en varios sitios que habían sido afeitados con insistencia excesiva; tenía la cara macilenta y enfermiza; daba la impresión de que había sido rechoncho y carirredondo, pero que se había demacrado. Tenía el aspecto de un hombre de negocios caído en la miseria.

Volvió el mendigo, diciendo:

—El caballero está ocupado, pero volverá pronto. El general ha mandado a un muchacho a buscarlo.

—¿Dónde está?

—No se le puede interrumpir. Juega al billar con el jefe de policía —volvió a la cama aplastando dos escarabajos con sus pies desnudos. Comentó—: Éste es un hotel magnífico. ¿Dónde se aloja usted? Usted es forastero, ¿no?

»Este caballero es muy influyente. Sería muy adecuado ofrecerle de beber. Después de todo, usted no querrá llevárselo todo consigo. Puede usted beber aquí.

—Me gustaría guardar un poco... para llevar a casa.

—Es lo mismo. Yo digo que «casa» es donde hay una silla y un vaso.

Entonces volvió a apagarse la luz, y el horizonte iluminado por los relámpagos se hinchó como una cortina. Los truenos atravesaban la rejilla mosquitero desde muy lejos, y semejaban al ruido que se oye desde el otro extremo de la ciudad cuando ha empezado la corrida de toros del domingo.

El mendigo preguntó en tono confidencial:

—¿Cuál es su oficio?

—Oh, aprovecho lo que puedo... y donde puedo.

Quedaron ambos silenciosos escuchando las pisadas en los escalones de madera. Se abrió la puerta, pero no pudieron ver nada. Una voz renegó en tono resignado e inquirió:

—¿Quién está ahí?

Después encendiose una cerilla, dejando ver una mandíbula gruesa y azul, y se apagó. La dinamo comenzó a latir y la luz volvió de nuevo. El forastero pronunció con fastidio:

—Oh, es usted...

—Soy yo.

Era un hombre pequeño de cara gruesa y demasiado grande, con un ceñido traje gris. Un revólver le abultaba el chaleco.

Dijo:

—No tengo nada para usted. Nada.

El mendigo cruzó la habitación y empezó a charlar formalmente en voz muy baja; en una ocasión llegó a comprimir suavemente con su pie desnudo el bruñido zapato del otro. El hombre suspiró y observó con atención la cama como si temiera que maquinaran algo contra él. Se encaró con el hombre vestido de dril:

—Así, pues, usted quiere aguardiente de Veracruz, ¿no es así? Está prohibido por la ley.

—Aguardiente no. No quiero aguardiente.

—¿No está bien la cerveza para usted?

Avanzó autoritario y dándose tono hasta el centro de la estancia, rechinando los zapatos sobre las baldosas: ¡el primo del gobernador!

—Puedo hacerle detener a usted —amenazó.

El del traje de dril se achicó del todo. Dijo:

—Por supuesto, Excelencia...

—¿Cree usted que no tengo otra cosa que hacer que apagar la sed de todos los mendigos que quieren...?

—Yo nunca le hubiese molestado a usted si este hombre no...

El primo del gobernador escupió en los ladrillos.

—... Pero si Vuecencia prefiere que me marche...

—No soy hombre intransigente —contestó con viveza—. Siempre procuro complacer a mis asociados... si está en mi mano y no supone perjuicio. Tengo mi posición, ¿comprende?

—Por supuesto.

—Y he de cobrar lo que me han costado.

—Por supuesto.

—De otro modo iría a la ruina —se dirigió a la cama con precaución, como si le apretaran los zapatos, y empezó a deshacerla—. ¿Es usted hablador? —preguntó.

—Sé guardar un secreto.

—No me importa que se lo diga a la gente... Conforme.

En el colchón había una gran rasgadura, sacó un puñado de paja y volvió a meter los dedos. El hombre de dril miraba con fingida indiferencia el jardín público, las riberas fangosas y los mástiles de los veleros; más allá los relámpagos flameaban y el trueno se acercaba.

—Aquí está —dijo el primo del gobernador—. Me puedo desprender de eso. Es buen género.

—En realidad no era aguardiente lo que yo quería.

—Tiene usted que tomar lo que haya.

—Entonces sería mejor me devolviera mis quince pesos.

El primo del gobernador exclamó con viveza:

—¡*Quince pesos!*

El mendigo empezó a explicar, rápido, que el caballero deseaba comprar un poco de vino además del aguardiente; se pusieron a discutir los precios fieramente y en voz baja junto a la cama. El primo del gobernador dijo:

—Es muy difícil conseguir vino. Le puedo proporcionar dos botellas de aguardiente.

—Una de aguardiente y una de...

—Es el mejor aguardiente de Veracruz...

—Pero yo soy bebedor de vino... Sólo deseo vino...

—El vino cuesta mucho dinero. ¿Qué puede usted pagar?

—Todo lo que me queda son setenta y cinco centavos.

—Le podría dar una botella de tequila.

—No, no.

—Entonces cincuenta centavos más... Será una botella grande.

Volvió a escarbar en el colchón, sacando paja. El mendigo guiñó un ojo al hombre vestido de dril e hizo el ademán de descorchar y llenar un vaso.

—Ahí está —dijo el primo del gobernador—.Tome esto o déjelo.

—Oh, sí que lo tomaré.

El primo del gobernador perdió de pronto su mal genio. Se restregó las manos y comentó:

—¡Qué noche más sofocante! Las lluvias empezarán pronto este año, creo yo.

—Quizá Vuecencia me honraría tomando un vaso de aguardiente para brindar por nuestros negocios.

—Bien, bien... acaso...

El mendigo abrió la puerta y pidió unos vasos.

—Hace mucho tiempo —observó el primo del gobernador— que no he tomado un vaso de vino. Tal vez sería más apropiado para un brindis.

—Desde luego —repuso el de dril—, como prefiera Su Excelencia —observó el descorchamiento con aspecto de ansiedad dolorosa—. Si lo permiten, tomaré aguardiente.

Con un esfuerzo consiguió una sonrisa mediocre mientras veía descender el nivel del vino.

Brindaron saludándose mutuamente, sentados los tres en la cama.

El mendigo bebió aguardiente. El primo del gobernador dijo:

—Estoy orgulloso de este vino. Es el mejor de California.

El mendigo guiñó un ojo e hizo una seña; el hombre vestido de dril dijo:

—¿Otro vaso? Excelencia, ¿puedo aconsejarle este aguardiente?

—Es un buen aguardiente; pero prefiero otro vaso de vino.

Volvieron a llenar los vasos. El hombre vestido de dril añadió enseguida:

—Voy a reservar algo de ese vino... para mi madre. A ella le encanta un vaso.

—No podría tener mejor gusto —opinó el primo del gobernador vaciando el suyo. Añadió—: ¿Así, tiene madre?

—¿No la tenemos todos?

—¡Ah! Es usted muy afortunado. La mía ha muerto —su mano avanzaba como maquinalmente hacia la botella y la cogió—. A veces la echo de menos. Solía llamarla «mi amiguita» —inclinó la botella—. Con su permiso.

—Desde luego, Excelencia —contestó el otro, con claros signos de desesperación, sorbiendo un gran trago de aguardiente.

—Yo también tengo madre —terció el mendigo.

—¿A quién le interesa? —replicó el primo del gobernador con sequedad. Se echó hacia atrás y crujió la cama. Continuó—: A menudo he creído que una madre es mejor amigo que un padre. Su influencia se dirige a la paz, a la bondad, a la caridad... Siempre llevo flores a la tumba el día del aniversario de su muerte.

El hombre vestido de dril contuvo cortésmente un hipo:

—Ah, si también yo pudiera...

—¿Pero, no dijo usted que su madre vivía?

—Creí que hablaba usted de su abuela.

—¿Cómo había de hablar? Si no recuerdo a mi abuela.

—Yo tampoco.

—Yo sí —dijo el mendigo.

—Usted habla demasiado —exclamó el primo del gobernador.

—Acaso podría yo mandar que me envolvieran este vino... En beneficio de Vuecencia es mejor que no me vean...

—Aguarde, aguarde. No hay prisa. Aquí es usted bienvenido. Todo lo de este cuarto está a su disposición. Tome un vaso de vino.

—Creo que aguardiente...

—Entonces con su permiso... —inclinó la botella. Un poco de su contenido salpicó las sábanas—. ¿De qué estábamos hablando?

—De nuestras abuelas.

—No creo que fuera de eso. Ni siquiera recuerdo a la mía. Lo más antiguo que puedo recordar...

Se abrió la puerta. El gerente avisó.

—El jefe de policía está subiendo la escalera.

—Excelente. Hágalo entrar.

—¿Está usted seguro?

—Desde luego. Es un buen camarada —y dirigiéndose a los otros—: Pero en el billar no se puede uno fiar de él.

Un hombre corpulento y animoso con camiseta fina, pantalón blanco y pistolera apareció en la puerta. El primo del gobernador le invitó.

—Pase, pase. ¿Cómo va su dolor de muelas? Estábamos hablando de nuestras abuelas —bruscamente, le dio una orden al mendigo—: Haga sitio al jefe.

Éste, observándolos con profunda perplejidad, dijo:

—Bien, bien...

—Celebrábamos una pequeña fiesta particular. ¿Quiere ser de los nuestros? Sería un honor.

—Desde luego; un poco de «cerveza» nunca cae mal.

—Está bien. Déle un vaso de «cerveza» al *jefe*.

El mendigo llenó de vino su propio vaso y se lo ofreció. El jefe tomó asiento en la cama y vació el vaso; después él mismo cogió la botella. Opinó:

—Es una buena cerveza. Muy buena cerveza. ¿Es ésta la única botella?

El hombre vestido de dril le observaba con ansiedad.

—Lo siento; es la única botella.

—*¡Salud!*

—¿Y de qué hablábamos? —preguntó el primo del gobernador.

—Sobre la cosa más lejana que usted recuerda.

—Lo más antiguo que puedo recordar... —empezó el jefe, reflexivo—. ¿Pero este caballero no bebe?

—Tomaré un poco de aguardiente.

—*¡Salud!*

—*¡Salud!*

—Lo primero que puedo recordar con alguna claridad es mi primera comunión. ¡Ah, la emoción del alma! Mis padres rodeándome...

—¿Cuántos padres tenía usted?

—Dos, por supuesto.

—Entonces no pudieron rodearlo; hubiera usted necesitado por lo menos cuatro... ¡Ja, ja!

—*¡Salud!*

—*¡Salud!*

—No, pero como iba diciendo, la vida tiene estas ironías. Fue un deber penoso contemplar el fusilamiento del cura que me dio la comunión: un anciano. No me avergüenza decir que lloré. El consuelo está en que será un santo probablemente y rogará por nosotros. No todos pueden ganarse las oraciones de un santo.

—*¡Salud!*

El hombre vestido de dril exclamó:

—¿Un vaso de aguardiente, jefe?

—Queda tan poco en esta botella que si me lo permite...

—Tenía deseos de guardar un poco para mi madre.

—¡Oh, una gota como ésta...! Sería un insulto llevarle esto. Las puras heces —vació la botella en su vaso y ahogó la risa—. Si puede decirse que la cerveza tiene heces... —y se detuvo sosteniendo la botella sobre el vaso con asombro—. ¡Hombre! ¡Cómo! ¿Está usted llorando?

Los tres miraron al del traje de dril con la boca entreabierta. Éste dijo:

—Siempre me hace este efecto... el aguardiente. Perdónenme, caballeros. He bebido con mucha despreocupación y además ya veo...

—¿Qué ve?

—Oh, no sé... toda la esperanza del mundo disipándose.

—¡Hombre! Usted es poeta.

El mendigo dijo:

—Un poeta es el alma de un país.

Los relámpagos cubrían las ventanas como sábanas blancas y el trueno sonó de pronto sobre sus cabezas. La única bombilla vacilaba mortecina cerca del techo.

—Esto es mala noticia para mis hombres —observó el jefe pisando un escarabajo que se acercaba demasiado.

—¿Qué mala noticia?

—El que las lluvias empiecen tan pronto. Ya sabe usted que andan persiguiendo a uno.

—¿El *gringo*...?

—Ése en realidad no importa; pero el gobernador se ha enterado de que todavía hay un cura, y ya conoce sus sentimientos a este respecto. Por mí, dejaría tranquilo al pobre diablo. Acabaría por morir de hambre, o de fiebre, o se rendiría. No puede hacer ningún bien ni... ningún mal. ¡Qué!, si nadie había notado siquiera que anduviese por aquí hasta hace unos meses.

—Tendrán ustedes que apresurarse.

—Oh, no tiene ninguna probabilidad de escapar. A menos que gane la frontera. Tenemos a un hombre que le conoce. Habló con él. Pasó con él la noche. Hablemos de otra cosa. ¿A quién le gustaría convertirse en policía?

—¿Dónde cree usted que está?

—Se sorprendería usted.

—¿Por qué?

—Está aquí; en esta ciudad, quiero decir. Es una deducción. Ya ven ustedes; desde que cogemos rehenes en las aldeas en realidad no puede estar en otro lado... Le echan, no quieren tenerlo. Por lo tanto, hemos lanzado sobre su pista como a un sabueso, a ese hombre de que les hablaba. Caerá en sus manos un día u otro... y entonces...

El del traje de dril preguntó:

—¿Han tenido que fusilar a muchos rehenes?

—Todavía no. Tres o cuatro quizá. Bueno. Aquí está el final de la cerveza. *¡Salud!* —dejó el vaso con pena—. Acaso tomaría ahora una gota más de su... «Sidral», ¿lo llamaremos así?

—Sí, por supuesto.

—¿No le he visto a usted antes? Su cara me resulta...

—No creo haber tenido el honor.

—Eso es otro misterio —dijo el jefe, extendiendo una pierna larga y gruesa y empujando con suavidad al mendigo hacia los pies de la cama—, de qué modo cree uno haber visto antes... a personas... lugares. ¿Fue soñando o en una vida anterior? Una vez le oí decir a un doctor que ello estaba relacionado con la retina. Pero era un yanqui. Un materialista.

—Recuerdo que una vez... —empezó el primo del gobernador.

Un rayo cayó en el puerto y el trueno resonó sobre el tejado. Aquello era en conjunto la atmósfera de todo el estado: fuera, la tormenta, y dentro, la conversación; palabras como «misterios» y «almas» y «fuente de vida» se repetían una y otra vez mientras hablaban, sentados en la cama sin nada que creer, ni sitio mejor adonde ir.

El del traje de dril aventuró tímidamente:

—Creo... tal vez sería mejor que me marche.

—¿Adónde?

—Oh... con unos amigos —respondió vagamente abarcando en un amplio ademán todo un mundo de amistades ficticias.

—Debería llevarse la bebida consigo —dijo el primo del gobernador—: Después de todo, usted la ha pagado.

—Muchas gracias, Excelencia.

Cogió la botella de aguardiente. Apenas quedarían unos tres dedos. La botella de vino estaba vacía del todo.

—Escóndala, hombre, escóndala —le advirtió con viveza el primo del gobernador.

—No ha de llamarle Excelencia —dijo el jefe.

Berreó una risotada y empujó al mendigo, tirándole de la cama al suelo.

—No, no, es que...

Salió escurriéndose cauteloso, sucio de lágrimas debajo de los ojos enrojecidos y doloridos. Desde el vestíbulo oyó cómo la conversación empezaba de nuevo: «misterio», «alma»... Continuaba interminable, sin fin.

Los escarabajos habían desaparecido; la lluvia se los había llevado, al parecer. Caía perpendicular, con intensidad en cierto modo uniforme, como si clavara tachuelas en la tapa de un ataúd. Pero el aire no se purificaba: el sudor y la lluvia se mezclaban en la ropa. El cura permaneció unos segundos en el portal del hotel cercano y vaciló recorriendo con la mirada el busto del general, los zarrapastrosos barcos de vela y una barcaza con chimenea de hojalata. No tenía a donde ir: la lluvia no entró en sus cálculos; se había figurado que podría pasar la noche de algún modo, durmiendo en un banco o junto al río.

Una pareja de soldados, discutiendo furiosos, bajaba por la calle hacia el muelle. Dejaban que la lluvia les cayera encima, como si no importara, como si las cosas fueran tan mal que ya no valiera la pena preocuparse... El cura empujó la puerta de madera en la cual se apoyaba (una puerta de *cantina* que empezaba a la altura de las rodillas) y entró para resguardarse de la lluvia. Rimeros de gaseosas y un solo billar con un tanteador de anillos ensartados: tres o cuatro hombres... Alguien había dejado la pistolera en el mostrador. El cura se movió con demasiada rapidez y empujó el codo de uno que tiraba una carambola. Éste dijo furioso:

—¡Madre de Dios!

Era un «camisa roja». ¿No había seguridad en parte alguna, siquiera por un instante?

El cura se excusó con humildad, desfilando de costado hacia la puerta, pero también fue demasiado brusco y dio contra la pared, haciendo sonar la botella que llevaba en el bolsillo. Le miraron tres o cuatro caras con regocijo malicioso: era un forastero y se dispusieron a divertirse.

—¿Qué trae usted en el bolsillo? —preguntó el «camisa roja», un mozalbete menor de veinte años, mostrando sus dientes de oro al hacer una mueca burlona.

—Limonada —contestó el cura.

—¿Y para qué lleva la limonada encima? —se volvió a los demás, pomposo, y dijo—: Yo huelo los matuteros a diez pasos —metió la mano en el bolsillo del cura y tiró de la botella de aguardiente—: Ahí está —exclamó.

El cura se echó contra la puerta oscilante y salió disparado a la calle, bajo la lluvia. Una voz gritó:

—¡Cogedlo!

Disfrutaban la sazón de su modo de vivir.

Subió el cura calle arriba en dirección a la *plaza,* dobló a la izquierda y siguió de frente otra vez; felizmente las calles estaban oscuras y la luna se escondía. Mientras se guardara de las ventanas iluminadas casi era invisible; les oía llamándose mutuamente. No cejaban: aquello era mejor que una partida de billar. Se oyó un silbido. La policía se unió a los perseguidores.

Ésta era la ciudad adonde ambicionaba que lo trasladaran, abandonando en Concepción sus verdaderos deberes. Mientras hacía zigzags para despistar a sus perseguidores, se acordó de la catedral, de Montes y de un canónigo que vio una vez. Algo, enterrado muy hondo, la voluntad de salvarse, iluminó momentáneamente la situación bajo un aspecto aterrador y burlesco. Se rió como un tonto, jadeó, y volvió a reírse. Caía la lluvia, corría y saltaba por la inútil fachada de lo que fue antes catedral (era demasiado caluroso el sitio para jugar a la *pelota,* y allí al lado alzábanse unos cuantos columpios de hierro con aspecto de patíbulos). Siguió su camino, de nuevo cuesta abajo: tenía un plan.

Se acercaron los gritos y después, desde el río, se aproximó un nuevo grupo. Éste perseguía la caza con método; los conoció por su andar pausado: la policía, los sabuesos oficiales. El cura se hallaba entre ambos grupos; los aficionados y los profesionales. Pero conocía la puerta, la empujó, entró rápido en el *patio* y la cerró tras de sí.

Se detuvo en las tinieblas, jadeante, escuchando las pisadas que se acercaban calle arriba mientras corría la lluvia calle abajo. Entonces se imaginó que alguien le observaba desde una ventana, una cara pequeña, oscura y macilenta, como las cabezas reducidas que compran los turistas. Se aproximó a la reja y preguntó:

—*¿Padre José?*

—Al otro lado.

Una segunda cara iluminada por la incierta luz de una vela surgió detrás de los hombros de la primera; después una tercera. Los rostros brotaban como setas. Los sentía vigilándole, mientras cruzaba el *patio* y llamaba a una puerta.

Durante unos segundos no reconoció al *padre José* que, vestido con un absurdo camisón inflado por el viento, sostenía una lámpara. La vez anterior que le viera fue en la conferencia, sentado en la última fila, mordiéndose las uñas, temeroso de ser advertido. No había motivo: ninguno de los atareados clérigos de la catedral sabía siquiera su nombre. Resultaba extraño que ahora hubiese cobrado fama superior a la de aquéllos.

—José —dijo con suavidad, guiñando un ojo desde la oscuridad cenagosa.

—¿Quién es usted?

—¿No me recuerda? Desde luego, hace ya tiempo... ¿No recuerda la conferencia en la catedral?

—¡Oh, Dios mío! —exclamó el *padre José*.

—Andan buscándome. Pensé que acaso, sólo por esta vez, usted tal vez podría...

—¡Márchese! —exclamó el *padre José*—, ¡márchese!

—No saben quién soy. Me creen un contrabandista; pero en el puesto de policía, sí que me conocen.

—No hable tan alto. Mi esposa...

—Escóndame aunque sea en un rincón —susurró.

Empezaba otra vez a tener miedo. Acaso se disipaba el efecto del aguardiente (en aquel clima cálido y húmedo la borrachera no podía durar; el alcohol se eliminaba por las axilas, chorreaba por la frente), o acaso sería que el deseo de vivir, que va por rachas, estaba volviendo a él: vivir cualquier clase de vida.

A la luz de la lámpara, la cara del *padre José* expresaba odio.

—¿Por qué ha acudido a mí? ¿Por qué se cree usted...? Llamaré a la policía si no se marcha usted. Ya sabe usted la clase de hombre que soy.

—Es usted un buen hombre, José. Siempre lo he creído.

—Gritaré si no se marcha usted.

Procuraba recordar algún motivo de rencor que justificara tanta enemistad. En la calle se oían voces, discusiones, un aldabonazo. ¿Estarían registrando las casas?

—Si alguna vez le ofendí, José, perdóneme. Yo era presumido, orgulloso, dominante...: un mal sacerdote. Siempre sentí en mi corazón que usted valía más que yo.

—¡Váyase! —chilló el *padre José*—. ¡Váyase! No quiero mártires aquí. Yo no soy de los vuestros. Déjeme solo. Estoy muy bien tal como soy —procuró concentrar en saliva su rencor y lo disparó débilmente a la cara del otro; ni siquiera le alcanzó el salivazo, que cayó entre ambos. Añadió—: Váyase y muérase pronto. Es su oficio —y cerró de un portazo.

La puerta de la calle se abrió súbitamente y entró la policía. El perseguido echó un vistazo al *padre José,* que miraba tras la ventana. Enseguida una forma enorme envuelta en camisón blanco lo cogió llevándoselo; lo retiró, cual espíritu guardián, de las desastrosas luchas humanas.

Una voz dijo:

—Ahí está.

Era el joven «camisa roja». El perseguido abrió la mano y dejó caer junto a la pared del *padre José* una pelotita de papel: fue como el abandono definitivo de todo su pasado.

Comprendió que aquello era el principio del fin. Empezó a decir mentalmente un acto de contrición, mientras le sacaba del bolsillo la botella de aguardiente, pero no pudo poner voluntad en la oración. Era la falacia del arrepentimiento en el lecho de muerte. La contrición es el fruto de un largo ejercicio, de una prolongada disciplina; el temor no es suficiente. Procuró pensar en su hija con vergüenza, pero tan sólo pudo pensar en ella con una especie de amor hambriento; ¿qué habría sido de ella? Y el pecado mismo era tan antiguo que, como en un cuadro viejo, la deformidad se esfumaba y quedaba reemplazada por cierto encanto.

Después se llevaron al detenido. Ya que le habían cogido le trataban de manera amistosa, mofándose de su intento de fuga, exceptuando el «camisa roja» cuya carambola estropeara. El detenido no hallaba contestación para los chistes de ellos: la propia conversación se atravesaba en su cerebro con una obsesión aterradora. ¿Cuándo descubrirían su personalidad verdadera? ¿Cuándo se toparía con el *mestizo* o con el teniente que ya le había interrogado? El grupo subía despacio la cuesta hacia la *plaza*. Una culata dio en el suelo al entrar ellos en el cuartelillo; una lámpara pequeña ahumaba la sucia pared encalada y en los pórticos del patio se mecían las hamacas, hinchadas de cuerpos dormidos, como redes para encerrar aves de corral.

—Puede usted sentarse —le dijo uno.

Ya todo parecía irrevocable; el centinela pasaba y repasaba delante de la puerta y, en el patio, entre las hamacas, continuaba el incesante murmullo del sueño.

Alguien le dijo algo; miró con ojos ausentes.

—¿Qué? —preguntó.

Al parecer había una controversia en curso sobre si se debía molestar a cierta persona.

—Pero si es su deber —se obstinaba en repetir el «camisa roja». Tenía incisivos de conejo. Añadió—: Le daré cuenta al gobernador.

—Se confiesa culpable, ¿verdad? —le preguntó un policía.

—Sí —contestó el cura.

—Ahí está. ¿Qué más quiere usted? Multa de cinco pesos. ¿Para qué molestar a nadie?

—Y quién cobra los cinco pesos, ¿eh?

—Eso no le importa a usted.

El cura dijo de pronto:

—Nadie los cobrará.

—¿Nadie?

—No, no tengo en el mundo más que veinticinco centavos.

Se abrió de pronto la puerta de un cuarto y apareció el teniente.

—¡En nombre de Dios! ¿Qué ruido es ése...?

Los policías se cuadraron con tosquedad y de mala gana.

—He cogido a un hombre que llevaba alcohol encima —manifestó el «camisa roja».

El cura estaba sentado mirando al suelo... —«por que fue crucificado... crucificado... crucificado...»—. Las palabras convencionales paralizaban sus deseos de arrepentimiento. No sentía emoción, sino miedo.

—Bien —dijo el teniente—, ¿qué le vamos a hacer? Los cogemos a docenas.

—¿Le llevamos dentro? —inquirió uno de los hombres.

El teniente echó una mirada a la encorvada y servil figura sentada en el banco.

—Levántese —dijo.

El cura se puso en pie. «Ahora —pensó—, ahora...». Y alzó los ojos. El teniente miraba a otro lado, más allá de la puerta donde se paseaba cabizbajo el centinela de aquí para allá. La cara morena y contraída tenía aspecto de extremada fatiga...

—No tiene dinero —observó uno de los policías.

—¡Madre de Dios! —gruñó el teniente—. ¿Nunca les podré enseñar...? —dio dos pasos hacia el centinela y volvió atrás—: Registradle. Si no tiene dinero llevadle a una celda. Dadle algún trabajo... —salió afuera y, de pronto, alzando la mano abierta le pegó al centinela sobre un oído, diciendo—: Estás dormido. Camina como si tuvieras un poco de orgullo...

orgullo —repitió mientras la pequeña lámpara de acetileno ahumaba el enjalbegado muro, y el olor de orines salía del patio donde tranquilamente dormían los hombres, aprisionados en las redes.

—¿Hemos de tomarle el nombre? —preguntó un sargento.

—Sí, claro —contestó el teniente sin mirarle, andando deprisa y nervioso hasta más allá de la lámpara, hasta salir al patio; allí permaneció sin cobijo, mirando alrededor, mientras la lluvia caía sobre su pulcro uniforme. Su aspecto era el de un hombre con una idea fija, como si estuviera bajo la influencia de una pasión secreta que rompiera la rutina de su vida.

Volvió atrás. No podía estar quieto.

El sargento empujó al cura hacia el cuarto interior. Un vistoso calendario de anuncio colgaba sobre el desconchado jabelgue: una joven mestiza de piel morena en traje de baño anunciando una agua gaseosa.

—¿Nombre?

—Montes —contestó sin poder reprimirse.

—¿Residencia?

Nombró al azar un pueblo. Estaba absorto contemplando su propio retrato. Allí estaba sentado entre los almidonados vestidos blancos de primera comunión. Alguien había trazado un círculo alrededor de su cara para destacarla. Había otro retrato en la pared: el del *gringo* de San Antonio, en Texas, requerido por asesinato y asalto de bancos.

—Supongo —dijo el sargento, precavido— que ha obtenido usted esta bebida de algún forastero.

—Sí.

—¿Al cual no puede usted identificar?

—No.

—Corriente —dijo el sargento con beneplácito.

Era evidente que no deseaba levantar ningún gazapo. Cogió al cura por un brazo con toda confianza y le condujo a través del patio. Llevaba una gran llave como las que se emplean en las comedias morales o en los cuentos de hadas a modo de símbolo. Unos cuantos hombres se movieron en las hamacas; una hirsuta mandíbula colgada de lado como pieza que no puede venderse sobre el mostrador de una carnicería; una gran oreja rasgada; un muslo desnudo con vello negro. El cura calculaba cuándo aparecería la cara del *mestizo*, engreída por haberle reconocido.

El sargento abrió una pequeña verja y apartó con la bota a alguien espatarrado delante de la entrada.

—Aquí son todos buenos compañeros, buenos compañeros —pronunció abriéndose paso a puntapiés.

Un olor espantoso flotaba en el aire y alguien lloraba en la oscuridad absoluta.

El cura se demoró en el umbral intentando ver; la negrura apelmazada parecía moverse y agitarse. Dijo:

—Tengo tanta sed... ¿Podría beber agua?

La fetidez le dio en las narices y sintió náuseas.

—Por la mañana —contestó el sargento—, por hoy ya ha bebido bastante —y poniéndole con miramiento una mano en la espalda, lo empujó adentro y dio un portazo.

Pisó una mano, un brazo, y apretó la cara contra los hierros, protestando con horror desmayado.

—¡No hay sitio! ¡No veo nada! ¿Qué gente es ésta?

—*¡Hombre, hombre!* ¿No había estado usted nunca en un calabozo? —contestó el sargento echándose a reír.

Capítulo III

Una voz, cerca de sus pies, preguntó:

—¿Tiene un cigarrillo?

Se echó atrás con rapidez y pisó un brazo. Una voz imperiosa pronunció:

—¡Agua! ¡Enseguida! —como si pudiera sorprender al recién llegado y hacerle pagar el pato.

—¿Tiene un cigarrillo?

—No —contestó débilmente—; no tengo nada en absoluto —e imaginó la hostilidad de todos rodeándole como una humareda.

Volvió a moverse. Alguien le dijo:

—Tenga cuidado con el cubo.

De éste provenía el hedor. Permaneció del todo quieto y aguardó hasta ver antes de moverse de nuevo. Fuera empezó a cesar la lluvia: caía con intervalos y se alejaba la tormenta. Se podía contar hasta cuarenta entre el resplandor del relámpago y el ruido del trueno. Cuarenta millas, según la creencia popular. A medio camino del mar o a medio camino de las montañas. Tanteó alrededor con los pies buscando espacio para sentarse, pero al parecer no había ningún hueco. A cada relámpago veía las hamacas llenando el borde del patio.

—¿Tiene algo de comer? —inquirió una voz, y al no obtener respuesta repitió—: ¿Tiene algo de comer?

—No.

Súbitamente, a unos cinco pasos, se oyó un leve chillido de mujer. Una voz cansada protestó:

—¿No pueden estar un rato tranquilos?

Entre furtivos movimientos surgieron de nuevo los suspiros apagados. Se dio cuenta, con horror, de que continuaba el placer incluso en aquellas tinieblas atestadas. Otra vez adelantó un pie y empezó a caminar de lado, pulgada tras pulgada, desde la verja. Detrás de las voces humanas destacaba otro ruido, como de un pequeño motor eléctrico graduado a un cierto «tempo». Llenaba los silencios con más fuerza que la respiración humana. Eran los mosquitos.

Se había separado, aproximadamente, seis pies de la verja, y sus ojos empezaron a distinguir las cabezas que fluctuaban a su alrededor como calabazas. Una voz sonó a su lado:

—¿Quién es usted?

No respondió, avanzando de lado, consternado. De pronto dio con la pared del fondo: las manos embistieron la piedra mojada; la celda no tendría más de doce pies de largo. Descubrió que podía casi sentarse si mantenía los pies recogidos debajo de sí. Un anciano se abandonó sobre su hombro; conoció su senectud por el poco peso de sus huesos y por el ritmo débil y desigual de su respiración. Tenía que ser alguien cercano al nacer o al morir y no era probable que hubiese un chiquillo en aquel lugar. El viejo, dijo:

—¿Eres tú, Catalina? —y su aliento se prolongó en un suspiro paciente como si hubiera esperado mucho tiempo y se dispusiera a esperar aún más.

—No, no soy Catalina —contestó el cura. Al hablar él todos se callaban enseguida, escuchando como si tuviera importancia lo que decía; después volvían a empezar las voces y los movimientos. Pero el sonido de su propia voz, la sensación de comunicar con otro ser, le calmó.

—¿Es su esposa?

—¿Qué dice usted? Yo no tengo esposa. Es mi hija.

—No es ella —dijo el anciano—. En realidad no creí que lo fuese. No vendrá nunca.

Todos volvían a escuchar, excepto las dos personas invisibles que se preocupaban tan sólo de su placer.

—Tal vez no la dejan entrar aquí.

—Ella no lo intentará siquiera —exclamó la voz gastada y sin esperanza, con absoluta convicción.

—Si ella le quiere a usted...

Por allá, entre la barahúnda de cuerpos, la mujer volvió a quejarse con un suspiro final, de protesta o satisfacción.

—Son los curas los que tienen la culpa —repuso el anciano.

—¿Los curas?

—Sí, los curas.

—¿Por qué los curas?

—Porque son ellos.

Cerca de sus rodillas alguien explicó en voz baja:

—El viejo está loco. ¿Para qué hacerle preguntas?

—¿Eres tú, Catalina? En realidad no lo creo, ¿sabe usted? No es más que una pregunta.

—Ya ve usted, yo tengo de qué quejarme —continuó la voz anterior—. Un hombre ha de defender su honor. Todos ustedes admiten eso, ¿verdad?

—Yo no sé nada del honor.

—Yo estaba en la *cantina* y el hombre de quien hablo se acercó a mí y me dijo: «Su madre de usted es una tal». Bueno, yo no podía hacerle nada: llevaba revólver. Bebió demasiada cerveza, pude darme cuenta, y cuando salió vacilando yo le seguí. Yo tenía una botella y la estrellé contra la pared. Ya ve usted, no llevaba mi pistola. Su familia tenía influencia con el jefe; si no, yo nunca hubiera entrado aquí.

—Es terrible matar a un hombre.

—Habla usted como un cura.

—Fueron los curas los que lo hicieron —insistió el anciano—. En eso tiene usted razón.

—¿Qué quiere decir?

—¿Qué importa lo que diga un viejo como éste? Yo quisiera hablarle a usted de algo distinto...

—Ellos le quitaron la hija —dijo una voz de mujer.

—¿Por qué?

—Era ilegítima. Obraron correctamente.

Al oír la palabra «ilegítima» su corazón latió dolorosamente: fue como si un enamorado oyera pronunciar a un extraño un nombre de flor que también fuese nombre de mujer. «¡Ilegítima!» La palabra lo llenaba de miserable felicidad. Lo acercaba a su propia niña: la vio bajo el árbol, junto al bananero, abandonada a todos los peligros. Repitió:

—¡Ilegítima! —como pudiera repetir el nombre propio de la hija, con ternura disfrazada de indiferencia.

—Dijeron que era un padre indigno. Pero, claro, cuando los curas huyeron, la chica tuvo que volver con él. ¿Adónde si no había de ir? —esto parecía un final feliz, hasta que ella añadió—: Por supuesto, ella le aborrecía.

El cura imaginaba, al escucharla, la boquita compuesta de una mujer burguesa. ¿Qué estaría haciendo en la cárcel?

—¿Por qué está preso el viejo?

—Tenía un crucifijo.

La fetidez del cubo aumentaba por momentos; la noche rodeaba a todos como un muro carente de ventilación, y el cura oyó que alguien orinaba tamborileando en los lados de la lata.

—No tenían derecho a meterse... —empezó.

—Hicieron lo justo. Aquello era un pecado mortal.

—No es justo hacerle aborrecer a su padre.

—Ellos saben lo que es justo.

—Fueron unos malos sacerdotes al hacer semejante cosa —manifestó él—. El pecado estaba hecho. Su obligación era enseñar... bueno, el amor.

—Usted no sabe lo que es justo. Los curas lo saben.

Tras un momento de vacilación, confesó él con claridad:

—Yo soy sacerdote.

Aquello era el final: no hacía falta esperar más tiempo. Los diez años de acoso terminaban por fin. Se hizo el silencio a su alrededor. Aquel lugar se parecía mucho al mundo: atestado de lujuria, crimen y amor desgraciado. Su hedor llegaba hasta el cielo. Pero él comprendió que, después de todo, podía encontrar allí la paz al dar por cierto que le quedaba poco tiempo.

—¿Un sacerdote? —preguntó al fin la mujer.

—Sí.

—¿Y lo saben «ellos»?

—Todavía no.

Sintió una mano palpando su manga. Dijo una voz:

—No debió usted decírnoslo. Aquí, padre, hay de todo. Asesinos...

La voz que le había descrito el crimen protestó.

—No tiene usted motivo para ofenderme. Que yo matara a un hombre no significa... —se iniciaron murmullos por todas partes. La voz continuaba con amargura—: Yo no soy un soplón, sólo que cuando un hombre dice «Su madre fue una tal...»

—No es preciso que nadie me delate. Sería un pecado. Cuando llegue el día lo descubrirán por sí mismos.

—Le fusilarán a usted, padre —dijo la voz de mujer.

—Sí.

—¿Tiene usted miedo?

—Sí. Desde luego.

Habló una nueva voz desde el rincón donde antes sonaron rumores de placer. Afirmó áspera y obstinadamente:

—Un hombre no tiene miedo de una cosa como ésa.

—¿No? —preguntó el cura.

—Una pizca de dolor. ¿Qué supone? Tiene que llegar un día u otro.

—De todos modos —manifestó el cura— tengo miedo.

—Peor es un dolor de muelas.

—No todos podemos ser valientes.

La voz replicó con desprecio:

—Todos los creyentes son ustedes lo mismo. El cristianismo los hace cobardes.

—Si. Tal vez tenga usted razón. Ya ve usted, soy un mal sacerdote y un mal hombre. Morir en pecado mortal —lanzó una risita desasosegada—, figúrese usted.

—Ahí está. Es lo que yo digo. El creer en Dios acobarda.

Era una voz triunfante, como si hubiese demostrado algo.

—Entonces, ¿qué? —dijo el cura.

—Más vale no creer; y ser un valiente.

—Ya veo, sí. Y, por supuesto, si uno pudiera creer que el gobernador no existe, ni el jefe tampoco; si pudiéramos fingir que esta cárcel no es ninguna cárcel, sino un jardín, ¡qué valientes seríamos entonces!

—Eso no es más que una bobada.

—Pero cuando nos encontramos con que la cárcel es la cárcel, y que el gobernador existe sin duda alguna, no tiene importancia el que hayamos sido valientes una o dos horas.

—Nadie puede decir que esta cárcel no sea una cárcel.

—¿No? ¿No lo cree usted? Ya veo que no hace usted caso de los políticos.

Los pies le dolían mucho: tenía calambres en las plantas, pero no podía ejercer presión en los músculos para aliviarlos. Todavía no era medianoche; las horas de oscuridad se extendían por delante de modo interminable.

La mujer dijo de pronto:

—Fíjense. Tenemos un mártir aquí.

El cura trató de reprimir la risa: no podía contenerse.

Se expresó así:

—No creo que los mártires sean como yo —se puso serio súbitamente, recordando las palabras de María: no sería digno de atraer la burla sobre la Iglesia. Añadió—: Los mártires son hombres santos. Es un error que por el solo hecho de morir... No. Les digo a ustedes que estoy en pecado mortal. He hecho cosas de las que no podría siquiera hablarles: tan sólo puedo susurrarlas en el confesionario.

Cuando él hablaba todos le escuchaban con atención, como si lo hiciera en la iglesia; él meditaba dónde estaría sentado en aquel momento el inevitable Judas; pero no sentía la presencia del inevitable Judas, como la sintió en la choza del bosque. Le conmovía un afecto enorme y absurdo por los habitantes de aquella cárcel. Le acudió una frase: Así amó Dios al mundo...

—Hijos míos, no habéis de creer nunca que los santos mártires sean como yo. Para mí tenéis un nombre. Oh, yo os lo he oído emplear antes de ahora. Soy un *pater whisky*. Estoy aquí porque me encontraron una botella de aguardiente en el bolsillo.

Intentó sacar los pies de debajo del cuerpo; había pasado el calambre y los tenía como muertos, sin sensibilidad alguna. Oh, bueno; podían seguir así. No los usaría por mucho tiempo.

El anciano refunfuñaba, y los pensamientos del cura volvieron a Brígida. El conocimiento del mundo residía en ella como la oscura mancha delatora en una radiografía. Sentía el angustioso deseo de salvarla, pero ya conocía la sentencia del cirujano: el mal era incurable.

La voz de la mujer dijo, excusando:

—Beber un poco, padre... no tiene tanta importancia.

Pensaba el cura por qué estaría allí: probablemente por tener algún cuadro religioso en su casa. Tenía el fastidioso tono vehemente de la mujer piadosa. ¿Por qué no quemarlos? No son necesarios los cuadros... Pronunció con seriedad:

—Oh, no soy tan sólo un borracho —le preocupó siempre el destino de las mujeres devotas: tanto como el de los políticos. Se alimentan de ilusiones. Se aterrorizaba por ellos. Con frecuencia llegan a la muerte en un estado de complacencia invencible, hueros de caridad. Era un deber, si uno podía, despojarles de sus nociones sentimentales acerca del bien... Declaró con acento duro:

—Tengo una hija.

¡Qué buena mujer era! Su voz excusaba en la oscuridad. Él no pudo captar lo que dijo, pero fue algo sobre el buen ladrón. Contestó:

—Hija mía, el buen ladrón se arrepintió. Yo no me he arrepentido —se acordó de la niña entrando en la cabaña, la mirada experta, maliciosa, oscura, con el sol a su espalda. Añadió—: No sé arrepentirme.

Era verdad: había perdido las facultades. No podía decirse a sí mismo que deseaba no haber cometido el pecado, porque éste le parecía ya sin importancia, mientras que amaba el fruto del mismo. Le hacía falta un confesor para guiar lentamente su alma por los oscuros tránsitos que conducen al horror, al pesar y al arrepentimiento.

La mujer ya no decía nada. Él meditaba si, después de todo, no estuvo demasiado áspero con ella. Acaso su fe se hubiese afirmado creyendo que era un mártir...; pero rechazó la idea: uno se debe a la verdad. Se desplazó una pulgada o dos sobre las corvas y preguntó:

—¿A qué hora amanece?

—A las cuatro... o las cinco... —respondió uno—. ¿Cómo lo hemos de saber, padre? No tenemos relojes.

—¿Lleva usted aquí mucho tiempo?

—Tres semanas.

—¿Les tienen aquí todo el día?

—¡Oh, no! Nos hacen salir a limpiar el patio.

Pensó: «Entonces será cuando me descubran; si no lo hacen más temprano, porque con seguridad uno de éstos me traicionará primero».

Una larga sucesión de ideas le condujo a exclamar después de un rato:

—Ofrecen por mí un premio. Quinientos, seiscientos pesos; no estoy seguro.

Se calló de nuevo. No podía incitar a nadie para que le delatara; hubiese sido tentarle a pecar. Pero, por otra parte, si allí había un delator, no existía motivo para que a la miserable criatura le birlaran el premio. Cometer tan feo pecado, comparable a un asesinato, y no tener compensación terrenal... Creía simplemente que no sería equitativo.

—Aquí nadie quiere ese maldito dinero —dijo una voz. De nuevo sintiose conmovido por un afecto extraordinario. No era más que un criminal entre un hato de criminales... Tuvo una sensación de compañerismo que nunca experimentara en tiempos antiguos, cuando las gentes, los devotos, besaban su guante de algodón negro.

La voz de la mujer piadosa gritó, histérica:

—¡Es una estupidez decirles eso! No sabe usted la cantidad de miserables que hay aquí, padre. Ladrones, asesinos...

—Bueno —arguyó una voz enojada—, ¿y por qué está usted con nosotros?

—Tenía libros buenos en mi casa —proclamó ella con orgullo insoportable.

El cura no dijo nada que pudiera alterar su satisfacción.

—Los hay en todas partes. Aquí no es diferente —dijo.

—¿Buenos libros?

Reprimió la risa.

—No, no. Ladrones, asesinos... Oh, bueno, hija mía; si tuviera usted más experiencia, sabría que se pueden hacer cosas peores.

El anciano parecía dormir sin sosiego: la cabeza caída a un lado sobre un hombro del cura, refunfuñando. Dios sabe que no hubiera sido nunca fácil moverse de aquel lugar, pero la dificultad aumentaba con el paso de la noche y el endurecimiento de las extremidades. No podía contraer los hombros sin despertar al viejo desde su sueño a otra noche de penalidad. «Bueno —pensó—, fueron los de mi clase quienes le robaron; justo es que yo esté un poco incómodo...». Estaba sentado, rígido y mudo, apoyado en la pared húmeda, con los pies muertos, como los de un leproso, debajo de los muslos. Los mosquitos seguían zumbando; era inútil defenderse de ellos azotando el aire; lo invadían todo como un elemento más. Otra persona, lo mismo que el anciano, se había dormido y estaba roncando con un tono raro de satisfacción, como si hubiese comido y bebido bien en un banquete y estuviese rindiéndose al sueño... Él intentó calcular la hora; ¿cuánto tiempo había pasado desde su encuentro con el mendigo en la plaza? Probablemente no era más de medianoche: quedaban bastantes horas aún.

Por supuesto, aquello era el final; pero al propio tiempo uno tiene que estar preparado para todo, incluso para escapar. Si Dios le tenía destinado salvarse, se podría evadir incluso delante del piquete de ejecución. Pero Dios era misericordioso; sin duda la única razón por la cual Él le negaría su paz (si es que la paz existe) sería porque aún fuera útil para salvar un alma; la suya o la de otro. Pero ¿de qué utilidad era la suya ya? Le tenían acorralado; no se atrevería a entrar en el pueblo, pues alguien lo pagaría con su vida; acaso alguien en pecado mortal e impenitente; era imposible calcular cuántas almas llegarían a perderse todavía a causa de su obstinación y de su orgullo y por negarse a admitir su derrota. Ni siquiera podría volver a decir misa: no tenía vino. Todo se había ido por el gaznate sediento del jefe de policía. La cosa era pavorosamente complicada. Todavía le amedrentaba la muerte, la temería más aún cuando amaneciese; pero ya comenzaba a atraerlo por su sencillez.

La mujer piadosa le susurraba algo; le decía:

—Padre, ¿quiere oírme en confesión?

—¡Hija mía! ¡Aquí! No es posible. ¿Qué sería del secreto?

—Hace tanto tiempo...

—Haga un acto de contrición de sus pecados. Debe usted confiar que Dios lo tendrá en cuenta, hija mía...

—No me importa el sufrimiento...

—Esto no es nada. Por la mañana mi hermana tendrá reunido el importe de mi multa.

En algún sitio, contra la pared, el placer comenzaba de nuevo: era inconfundible: los movimientos, el jadeo y después el quejido. La mujer piadosa gritó con furia:

—¿Por qué no se lo impiden? ¡Brutos! ¡Animales!

—¿De qué le serviría un acto de contrición en ese estado de espíritu?

—Pero la fealdad...

—No crea eso. Es peligroso. Porque de pronto descubrimos que hay en nuestros pecados mucha belleza.

—¡Belleza! —replicó con repugnancia—. Aquí. En esta celda rodeados de extraños.

—Mucha belleza. Los santos hablan de la belleza del sufrimiento. Bueno, ni usted ni yo somos santos. Para nosotros el sufrimiento es feo, tan sólo. El hedor, el amontonamiento y el dolor. Aquello, en aquel rincón, es hermoso para ellos. Se necesita aprender mucho para ver las cosas con ojos de santo. Un santo tiene un gusto sutil para la belleza y puede despreciar a los paladares ignorantes como los deseos. Pero nosotros carecemos de facultades.

—Es un pecado mortal.

—No lo sabemos. Acaso. Pero yo soy un mal cura, ya lo ve usted. Yo sé, por experiencia, cuánta belleza llevó Satán consigo al infierno en su caída. Nadie dijo jamás que los ángeles caídos fueran los feos. Oh, no; eran precisamente tan ágiles, hermosos y brillantes...

De nuevo se produjo el quejido, una expresión de placer insoportable.

La mujer gritó:

—¡Paradlos! Es un escándalo.

El cura sintió sus dedos en la rodilla que agarraban y escarbaban. Dijo:

—Todos somos compañeros de cárcel. En este momento deseo beber más que cualquier cosa, más que a Dios. También esto es pecado.

—Ahora me doy cuenta de que usted es un mal sacerdote —comentó la mujer—. No quería creerle antes. Ahora sí. Simpatiza usted con esos animales. Si el obispo le oyera...

—Ah, está muy lejos.

Pensó entonces en el anciano, allá en la capital, alojado en una de esas casas piadosas, feas y cómodas, llenas de imágenes y de pinturas santas, diciendo misa los domingos...

—Cuando salga de aquí, escribiré...

El cura no pudo evitar la risa: la mujer no se daba cuenta de que las cosas habían cambiado. Dijo:

—Si llega la carta le interesará mucho saber que estoy vivo —pero de nuevo se puso serio. Era más difícil sentir piedad por ella que por el *mestizo* que una semana antes le alcanzara en el bosque; mas el caso de ella tal vez fuera peor. Aquél tenía mucha disculpa: la pobreza, la fiebre y humillaciones sin número. Le rogó—: Procure no estar iracunda. Rece por mí en su lugar.

—Cuanto antes le maten mejor.

No podía verla en la oscuridad, pero muchas caras que recordaba de los viejos tiempos se acomodaban a su voz. Cuando uno mira con detención a un hombre o a una mujer, siempre llega a sentir piedad...; ésa es una cualidad que la imagen de Dios trae consigo. Cuando miráis las arrugas junto a los ojos, la forma de la boca, el modo de crecer el pelo, es imposible odiar. El odio no es más que un fracaso de la imaginación. Empezó otra vez a sentir una responsabilidad enorme por aquella mujer devota.

—¡Usted y el *padre José*! —masculló ella—. Las personas así son la causa de que el pueblo se burle de la religión.

«Después de todo —se dijo él— tenía tantas disculpas como el *mestizo*». Se imaginó la clase de salón en el que pasaría sus días, sentada en una mecedora y entre las fotografías familiares, sin tratar con nadie. Le preguntó con suavidad:

—No es usted casada, ¿verdad?

—¿Para qué quiere saberlo?

—¿Ni ha tenido nunca vocación?

—No quisieron creerlo —contestó con amargura.

Pensó él: «Pobre mujer, no ha obtenido nada, nada en absoluto. Si al menos pudiera encontrar la palabra conveniente...». Se apoyó contra la espalda, desesperanzado, moviéndose con precaución para no despertar al anciano. Pero las palabras adecuadas jamás le acudían. Encontraba más difícil que nunca dirigirse a aquella clase de mujeres. En otros tiempos hubiera sabido qué decirle, sin sentir compasión alguna; hubiera pronunciado distraídamente una vulgaridad o dos. Pero ahora sentiase inútil, era un criminal y debía tan sólo hablar a los criminales: se había vuelto a equivocar tratando de abatir la vanidosa seguridad de aquella mujer. Pudo haberla dejado en la creencia de que era él un mártir.

Se le cerraron los ojos y en el acto empezó a soñar. Le estaban persiguiendo; se hallaba de pie ante una puerta golpeándola, suplicando le admitieran; pero no contestaba nadie. Había una palabra, un «santo y seña» que le habrían salvado, pero no lo recordaba. Buscó desesperado al azar: California, Excelencia, leche, Veracruz. Los pies se le habían dormido, y se arrodilló ante la puerta. Entonces comprendió por qué deseaba entrar: en realidad no le perseguían, se había equivocado. Su niña yacía junto a él con la cabeza ensangrentada, y aquélla era la casa de un doctor. Golpeó la puerta y gritó: «Aunque no pueda yo hallar la palabra verdadera, ¿no tendrá usted corazón?». La niña se moría y le miraba con discernimiento de mujer adulta. Ella dijo: «¡Eh, animal!», y él despertó llorando. No pudo haber dormido más de unos segundos, porque la mujer aún hablaba de la vocación que las monjas rehusaron reconocer. Dijo él:

—Eso la haría sufrir, ¿verdad? Sufrir de ese modo... acaso sea mejor que ser monja y dichosa.

Y cuando hubo hablado pensó: «Una observación boba, ¿qué significa? ¿Por qué no sé decir nada que ella pueda recordar?». Desechó el esfuerzo: aquel lugar era como cualquier otro del mundo; la gente buscaba desesperadamente momentos de placer y orgullo en los ambientes más apretados y desagradables. No había tiempo de hacer nada digno de hacerse, y siempre soñaba uno con escapar...

No volvió a dormirse; todavía estaba cerrando otro convenio con Dios. Esta vez, si escapaba de la cárcel, se fugaría sin dudarlo. Iría hacia el Norte, más allá de la frontera. Su salvación era tan improbable que, si ocurría, no podía ser más que una señal, una indicación de que hacía más daño con su ejemplo que el bien que pudiera hacer con sus confesiones fortuitas. El anciano se movía contra su hombro, y las tinieblas seguían rodeándoles. La oscuridad era siempre la misma y carecían de relojes; nada indicaba el paso del tiempo. El único jalonamiento de la noche era el ruido de las micciones.

De pronto se dio cuenta de que veía una cara y después otra: había empezado a olvidar que llegaría un nuevo día de igual modo que uno se olvida de que tiene que llegar a morirse. Un freno que chirría o un silbido en el aire le advierten súbitamente a uno de que el tiempo sigue y llega a su fin. Todas las voces poco a poco se convirtieron en caras. No tuvo sorpresas; el confesionario enseña a reconocer la forma de una voz:

el labio flojo, la barbilla escasa o el falso candor de unos ojos demasiado firmes. Vio a una mujer piadosa, a pocos pies de distancia, soñando inquieta, abierta la boca remilgada, mostrando los dientes fuertes como lápidas de sepulcro; al anciano; al jaque del rincón y a su mujer durmiendo desordenada entre sus rodillas. Ahora que por fin había llegado el día, él era el único despierto, excepto un muchachito indio acurrucado con las piernas cruzadas cerca de la puerta, con expresión de dicha inefable, cual si nunca hubiese conocido compañía agradable.

Al otro lado del patio se hizo visible el jabelgue del muro. El cura empezó formalmente a despedirse del mundo, pero no pudo hacerlo con valor. Su corrupción era menos evidente para sus sentidos que la muerte. Era casi seguro, pensaba, que una bala le atravesaría el corazón: en un piquete habría siquiera un tirador diestro. La vida se iría en una «fracción de segundo» (ésa era la frase), pero durante la noche se había dado cuenta de que el tiempo depende de los relojes y del tránsito de la luz. No había relojes y la luz no cambiaba. En realidad no sabía nadie cuán largo tiempo puede ser un segundo de dolor. Puede durar por todo un purgatorio... o por una eternidad. Sin razón aparente, recordó a un hombre a quien confesara en trance de muerte, causada por un cáncer, y cuyos parientes habían tenido que taparse la cara por la espantosa fetidez que se desprendía de la podredumbre interior. No era un santo. Nada en la vida era tan repugnante como la muerte.

Una voz llamó desde el patio:

—Montes.

Se sentó sobre los pies muertos. Pensó con automatismo: «Este traje no sirve para mucho tiempo». Estaba emporcado y pestilente por el contacto con el piso de la celda y con sus compañeros de prisión; lo había obtenido con gran riesgo en un almacén de abajo, junto al río, fingiendo ser un labriego con pretensiones sobre su posición. Entonces recordó que no lo necesitaría por mucho tiempo; se le ocurrió con extraña emoción, como se mira la puerta de la casa propia por última vez. La voz repitió impaciente:

—¡Montes!

Se acordó de que aquél era su nombre, por el momento. Alzó la vista de su traje deslucido y vio al sargento abriendo la puerta de la celda.

—Aquí, Montes.

Dejó caer con suavidad la cabeza del anciano sobre la pared rezumante y procuró levantarse, pero sus pies se chafaban como pasteles.

—¿Es que necesita usted dormir toda la noche? —interpeló el sargento con impaciencia. Algo le había irritado; no era tan amable como la noche anterior. Dio un puntapié a un hombre dormido y golpeó la puerta de la celda—. ¡Venga! ¡A despertarse todos! ¡Afuera, al patio!

Obedeció tan sólo el muchacho indio, deslizándose fuera con discreción y con su aspecto de felicidad inexplicable. El sargento les insultó.

—¡Perros asquerosos! ¿Querrán que los lavemos nosotros? Usted, Montes...

La vida volvía a sus doloridos pies. Se las arregló para llegar a la puerta.

El patio se desperezaba cobrando vida. Una cola de hombres se lavaba la cara en el único grifo; uno sentado en el suelo, en camiseta y calzoncillos, acariciaba un fusil.

—¡Salgan al patio! ¡A lavarse! —aulló el sargento, pero cuando el cura pisaba el umbral, le agarró—: Usted no.

—¿Yo no?

—Tenemos otros planes para usted.

El cura esperó mientras sus compañeros de cárcel desfilaban hacia el patio. Uno tras otro pasaron junto a él, que los miraba a los pies y no a la cara, de pie como una tentación junto a la puerta. Ninguno dijo una palabra. Unos pies de mujer con zapatos negros gastados, de tacón bajo, pasaron arrastrándose. Estaba el cura desalentado por la sensación de su propia inutilidad. Murmuró sin alzar la vista:

—Rece por mí.

—¿Qué ha dicho usted, Montes?

No podía discurrir una mentira; notaba como si en los últimos diez años hubiese agotado todos sus engaños.

—¿Qué ha dicho usted?

Los zapatos se habían detenido. La voz de mujer dijo:

—Mendigaba —añadió, despiadada—. Debería tener más sentido. No tengo nada para él.

Luego continuó hacia el patio con sus pies achaparrados.

—¿Durmió usted bien, Montes? —preguntó el sargento.

—No muy bien.

—¿Qué esperaba usted? —se mofó el otro—. Eso le enseñará a no ser tan aficionado al aguardiente, ¿no es así?

—Sí.

Consideraba el tiempo que tales preliminares ocuparían.

—Bien, puesto que se gasta todo el dinero en aguardiente, ha de trabajar un poquito a cambio del alojamiento de una noche. Saque usted los cubos de las celdas y tenga cuidado con no derramarlos; este lugar apesta ya lo suficiente.

—¿Adónde los llevo?

El sargento señaló a los *excusados* más allá del grifo.

—Avíseme cuando haya terminado con eso —dijo, y volvió al patio vociferando órdenes.

Él se inclinó y cogió el cubo; estaba lleno y pesaba mucho. Atravesó el patio encorvado por la carga; el sudor le cubría los ojos. Se los despejó secándolos y vio dos caras conocidas, una tras otra, en la cola de los que se lavaban; eran los rehenes. Allí estaba Miguel, al cual viera prender; recordó los gritos de la madre, la ira cansada del teniente y el sol que ascendía. Los rehenes le vieron a él al mismo tiempo. Dejó en el suelo el pesado cubo y los miró. No reconocerlos hubiera sido como una insinuación, un ruego, una petición, de que siguieran sufriendo y le dejaran escapar. A Miguel lo habían azotado: debajo de un ojo se le veían lastimaduras; las moscas zumbaban en torno de la herida como lo harían alrededor de los flancos desollados de un mulo. Luego la cola se puso en movimiento; los rehenes miraron al suelo y pasaron de largo; unos desconocidos ocuparon su sitio. Oró en silencio: «Oh, Dios mío; envíales a otro más digno de que sufran por él». Le parecía una burla infame que se sacrificaran por un *pater whisky,* padre de un bastardo. El soldado en calzoncillos, sentado en el suelo, tenía el fusil entre las rodillas, y se cortaba las uñas arrancando con los dientes el pellejo sobrante. El cura sintiose extrañamente abandonado al ver que los rehenes no habían hecho mención de reconocerle.

Los *excusados* eran un sumidero con dos tablones atravesados donde podía subirse un hombre. Vació el cubo y volvió a la fila de celdas a través del patio. En total eran seis; recogió los cubos uno detrás de otro. Una vez tuvo que detenerse con náusea y luego volvió a su tarea. Llegó a la última celda. No estaba vacía: un hombre yacía de espaldas junto a la pared. El sol mañanero le llegaba a los pies. Las moscas zumbaban en torno de una vomitona en el suelo. Abrió los ojos y se fijaron en el cura encorvado sobre el cubo: tenía dos colmillos salientes...

El cura se movió con brusquedad y roció el pavimento. El *mestizo,* con aquel tono suyo, machacón, le dijo:

—Aguarde un momento. No puede usted hacer eso aquí —explicó con orgullo—: Yo no soy un preso. Soy un huésped.

El cura hizo un movimiento de excusa (tenía miedo de hablar) y volvió a emprender la marcha.

—Aguarde un momento —volvió a ordenar el *mestizo*—. Venga aquí.

El cura permaneció vuelto de espaldas, no muy lejos de la puerta.

—Venga aquí —repitió el *mestizo*—. Usted es un preso, ¿no es cierto?, y yo soy un huésped... del gobernador. ¿Quiere usted que llame a un policía? Entonces haga lo que le digo: venga aquí.

Al parecer, Dios decidía... por fin. Se acercó, cubo en mano, y permaneció al lado del gran pie achaparrado y desnudo. El *mestizo* le miró desde la sombra de la pared.

—¿Qué hace usted aquí? —preguntó el *mestizo.*

—Limpiando.

—Ya sabe lo que quiero decir.

—Me cogieron con una botella de aguardiente —manifestó el cura procurando hablar con aspereza.

—Le conozco a usted —repuso el *mestizo*—. No podía creer en mis ojos, pero al oírle hablar...

—No creo...

—Esa voz de cura... —dijo el otro, con repugnancia.

Era como un perro y no podía evitar que se le sublevara el cuerpo ante un perro de otra raza. El dedo gordo del pie se movía, rollizo y hostil. El cura dejó el cubo en el suelo. Arguyó, sin esperanza:

—Está usted borracho.

—De cerveza, cerveza —replicó el *mestizo*—, nada más que cerveza. Me prometieron de cada cosa lo mejor, pero no puede uno fiarse de ellos. ¿No sabe usted que el jefe tiene su propio aguardiente bajo llave?

—Tengo que vaciar el cubo.

—Si da usted un paso, gritaré. Tengo tantas cosas en que pensar... —se quejó el *mestizo* con amargura.

El cura esperó, no podía hacer otra cosa, estaba a merced de aquel hombre. Frase tonta, porque aquellos ojos palúdicos no supieron jamás lo que fuese merced. De todos modos se salvó de la indignidad de suplicar.

—Ya ve usted —explicaba meticuloso el *mestizo*—, aquí estoy cómodo... —los amarillos dedos de los pies se retorcían lozanos junto a la vomitona—. Buen alimento, cerveza, compañía y este techo sin goteras. No ha de decirme usted lo que ocurrirá después...; me echarán de aquí de un puntapié, como a un perro, ¡como a un perro! —chillaba y se indignaba—. ¿Por qué le han traído a usted aquí? Eso es lo que necesito saber. Parece que para jorobarme. Mi trabajo era encontrarle a usted, ¿no es así? ¿Quién ha de cobrar el premio si ya lo tienen a usted? Me figuro que el jefe o ese sargento bastardo —rumiaba, desgraciado—: No puede uno fiarse de un alma hoy en día.

—Y hay también un «camisa roja» —indicó el cura.

—¿Un «camisa roja»?

—El que me cogió en realidad.

—¡Madre de Dios! —exclamó el *mestizo*—. ¡Y ésos son los que tienen al gobernador por una oreja! —alzó los ojos implorantes al cura. Le rogó—: Usted es un hombre instruido. Aconséjeme.

—La delación es como un asesinato, un pecado mortal.

—No quiero decir eso. Hablo de la recompensa. Ya ve usted, mientras ellos no se den cuenta, pues... estoy aquí a gusto. Un hombre se merece unas semanas de descanso. Y usted no puede marcharse muy lejos, ¿verdad? Lo mejor sería cogerle a usted fuera de aquí. En alguna parte fuera de la ciudad. Para que ningún otro pudiese reclamar... —añadió furioso—: ¡Un pobre ha de pensar en tantas cosas!

—Yo creo que cobrará usted *algo* sin salir yo de aquí.

—¡Algo! —exclamó el *mestizo* arqueándose contra el muro para incorporarse—. ¿Por qué no he de cobrarlo todo?

—¿Qué pasa aquí? —inquirió el sargento, de pie en la entrada, mirando adentro desde la parte soleada. El cura respondió con lentitud:

—Quería que yo limpiase su vómito. Le dije que usted no lo había mandado...

—Oh, él es un huésped —explicó el sargento—. Hay que tratarle correctamente. Haga usted lo que dice.

El *mestizo* sonrió con afectación. Dijo:

—¿Otra botella de cerveza, sargento?

—Todavía no. Primero tiene usted que explorar la ciudad.

El cura recogió el cubo y atravesó el patio, dejándolos en su discusión. Sentía como si una pistola le apuntase a la espalda; entró en los *excusados* y vació el cubo; luego salió al sol; la pistola le apuntaba al pecho. Los dos hombres permanecían hablando a la puerta de la celda. Anduvo por el patio y ellos le vieron acercarse. El sargento dijo al *mestizo:*

—Dice usted que tiene bilis esta mañana y no puede ver con claridad. Entonces limpie su vomitona usted mismo. Si no cumple con *su* trabajo...

A espaldas del sargento hizo el *mestizo* un guiño solapado y poco tranquilizador. Una vez había pasado el peligro inmediato, el cura sólo sentía pesar. Dios había decidido. Tenía que seguir viviendo, tomando decisiones, discurriendo planes...

Empleó una media hora más en limpiar las celdas, echando en cada pavimento un balde de agua; observó cómo desaparecía la mujer piadosa, como para no volver, a través del arco donde su hermana la esperaba con el recibo de la multa: ambas iban envueltas en chales negros cual si fueran objetos comprados en el mercado, objetos secos, toscos y de segunda mano. Después informó al sargento, quien inspeccionó las celdas, criticó su trabajo y le ordenó tirar más agua por el suelo; y súbitamente, harto de todo aquel asunto, le dijo que podía ir a pedirle al *jefe* permiso para marcharse. Por lo tanto aguardó una hora más en un banco junto a la puerta del *jefe,* observando al centinela que se paseaba lánguido, de aquí para allá bajo el sol tórrido.

Y cuando al fin el policía le dejó entrar, no fue al jefe a quien halló sentado ante el escritorio, sino al teniente. El cura se detuvo no lejos de su propio retrato colgado de la pared y aguardó. Llegó a echar una mirada rápida y nerviosa al retazo manoseado de periódico antiguo y pensó con alivio: «Ahora no estoy muy parecido». Qué insoportable criatura debió de ser en aquel tiempo; y, sin embargo, entonces era relativamente inocente. Aquél era otro misterio. A veces le parecía que los pecados veniales (impaciencia, una mentira sin importancia, orgullo, una oportunidad despreciada...) le separan a uno de la gracia más por completo que los peores pecados. Durante su inocencia no sintió amor por nadie; ahora, su corrupción le había enseñado...

—Bien —dijo el teniente—, ¿ha limpiado las celdas? —no levantaba la vista de sus papeles. Añadió—: Dígale al sargento que necesito dos docenas de hombres con fusiles bien limpios dentro de dos minutos —le miró abstraído y le preguntó—: Y bien, ¿qué aguarda usted?

—El permiso para irme, Excelencia.

—Yo no tengo Excelencia. Aprenda a llamar las cosas por su nombre —agregó brusco—: ¿Ha estado usted aquí antes de ahora?

—Nunca.

—Se llama usted Montes. Me parece haberme tropezado con demasiadas personas llamadas así en estos últimos días. ¿Parientes de usted?

Quedó observándolo con atención como si recordara. El cura contestó apresurado:

—Mi primo fue fusilado en Concepción.

—No fue culpa mía.

—Sólo quiero decir... que nos parecíamos mucho. Nuestros padres eran gemelos. No se llevaban media hora uno al otro. Creía que Vuecencia parecía creer...

—Pero el que yo recuerdo era del todo diferente de usted. Un hombre alto y delgado..., estrecho de hombros...

El cura replicó con prontitud:

—Acaso tan sólo un aire de familia...

—Pero no lo he visto más que una vez —era como si el teniente tuviese un peso en la conciencia mientras que con sus manos inquietas y morenas de indio acariciaba las páginas—. ¿Adónde irá usted?

—Sabe Dios.

—Todos ustedes son lo mismo. No aprenderán nunca la verdad: Dios no sabe nada —un bichejo menudo como un grano de polvo, cruzó corriendo la página que tenía delante. Lo aplastó con un dedo e inquirió—: ¿No tiene usted dinero para la multa?

—No.

—¿De qué vivirá usted?

—Acaso encuentre algún trabajo...

—Es usted muy viejo para trabajar —se metió de pronto la mano en el bolsillo y sacó una moneda de cinco pesos—. Tome. Márchese de aquí y que no le vuelva a ver.

El cura cogió la moneda cerrando el puño. El precio de una misa. Pronunció atónito:

—¡Usted es un buen hombre!

Capítulo IV

Todavía era muy de mañana cuando cruzó el río y subió chorreando por la orilla opuesta. No esperaba encontrar a nadie por allí. Reconoció la casita con galería, el tejado de hojalata del cobertizo, el mástil de la bandera... Se imaginaba que los ingleses arriaban la bandera a la puesta del sol cantando el *Good save the king*. Rodeó con cuidado la esquina del cobertizo y la puerta cedió a su empuje. Se hallaba dentro, en la oscuridad donde antes estuvo; ¿cuántas semanas habían transcurrido? No tenía la menor idea. Sólo recordaba que por entonces las lluvias estaban muy lejos, y ahora empezaban a iniciarse.

Tanteó alrededor con un pie; estaba tan hambriento que unas pocas bananas le hubieran caído mejor que cualquier otra cosa (llevaba dos días sin comer), pero allí no había ninguna, absolutamente ninguna. Acaso llegó en un día en que habrían mandado la cosecha río abajo. Permaneció dentro, recogido, procurando recordar lo que le había dicho la niña: el alfabeto Morse, su ventana... A través de la alambrada contra los mosquitos lucía el sol. Le pareció hallarse encerrado en una despensa vacía. Empezó a escuchar con ansiedad. No se oía un sonido por parte alguna; allí el día no había empezado aún con las matinales pisadas soñolientas de un zapato sobre el cemento del suelo, con el rasear de las patas de un perro que se despereza, con el golpe de unos nudillos sobre una puerta. Allí no se oía nada, nada en absoluto.

¿Qué hora sería? ¿Cuántas horas de luz habían transcurrido? Imposible decirlo; el tiempo era elástico, estirábase a punto de quebrarse. Suponía que, después de todo, no era muy temprano: podrían ser las seis, las siete... Se hacía cargo de lo mucho que había esperado de aquella niña. Era la única persona que podía prestarle ayuda sin exponerse. Si no lograba pasar las montañas en los próximos días, le atraparían. El mismo se entregaría, porque, ¿cómo había de vivir en la estación de las lluvias, sin que nadie osara darle alimento ni cobijo? Hubiera sido mejor, más rápido, si le hubiesen reconocido la semana pasada en el puesto de policía; mucho menos molesto. Entonces oyó un sonido: fue como si la esperanza hiciese una nueva tentativa. Oyó escarbar y gañir; lo que uno atribuye al amanecer, el rumor de la vida. Esperó con avidez, desde el portal.

Y la vida llegó: una perra cruzada que se arrastraba atravesando el cercado; un animal asqueroso, de orejas torcidas y que arrastraba gimoteando una pata herida o rota. Tenía también el lomo lacerado. Se acercaba muy despacio; se le veían las costillas como expuestas en un museo de Historia Natural; era evidente que no habría comido en muchos días: la habían abandonado.

De todos modos conservaba una especie de esperanza, al contrario que él. La esperanza es un instinto que tan sólo el razonamiento humano puede matar. Un animal jamás desespera. Observando su marcha descalabrada, tuvo la sensación de que aquello sucedía todos los días, tal vez desde hacía varias semanas; no se trataba más que de una de las manifestaciones del nuevo día, semejante al piar de los pájaros en regiones más felices. La perra se arrastró hasta la puerta del porche y empezó a escarbar con una pata, tendida con exageración extraña; con la nariz junto a una grieta parecía respirar el aire insólito de los aposentos vacíos; después gimió y llegó a mover el rabo como si hubiese oído moverse algo dentro. Por último se puso a aullar.

Él no pudo aguantar más: comprendía lo que significaba aquello. Era mejor que lo vieran sus ojos. Salió al cercado y el animal giró con torpeza, parodia de un perro guardián, y empezó a ladrarle. No era la persona que esperaba: ella deseaba lo acostumbrado; deseaba el mundo de antes.

Miró dentro de la casa por una ventana; acaso la del cuarto de la niña. Todo lo habían retirado de allí, excepto lo inútil o lo estropeado. Había una caja de cartón llena de papeles rotos y una silla baja con una pata de menos. En la pared enjalbegada había un clavo grande del que acaso pendiera en otro tiempo un espejo o un retrato.

La perra se arrastraba gruñendo por el porche. El instinto se parece al sentido del deber; se le puede confundir fácilmente con la lealtad. Evitó al animal simplemente pasando por la parte soleada; la perra no podía girar bastante deprisa para seguirle. La puerta se abrió al empujarla él; nadie se había preocupado de cerrarla con llave. Una piel de caimán antigua, mal cortada y mal curtida, colgaba de la pared. Detrás de él sonó un bufido nasal y se volvió: la perra tenía dos patas sobre el umbral, pero como él ya estaba establecido en la casa, ella ya no se preocupaba. Allí estaba él, había tomado posesión, era el amo, y existían además toda clase de olores que interesaban más a la mente del bicho. Avanzó por el entarimado, con movimientos irregulares.

Él abrió la puerta de la izquierda: quizás aquello fue dormitorio. En un rincón yacía un montón de botellas que fueron medicinas: en el fondo de algunas quedaban algunos dedos de líquidos de diversos colores. Las había para el dolor de cabeza, para dolor de estómago... unas para tomar antes, otras para después de las comidas. Alguien debió de estar muy enfermo para necesitar tantas. Había un peine roto, y una pelota de cabellos arrancados al peinarse; cabellos tirando a blanco polvoriento. Pensó con alivio: «Es su madre, nada más que su madre».

Exploró en otro aposento con vistas al río lento y desierto a través de alambreras mosquiteras. Aquél había sido cuarto de estar, pues en él quedó la mesa; una mesa de juego plegable, comprada por unos chelines, y que no juzgaron digna de llevarse al irse de allí. «¿Habría estado la madre a punto de morir?», caviló él. Tal vez habían recogido la cosecha y marchado a la ciudad donde había hospital. Salió de aquella habitación y entró en otra; era la que había visto desde fuera, la de la niña. Revolvió el contenido del cesto de papeles con triste curiosidad. Le dio la sensación de estar escogiendo lo que sería demasiado doloroso guardar después de una muerte, recuerdos de los que era mejor desembarazarse.

Leyó «La causa inmediata de la guerra de la independencia americana fue el llamado *Boston Tea Party*».* Parecía formar parte de un ensayo escrito con aplicación y con letras grandes y firmes. «Pero el verdadero motivo (la pala-

* Reunión para el té, de Boston. *(N. del T.)*

bra tenía falta ortográfica, estaba tachada y escrita de nuevo) fue la duda sobre el derecho a imponer tributos a gente no representada en el Parlamento». Aquello debió de ser un borrador, pues tenía muchas correcciones. Sacó al azar otro fragmento. Trataba de gentes llamadas *Whigs* y *Tories,** palabras incomprensibles para él. Algo parecido a un plumero cayó despacio desde el tejado al cercado: era un zopilote. Siguió leyendo: «Si cinco hombres emplean tres días en segar una pradera de cuatro acres y cinco cuartos de acre, ¿cuánto segarían dos hombres en un día?». Debajo del planteamiento figuraba una raya firme, y más abajo comenzaba el cálculo, una confusión irremediable de cifras que no resolvían nada. El papel arrugado era un indicio de vehemencia e irritación. Él la imaginaba con claridad renunciando definitivamente a la solución: la linda faz correcta con dos trenzas apretadas. Recordó su prontitud en jurar enemistad eterna contra cualquiera que le dañase a él, y rememoró a su propia hija tentándole junto al vertedero de basura.

Cerró la puerta con cuidado tras de sí como si previniese una posible fuga. Oía gruñir a la perra en alguna parte y la encontró en lo que había sido cocina. Estaba echada sobre un hueso, enseñando ferozmente su vieja dentadura. Una cara de indio vacilaba fuera del enrejado mosquitero, como algo colgado a secar, oscura, marchita, repelente. Fijaba los ojos en el hueso como si lo codiciara. Vió acercarse al cura y desapareció como si jamás hubiese estado allí, dejando la casa en idéntico abandono. El cura también miró el hueso.

* Partidos políticos del Reino Unido: liberales y conservadores. *(N. del T.)*

Quedaba en él un poco de carne. Una nubecilla de moscas se posaba encima, muy cerca del hocico de la perra que, una vez desaparecido el indio, tenía los ojos fijos en el cura. Todos eran rivales. Él avanzó un paso o dos y dio un par de patadas en el suelo.

—¡Fuera, fuera! —ordenó, palmoteando.

Pero la perra no se movía, extendida sobre el hueso, concentrando en sus ojos amarillos cuanta resistencia quedaba en su cuerpo roto, rugiendo entre dientes. Era como un odio en el lecho de muerte. Él se adelantó con cautela: aún no se había hecho a la idea de que aquel animal no podía saltar (asocia uno al perro con la acción); pero aquel bicho, como cualquier ser humano tullido, tan sólo podía pensar. Se le veían los pensamientos, hambre, aversión y esperanza, reflejados en el globo de los ojos.

Él extendió la mano hacia el hueso y las moscas se alzaron zumbando. El animal se calló, en guardia.

—¡Vamos! ¡Ea! —dijo él con halagos; hizo unos ademanes incitadores y el animal volvió a mirar. Entonces él se volvió súbitamente; no había hecho efecto: la perra le vigilaba torciendo el cuello para seguir sus ingenuos movimientos.

Por un momento se puso furioso. Aquella perra cruzada, con el espinazo roto, había de llevarse el único alimento... Renegó con expresiones populares recogidas inconscientemente cerca de los tablados de música; en otras circunstancias se habría sorprendido de que acudieran tan fáciles a sus labios. Súbitamente se echó a reír: aquello era la dignidad humana, disputar un hueso a una perra. Al reírse, las orejas del animal se inclinaron para atrás, expresivas, crispando las puntas. Pero él no tuvo compasión; su vida no tenía importancia comparada a la de un ser humano. Buscó alrededor algún objeto que arrojarle, pero habían limpiado el cuarto y parecía que sólo hubieran dejado el hueso. Acaso, ¿quién sabe?, lo habían dejado con toda la intención para la perra; se imaginó a la niña pensando en ello antes de partir con la madre enferma y el padre indolente; tenía la impresión de que siempre era la niña quien había de pensar. Para su propósito no halló cosa mejor que un roto cestillo de alambre que sirviera para poner legumbres.

Se acercó de nuevo a la perra y la golpeó ligeramente en el hocico; atrapó ella el alambre con sus viejos dientes rotos y no se movió. Volvió a pegarle con más furia y ella cogió el alambre; tuvo que tirar para quitárselo. La golpeó una y otra vez antes de darse cuenta de que la perra casi no podía moverse; era incapaz de rehuir los golpes o de dejar el hueso. Tenía que aguantar. Sus ojos amarillos, asustados y malévolos, rutilaban mirándole entre golpe y golpe.

Así, pues, cambió de método: empleó el utensilio a modo de bozal apartando con él los dientes mientras se inclinaba para coger el hueso. Lo defendió la perra con una pata y luego cejó; él levantó el alambre y dio un salto atrás; el animal trató de seguirle, sin éxito, y se desplomó en el suelo. Él había ganado: tenía su hueso.

Desgarró con los dientes parte de la carne adherida y empezó a mascar: jamás ningún alimento le supo tan bien, y ya que por el momento era feliz, empezó a sentir un poco de compasión. Pensó: «Comeré lo indispensable y el resto será para ella». Señaló mentalmente un punto sobre el hueso y arrancó un poco más de carne. Las bascas que sintiera durante horas enteras comenzaron a transformarse en una sensación de hambre. Siguió comiendo. La perra le observaba. Una vez terminada la lucha, el animal parecía no guardar rencor; se puso a batir el suelo con la cola, esperanzada, interrogadora. Él llegó al punto marcado, pero entonces le pareció que su hambre anterior fuera imaginaria: lo que ahora sentía sí que era hambre; la necesidad de un hombre es mayor que la de un perro; comería sólo hasta la articulación. Pero cuando llegó el momento se comió también el cartílago. Después de todo, la perra tenía dientes: devoraría el hueso. Se lo arrojó y salió de la cocina.

Recorrió una vez más las habitaciones desiertas. Un calzador roto; botellas de medicina; un ensayo sobre la «Guerra de la Independencia Americana...». No había nada que le indicara por qué se habían marchado los habitantes. Salió al porche y vio por una rendija de los tablones que un libro había caído debajo y yacía entre los toscos pilares de ladrillo que alzaban la casa sobre las sendas de las hormigas. Hacía meses que no había visto un libro. Era casi como una promesa, enmoheciéndose bajo las estacas, de mejores cosas para el futuro: estancia en casas particulares con instalación de radio y librerías y camas cómodas para dormir y mantel puesto para la comida. Se arrodilló en el suelo y lo alcanzó. De pronto se dio cuenta de que, una vez terminada la larga lucha y cruzadas las montañas y los límites del estado vecino, podría disfrutar otra vez de la vida, después de todo.

El libro estaba escrito en inglés; pero a él, de su permanencia en un seminario norteamericano, le quedaba suficiente conocimiento del idioma para leerlo, no sin alguna dificultad. Y aunque no hubiera podido comprender una sola palabra, no dejaba de ser un libro, al fin. Se titulaba: *Joyas en cinco palabras: Antología de versos ingleses,* y en la guarda figuraba pegado un certificado impreso: «Adjudicado a...», y a continuación el nombre de Coral Fellows escrito a pluma... «por su aprovechamiento en composición inglesa, tercer grado». Había un escudo confuso en el cual parecía figurar un grifo y una hoja de roble con un lema latino: *Virtus Laudata Crescit.* Firmaba con estampilla, Henry Beckley, B.A., Director de los Preceptores Particulares, Ltda.

Se sentó en los escalones del porche. Había silencio por doquiera; ninguna vida rodeaba el puesto bananero, excepto la de los zopilotes que todavía no renunciaban a esperar. El indio era como si no hubiese existido en absoluto. «Después de la comida —pensó él con regocijo melancólico—, un poco de lectura»; y abrió el libro al azar. Coral... entonces, así se llamaba la niña. Se acordó de las tiendas de Veracruz llenas de corales, la piedra dura y quebradiza que por algún motivo se suponía muy adecuada para las jovencitas después de la primera comunión.

Leyó:

> Procedo de nidos de fúlica y garza,
> se me ve surgir bruscamente,
> y centelleando entre el helecho,
> desciendo rumoroso hasta el valle.

Era poesía muy oscura, llena de palabras parecidas al esperanto. Pensó: «Luego, esto es la poesía inglesa..., ¡qué rara!». La escasa poesía conocida por él trataba principalmente de agonía, remordimiento y esperanza. El poema terminaba con una nota filosófica. «Porque los hombres podrán llegar y podrán irse, pero yo duraré eternamente.» Lo vulgar y falso del «eternamente» le chocó un poco; un poema como aquél no debía estar en manos de un niño. El zopilote llegó escogiendo su camino a través del cercado, como un fantasma polvoriento y desolado; de vez en cuando alzaba el vuelo con flojedad y se posaba a unas veinte yardas.

Siguió leyendo:

> ¡Vuelve! ¡Vuelve atrás!, gritó con pesar
> a través del agua tormentosa:
> y perdonaré a tu caudillo montañés...
> hija mía, ¡oh!, hija mía...

Esto le pareció más impresionante... Aunque el poema fuese, como el otro, una lectura poco apropiada para chiquillos. Sintió en las palabras extranjeras el clamor de la pasión auténtica y repitió para sí, sentado en el escalón cálido y solitario, el último verso: «Hija mía, ¡oh!, hija mía». Las palabras parecían contener cuanto él sentía de arrepentimiento, anhelo y amor desgraciado.

Lo más extraño era que, a partir de la noche de calor y amontonamiento en la celda de la cárcel, había entrado en una región desértica; casi como si hubiera fallecido allí, con la cabeza del anciano apoyada en sus hombros, y ahora vagase en una especie de limbo por no haber sido ni bastante bueno ni bastante malo... La vida ya no existía en parte alguna: no se trataba sólo del centro bananero. Al escabullirse de la tormenta buscando cobijo, comprendió muy bien lo que hallaría: nada.

Las chozas aparecían durante los relámpagos y permanecían un momento vacilantes a su luz; luego volvían a desaparecer en las tinieblas estruendosas. La lluvia no había empezado todavía; avanzaba en grandes cortinas desde la bahía de Campeche cubriendo todo el estado en su avance metódico. En los intervalos de la tronada imaginaba oírla como un susurro gigantesco, dirigiéndose hacia las montañas, ya tan cercanas: a unas veinte millas.

Alcanzó la primera choza. La puerta estaba abierta y al fulgor de los relámpagos vio, como esperaba, que no había nadie dentro. Tan sólo un montón de maíz y el movimiento confuso de algo gris, acaso una rata. Se precipitó hacia la próxima choza, pero allí había lo mismo, el maíz y nada más, como si toda la vida humana retrocediese ante él, como si alguien hubiera dispuesto que en adelante le dejasen solo, completamente solo. Mientras permanecía allí, la lluvia llegó al descampado; salía del bosque como humo blanco y espeso. Parecía como si algún enemigo difundiera una nube de gases por todo el territorio procurando que no escapara nadie. La lluvia se extendía y duraba lo indispensable; como si el enemigo la rigiera, reloj en mano, conocedor hasta el segundo de la resistencia de los pulmones humanos. El tejado aguantaba el agua un cierto tiempo y después permitía que se colase por media docena de sitios. Al cabo de un rato cesó el chaparrón, el techo siguió goteando y la lluvia siguió adelante con los rayos zigzagueando en sus flancos, como el fuego de barrera protector. En pocos minutos llegaría a las montañas que, con algunas tempestades más como aquélla, quedarían intransitables.

Había caminado todo el día y estaba muy cansado: encontró un lugar seco y se sentó. Al producirse un relámpago veía el descampado. A su alrededor se oía el ruido suave del agua al caer. Casi era como la paz, pero no del todo. Su soledad era como una amenaza de cosas por ocurrir. Súbitamente recordó, sin razón aparente, un día de lluvia en el seminario norteamericano: los cristales de la biblioteca que la calefacción central cubría de vapor, las altas estanterías de libros serios, y un joven forastero llegado de Tucson, dibujando sus iniciales en un cristal con un dedo: aquello era paz. Él la contemplaba desde fuera y no podía creer que hubiese estado jamás dentro. Se había construido su propio mundo, que era el presente: las chozas rotas y vacías, la tempestad que pasaba, y de nuevo el temor... El temor, porque, después de todo, no se hallaba solo.

Alguien se movía fuera, cauteloso... Las pisadas se acercaron un poco y se detuvieron. Él esperaba con apatía. El techo goteaba sobre sus hombros. Pensó en el *mestizo* vagando por los alrededores de la ciudad en busca de ocasión oportuna para su traición. Una cara atisbó por la puerta de su choza y se retiró con presteza: una cara de mujer vieja. Pero con los indios nunca se sabe a punto fijo: muy bien pudiera no tener más de veinte años. Se levantó y salió fuera... Ella echó a correr huyendo con su tosca falda en forma de saco, agitando pesadamente sus negras trenzas. Por lo visto sólo rompían su soledad aquellas caras evasivas, criaturas que parecían salidas de la Edad de Piedra y que se iban apenas eran vistas.

Le agitó una especie de cólera sombría: no la dejaría escapar. La persiguió por el calvero, chapoteando en los charcos; pero ella llevaba ventaja y corría sin ningún sentido de la vergüenza; se metió en el bosque antes que él. Allí era inútil buscarla y regresó hacia la choza más próxima. No era la misma en la que antes se cobijara, pero también estaba vacía. ¿Qué le había ocurrido a toda esa gente? Bien sabía que aquellos campamentos más o menos salvajes eran sólo transitorios; los indios cultivaban una pequeña parcela y, después de esquilmarla, se marchaban simplemente; nada sabían de alternar las cosechas, pero al partir se llevaban el maíz consigo. Pero aquello parecía más bien una huida ante la violencia o la enfermedad. Había oído hablar de tales huidas en casos de epidemias y lo espantoso era, por supuesto, que llevaban consigo la epidemia adondequiera que fuesen; a veces eran víctimas del pánico, como moscas contra un cristal, pero actuaban con discreción, sin que el éxodo trascendiera. Sacó la cabeza para volver a escudriñar el campamento, y allí estaba la india arrastrándose hacia la choza donde él se había cobijado antes. La llamó con viveza y ella volvió a huir bamboleando hacia el bosque. Su andar desgarbado le recordaba a un pájaro disimulando un ala rota... No hizo ningún ademán de seguirla, y antes de llegar a los árboles ella se detuvo y le observó. Él se dirigía despacio hacia la otra choza. Se volvió una vez: ella le seguía de lejos, sin apartar los ojos de él. De nuevo le recordó a un animal o pájaro lleno de ansiedad. Siguió andando en dirección a la choza. A lo lejos se distinguía todavía algún relámpago, pero apenas se oían los truenos. El cielo aclaraba por el horizonte y salía la luna. De pronto oyó un extraño grito y, al volverse, vio a la mujer retroceder hacia el bosque; la vio dar un traspié, levantar los brazos y caer al suelo, como un pájaro que se entrega.

Tuvo por cierto que algo muy importante había en la choza, quizás escondido entre el maíz. Como los relámpagos se habían alejado, no podía ver nada. Tanteó el suelo hasta que llegó al montón de maíz. Los pasos vigorosos se fueron acercando. Él empezó a revolver; acaso habría escondido allí algún alimento. El crujido de las hojas secas se sumó al de las goteras y al de las pisadas cautelosas, como los rumores leves de la gente atareada en sus asuntos particulares. Luego su mano encontró una cara.

Nada podía asustarle más que aquello: sus dedos se posaron sobre un ser humano. Recorrió el cuerpo; era de una criatura que permanecía inmóvil bajo sus manos. En el umbral la luna iluminaba confusamente el rostro de la mujer; de seguro estaría convulsa de ansiedad, pero no se traslucía. Pensó él: «Necesito sacar eso al aire libre donde pueda ver...».

La criatura era un varón: acaso de unos tres años; cabeza de coco marchita, con una greña de pelo negro; inconsciente, pero no muerto... Podía notar el tenue soplo de aliento. De nuevo pensó en una epidemia, hasta que al levantar la mano se convenció de que el chiquillo estaba mojado en sangre y no en sudor. Se conmovió de horror y asco. Violencia por todas partes. ¿No tendría fin la violencia?

Preguntó ansiosamente a la mujer:

—¿Qué ha sucedido?

En toda la extensión de aquel estado parecía que el hombre tuviese la misión de suprimir al hombre.

La mujer, arrodillada dos o tres pies más allá, le miraba las manos. Sabía un poco de español, porque contestó:

—Americano.

El niño llevaba una especie de camisón pardo de una sola pieza; se lo levantó hasta el cuello. Había recibido tres balazos. La vida se le iba de continuo. En realidad, no había nada que hacer; pero debía intentarse... Dijo a la mujer:

—¡Agua! ¡Agua!

Pero ella pareció no comprender, allí agazapada, observándole. Es un error muy corriente creer que si los ojos no expresan nada el pesar no existe. Cuando tocó al niño, él la vio alzarse sobre los muslos dispuesta a atacarle con los dientes en cuanto llorase la criatura.

Empezó a explicar despacio y con dulzura (no supo cuánto entendería ella).

—Necesitamos agua. Para lavarlo. No me ha de tener miedo. No le quiero hacer daño.

Se quitó la camisa y se puso a rasgarla en tiras. Era un proceder contrario a todas las reglas de la asepsia, pero, ¿qué otra cosa se podía hacer? Se podía rezar, desde luego, pero uno no rezaba para la vida, para esta vida.

—Agua —repitió.

La mujer pareció entender; miró desesperada hacia donde la lluvia había formado charcos: aquélla era toda el agua que había. «Bueno —pensó—, la lluvia está tan limpia como lo estaría cualquier vasija». Empapó un trozo de camisa y se inclinó sobre el niño. Oyó a la mujer que se acercaba deslizándose por tierra en aproximación amenazadora. De nuevo intentó tranquilizarla:

—No debe tenerme miedo. Soy un sacerdote.

Entendió ella la palabra sacerdote; se inclinó, le cogió la mano que sostenía el trozo mojado de camisa, y se la besó. En el momento de posar los labios en la mano, la faz del niño se frunció, se abrieron sus ojos mirando fijamente, el menudo cuerpo se estremeció con una especie de dolor rabioso; vieron sus ojos en blanco quedarse de pronto fijos como bolas de fuego, amarillos y feos por la muerte. La mujer soltó al cura y se acercó a gatas a un charco cogiendo agua en el hueco de la mano.

—Ya no la necesitamos —anunció él, con la camisa mojada en las manos.

La mujer abrió los dedos y dejó caer el agua. Pronunció:

—Padre —y, arrodillándose, empezó a rezar.

Él ya no hallaba ningún sentido a plegarias como aquéllas. La Eucaristía era diferente: poner la Forma sagrada entre los labios de un moribundo era poner a Dios. Aquél era un hecho, algo tangible; pero esto no era más que una piadosa aspiración. ¿Cómo había Dios de atender a sus plegarias? El pecado era un obstáculo que las convertía en inútiles; notaba él sus oraciones como un alimento mal digerido que pesaba en el cuerpo sin poderlo eliminar.

Cuando hubo terminado levantó el cuerpo y lo trasladó de nuevo a la choza como un mueble. Parecía un derroche de tiempo el haberlo sacado fuera; tal una silla que se lleva al jardín y se vuelve a meter porque la hierba está mojada. La mujer le siguió con docilidad; no parecía querer tocar el cuerpo; tan sólo lo observó mientras lo devolvía a la oscuridad sobre el montón de maíz. Él se sentó en el suelo y observó:

—Hay que enterrarlo.

Ella comprendió y afirmó con la cabeza.

—¿Dónde está su marido? —inquirió él—. ¿Nos ayudará?

Ella se puso a hablar deprisa; quizás hablase en camacho. Él no entendía más que alguna palabra española de vez en cuando. La palabra «americano» surgió una vez más, y él se acordó del fugitivo cuyo retrato compartiera la misma pared con el suyo. Preguntó:

—¿Él hizo esto?

La mujer movió la cabeza afirmando. «¿Qué habría ocurrido? —pensaba él—. ¿Se habría refugiado el hombre allí y los soldados habrían disparado contra las chozas?». No era inverosímil. De pronto puso toda su atención: la mujer había nombrado la central bananera; pero allí no había ningún moribundo, ninguna señal de violencia, a menos que el silencio y el abandono fueran señales. Había deducido que la madre enferma...; pudo haber sido algo peor. Y se imaginó a aquel estúpido capitán Fellows empuñando su pistola, presentándose zafiamente armado a un hombre cuya principal habilidad era sacar la suya con rapidez o disparar directamente desde el bolsillo. Aquella pobre niña... ¡cuántas responsabilidades se vio acaso forzada a echar sobre sí!

Desechó aquel pensamiento y preguntó:

—¿Tiene usted un azadón?

Ella no comprendió y él tuvo que hacer ademán de cavar. El trueno retumbó cerca: una segunda tormenta se acercaba, cual si el enemigo se diera cuenta de que la primera cortina de fuego había dejado unos cuantos supervivientes; la segunda los aplastaría. De nuevo escuchó el aliento colosal de la lluvia a unas millas de distancia. Se dio cuenta de que la mujer había pronunciado la palabra «iglesia». Su castellano consistía en palabras aisladas. Recapacitó sobre lo que había intentado expresar con aquélla. Entonces la lluvia les alcanzó. Bajaba como un muro que se interponía entre él y su salvación: caía en masa y se edificaba por sí mismo a su alrededor. Desapareció toda claridad, excepto en los momentos de resplandor de los relámpagos.

El techo no pudo aguantar aquel chubasco; todo él chorreaba. Las hojas secas de maíz donde yacía el niño muerto crujían como madera ardiendo. El cura tiritaba de frío y probablemente le comenzaba la fiebre; debía marcharse antes de que no pudiera moverse en absoluto. La mujer, a quien ya no distinguía, volvió a decir «iglesia», implorando. Se le ocurrió que deseaba enterrar al niño cerca de una iglesia o quizá llevarlo tan sólo hasta un altar para que lo tocasen los pies de un Cristo. Era una idea inconcebible.

Aprovechó la luz de un largo y tembloroso relámpago para describir con el ademán el sentido de la imposibilidad.

—Los soldados —decía.

Y ella replicaba en el acto:

—Americano.

Siempre surgía la palabra aquella como si tuviera varios significados y dependiera del acento el que se la tomara por una explicación, un aviso o una amenaza. Tal vez quería decir que los soldados estaban ocupados en perseguirlo; pero aun así aquella turbonada lo estropeaba todo. Aún se hallaba a veinte millas de la frontera; los senderos de la montaña, después de la tormenta, estarían intransitables. En cuanto a la iglesia... no tenía la menor idea de dónde pudiera encontrarla. Ni siquiera vio cosa parecida desde hacía muchos años; se hacía difícil creer que aún existiera alguna a pocas jornadas de camino. A la luz del relámpago siguiente vio a la mujer que le observaba con paciencia pétrea.

Durante las últimas treinta horas no habían comido más que azúcar, grandes terrones morenos del tamaño de un cráneo de niño. No habían visto a nadie ni cambiado palabras entre sí. ¿Para qué, si casi las únicas palabras en común eran «iglesia» y «americano»? Ella le seguía pisándole los talones con el niño muerto atado a la espalda, sin dar jamás muestras de cansancio. En un día y una noche salieron de los pantanos y llegaron al pie de las colinas. Durmieron a cincuenta pies sobre el nivel del río, bajo un saliente rocoso donde el suelo estaba seco; en cualquier otro lado estaba fangoso. Ella se sentó con las rodillas recogidas y la cabeza baja; no mostraba emoción, pero puso el cuerpo del chiquillo detrás de sí, cual si necesitase protección contra los merodeadores. Anduvieron guiándose por el sol hasta que la oscura masa del arbolado les indicó hacia dónde ir. Podrían haber sido los únicos supervivientes de un mundo que se extinguía; llevaban consigo las señas de la muerte.

A veces cavilaba si estaría ya a salvo, pero como no existían límites visibles entre uno y otro estado (no hay examen de pasaporte ni Aduana), el peligro parecía continuar viajando con uno, acudiendo con sus pesados pies al mismo camino que uno sigue. Tenía la sensación de que avanzaban muy lentamente; el sendero se alzaba escarpado, tal vez a quinientos pies, y descendía de nuevo perdiéndose en el barro. Llegaron a un punto en el que el camino se doblaba formando una horquilla enorme, de modo que a las tres horas de camino se hallaron en un punto frente al de partida y a menos de cien yardas de distancia.

A la puesta del sol del segundo día salieron a una meseta ancha cubierta de hierba menuda; una rara selva de cruces se alzaba negreando contra el cielo, torciéndose en varios ángulos: algunas de unos veinte pies de altura, otras de poco más de ocho. Eran como árboles dejados para el semillero. Él se detuvo y las miró; no había visto símbolos cristianos públicamente expuestos desde hacía más de cinco años, si es

que podía llamarse lugar público aquella meseta desierta entre montañas. Ningún sacerdote había intervenido en aquel agrupamiento extraño y tosco; era obra de indios y no tenía nada en común con las pulcras vestimentas de la misa y con los símbolos primorosamente acabados de la liturgia. Era como un escorzo hecho por el oscuro y mágico corazón de la fe; para la noche, cuando los sepulcros se abren y los muertos transitan. Algo se movió detrás, y él se volvió.

La mujer había continuado su camino arrodillada, arrastrando lentamente las rodillas por el duro suelo, hacia el grupo de cruces; el cadáver se bamboleaba en su espalda. Cuando llegó a las cruces más altas descolgó al niño. Después se persignó de modo distinto que los demás católicos corrientes, con un curioso y complicado diseño que comprendía la nariz y las orejas. ¿Esperaba un milagro? «Y si lo esperaba, ¿por qué no se le había de otorgar»?, pensaba él. Se dice que la fe mueve las montañas, y allí había fe: como la había en la saliva que curó al ciego y en la voz que resucitó al muerto. La estrella de la tarde había salido; pendía muy baja sobre el borde de la meseta, como si se la pudiera tocar, y se levantó un vientecillo cálido. Él se sorprendió a sí mismo espiando un posible movimiento del chiquillo. Al no producirse ninguno, le pareció que Dios había perdido una ocasión. La mujer tomó asiento y cogiendo de su envoltorio un terrón de azúcar empezó a comer. Y el chiquillo seguía inmóvil al pie de la cruz. Después de todo, ¿por qué esperar que Dios castigara al inocente alargando su vida?

—*Vamos* —dijo él; pero la mujer roía el azúcar con los afilados incisivos sin prestarle atención. Miró él al cielo y vio el lucero vespertino velado de nubes negras—. *Vamos.*

Ella no se movió. La cara chata y deformada, encuadrada por las trenzas negras, continuaba impasible; era como si expresara que, una vez cumplido su deber, podía tomarse un descanso perdurable. Él se estremeció de pronto; el dolor que todo el día le oprimiera la frente como el borde duro de un sombrero, parecía profundizar en su cabeza. Pensó: «He de procurarme un cobijo; el primer deber del hombre es para consigo mismo; hasta la Iglesia nos lo enseña a su manera». Todo el cielo se ennegrecía; las cruces se alzaban como cactos secos y horribles. Partió hacia el borde de la meseta. Antes de tomar la senda que descendía, volvió a mirarla. La mujer seguía mordiendo el terrón de azúcar, y él recordó que aquél era todo el alimento que tenían.

El camino era muy empinado; tanto que tuvo que bajarlo sentado. Los árboles, a los dos lados, crecían perpendiculares a las rocas grises y quinientos pies más abajo el sendero trepaba de nuevo. Empezó a sudar y tenía una sed espantosa; cuando la lluvia empezó a caer, le proporcionó momentáneamente una especie de alivio. Permaneció donde se hallaba con la espalda apoyada contra una peña. No había ningún refugio hasta el fondo de la barranca y éste casi no parecía digno de hacer tal esfuerzo. Tiritaba casi continuamente y el dolor ya no parecía residir dentro de su cabeza; era algo exterior, casi una presencia, un ruido, un pensamiento, un olor. Sus sentidos se confundían entre sí. Durante un momento el dolor fue una voz fastidiosa explicándole que se había equivocado de camino. Recordaba un mapa, visto una vez, de los dos estados contiguos, aquel del cual se fugaba estaba salpicado de aldeas; en la cálida tierra pantanosa la gente se cría tan fácilmente como los mosquitos. Pero en el estado vecino (en el ángulo noroeste) casi no había más que papel en blanco. «Ahora estás en el papel en blanco», le decía el dolor. «Pero allí hay un sendero», arguía él débilmente. «¡Oh!, un sendero —replicaba el dolor—, un sendero puede seguirse durante cincuenta millas antes de llegar a ningún sitio; y tú sabes que no puedes aguantar esa distancia. A tu alrededor no hay más que un desierto de papel blanco».

Otra vez el dolor era un rostro. Llegó a convencerse de que el americano le observaba; tenía la piel llena de pequeños puntos como una fotografía de periódico. Al parecer, les había seguido todo el camino porque deseaba matar a la madre como antes al niño. Se puso sentimental. Era necesario hacer algo: la lluvia parecía una cortina detrás de la cual casi nada podía ocurrir. Meditó: «No debí dejarla sola de ese modo. Dios me perdone, no tengo sentido de la responsabilidad; ¿qué podíais esperar de un *pater whisky*?». Y luchó para ponerse de pie y empezar a trepar hacia la meseta. Varias ideas le atormentaban: no se trataba tan sólo de la mujer; también era responsable del americano. Las dos caras (la suya propia y la del pistolero) colgaban juntas en la pared del cuartelillo de policía, como las de dos hermanos en una galería familiar de retratos. Uno ha de evitar las tentaciones a su hermano.

Tiritando, sudando y empapado de lluvia subió hasta el borde de la meseta. Allí no había nadie; el niño muerto no era nada más que un objeto inútil abandonado al pie de una cruz; la madre había partido hacia su casa. Había hecho lo que deseaba. La sorpresa pareció sacarle de la fiebre antes de que ésta le abatiera de nuevo. Un terrón pequeño de azúcar (todo el que quedaba) yacía junto a la boca del chiquillo... ¿por si ocurría aún un milagro o para que comiese el espíritu? Él se inclinó con una vaga sensación de vergüenza y cogió el terrón. El niño muerto no podía gruñirle como un perro lisiado; pero ¿quién era él para no creer en los milagros? Vaciló bajo la lluvia y después se metió el azúcar en la boca. Si Dios resolvía devolver la vida, ¿no podía también dar alimento?

En cuanto se puso a comer tornó la fiebre; el azúcar se le pegó a la garganta; sentía una sed espantosa. Trató de lamer, en cuclillas, el agua de los desniveles del suelo; llegó a chupar los pantalones empapados. El chiquillo yacía bajo la lluvia torrencial como un montón oscuro de estiércol de ganado. Él se alejó de nuevo, alcanzó el borde de la meseta y bajó por el sendero que conducía a la barrancada. Lo que sentía entonces era soledad; incluso la cara había desaparecido; se movía sólo por el desierto mapa en blanco, penetrando más y más en la tierra abandonada.

En algún sitio, en alguna dirección, había ciudades, por supuesto; si avanzaba lo suficiente alcanzaría la costa, el Pacífico, el ferrocarril para Guatemala: allí hay carreteras y automóviles. No había visto un tren desde hacía diez años. Se imaginaba la línea negra en el mapa siguiendo la costa y veía las cincuenta, las cien millas de país desconocido. Allí era donde se hallaba: había huido de los hombres. Ahora lo mataría la Naturaleza.

De todos modos continuó. No era cosa de retroceder a la aldea desierta, a la central bananera con su perra moribunda y su calzado roto. No se podía hacer más que adelantar un pie y después el otro; arrastrarse hacia abajo y trepar hacia arriba; desde lo alto de la barrancada, al cesar la lluvia, no se veía más que una tierra inmensa y accidentada, bosques y montañas, sobre la cual pasaba la cortina gris de la lluvia. Miró una vez y no volvió a mirar más. Se parecía demasiado a la imagen de la desesperación.

Habrían pasado bastantes horas desde que dejó de gatear; estaba en un bosque y era por la tarde; los monos rechinaban invisibles entre los árboles dando la impresión de zafiedad y atolondramiento, y las que, al parecer, eran serpientes, silbaban como llamas de fósforo a través de la hierba. No las temía; eran una forma de vida, y él sentía la vida retrocediendo ante su persona de modo constante. No era tan sólo la gente que se le iba: incluso los cuadrúpedos y los reptiles se alejaban; a poco se hallaría solo con su propia respiración. Se puso a recitar para sí: «¡Oh, Dios, yo he amado el decoro de tu casa!», y el olor de hojas empapadas y podridas, la noche cálida y la oscuridad le hicieron creer que se hallaba en un pozo de mina, bajando al interior de la tierra para enterrarse. Dentro de poco hallaría su tumba.

Al acercársele un hombre con escopeta, él no se movió.

—¿Quién es usted? —le preguntó con el arma preparada.

Por primera vez en diez años él dio su verdadero nombre a un extraño, porque se hallaba cansado y no parecía tener motivo para seguir viviendo.

—¿Un cura? —preguntó atónito el hombre—. ¿De dónde viene usted?

Hizo acopio de la poca energía que le quedaba, se levantó y siguió andando. Una cara perpleja entraba y salía en su delirio. «Ya no habría más rehenes», aseguró para sí en voz alta. Unas pisadas le seguían. Era como un hombre peligroso que uno conduce hasta fuera de una finca antes de volver a casa. Repitió en voz alta:

—Está bien. No voy a quedarme aquí. No necesito nada.

—¡Padre...! —llamó la voz, humilde y ansiosa.

—Me iré sin detenerme.

Procuró correr y de pronto salió del bosque a un largo declive con hierba. Abajo había luces y cabañas, y arriba, allí mismo, junto al bosque, un gran edificio encalado... ¿Un cuartel? ¿Habría soldados?

—Si es que me han visto, yo mismo me entregaré. Le aseguro que nadie sufrirá molestia por mi causa.

—Padre...

A él le agobiaba el dolor de cabeza; tropezó y apoyó las manos en la pared para sostenerse. Sentíase infinitamente cansado. Preguntó:

—¿Es el cuartel?

—Padre —respondió el hombre con voz perpleja y preocupada—, es nuestra iglesia.

—¿Una iglesia?

Él recorrió el muro con las manos como un ciego intenta reconocer una cara determinada; pero estaba muy cansado para experimentar ningún sentimiento. Oyó al hombre de la escopeta, sin verle, que parloteaba:

—Un honor como éste, padre... Ha de sonar la campana.

Y él, de pronto, se sentó en la hierba embebida de lluvia y, apoyando la cabeza contra la blanca pared, se quedó dormido con su propia casa sirviéndole de respaldo.

Sus sueños estuvieron llenos de alegres absurdidades.

Tercera parte

Capítulo I

Una mujer de mediana edad, sentada en el porche, zurcía calcetines; usaba lentes de pinza y se había quitado los zapatos de un puntapié para mayor comodidad. Míster Lehr, su hermano, leía una revista de Nueva York que tenía fecha de tres semanas atrás, cosa en realidad sin importancia. La escena, en conjunto, era sosegada.

—Sírvase agua usted mismo en cuanto le haga falta —dijo miss Lehr.

Una enorme tinaja de barro con un cazo y un vaso estaba resguardada en un rincón fresco.

—¿No hacen ustedes hervir el agua? —preguntó el cura.

—¡Oh, no! El agua «nuestra» es pura y fresca —contestó miss Lehr, muy remilgada, como si no pudiese responder del agua de nadie más.

—La mejor agua del estado —aseguró su hermano.

Las hojas relucientes de la revista crujían al volverlas, llenas de fotografías de mandíbulas de mastín pulcramente afeitadas: senadores y diputados. Al otro lado de la cerca del jardín se extendía la pradera en ondulación suave hacia la montaña próxima y una magnolia florecía y se mustiaba cada día junto a la verja.

—Tiene usted mejor aspecto, padre —manifestó miss Lehr.

Ambos hablaban un inglés algo gutural, con ligero acento americano. Míster Lehr había salido mozo de Alemania para rehuir el servicio militar; su rostro era de hombre sutil e idealista. Se necesitaba mucha sutileza en el país para conservar cualquier clase de ideales; él empleaba su sagacidad en defensa de la vida virtuosa.

—¡Oh! —dijo—, sólo necesitaba descansar unos días.

Se portaba con la mayor indiferencia con el hombre aquel, traído en una mula por su mayoral, en estado de colapso, tres días antes. Cuanto sabía se lo había dicho el mismo cura. Aquello era también una enseñanza del país; no hacer nunca preguntas ni mirar de frente.

—Pronto podré continuar —repuso el cura.

—No tiene que apresurarse —repitió miss Lehr, repasando el calcetín de su hermano en busca de agujeros.

—¡Es esto tan tranquilo!

—¡Oh! —comentó míster Lehr—. Hemos tenido también nuestras preocupaciones —volvió una página y añadió—: A ese senador, Hiram Long, deberían reprimirle. No es de ninguna utilidad el insultar a los demás países.

—¿No han intentado quitarle a usted su tierra?

El rostro idealista cambió en el acto y lució un aire de astucia inocente.

—¡Oh! Yo les di tanta como me pidieron: quinientos acres de tierra estéril. Me ahorré una buena suma de impuestos. Nunca pude lograr que allí creciera cosa alguna —se inclinó hacia los pilares del porche—. Éste fue el último disturbio «auténtico». Mire los agujeros de las balas. Tropas de Villa.

El cura volvió a levantarse y bebió más agua. No tenía sed: satisfacía una sensualidad. Preguntó:

—¿Cuánto tardaría en llegar a Las Casas?

—Podría llegar en cuatro días —respondió míster Lehr.

—En «su» estado, no —objetó miss Lehr—. En seis.

—¡Me parecerá tan extraño! —suspiró el cura—. Una ciudad con iglesias, con universidad.

—Desde luego —dijo míster Lehr— mi hermana y yo somos luteranos. No nos entendemos con su Iglesia, padre. Demasiado lujo, creo yo, mientras la gente muere de hambre.

Miss Lehr arguyó:

—Pero, querido, el padre no tiene la culpa.

—¿Lujo? —preguntó el cura. De pie, vaso en mano, junto a la tinaja, procuraba reunir sus ideas mirando hacia las amplias laderas herbosas y sosegadas—. Quiere decir...

No siguió adelante. Acaso míster Lehr tuviera razón; él había vivido con mucho desahogo en otro tiempo y ahora ya volvía a incurrir en holganza.

—Todo el oro de las iglesias.

—A menudo no es más que pintado, ¿sabe usted? —murmuró él, conciliador.

Pensaba: «Sí, tres días sin hacer nada. Nada».Y se miró los pies calzados con un elegante par de zapatos de míster Lehr, las piernas enfundadas en unos pantalones desechados del mismo señor. Míster Lehr aclaró:

—A él no le molesta que yo exponga mi opinión. Somos todos cristianos.

—Desde luego. Me gusta oír...

—A mí me parece que su gente alborota mucho por cosas no esenciales.

—¿Sí? Quiere usted decir...

—Los ayunos... el pescado en viernes...

Sí, recordaba, como cosa lejana, que hubo un tiempo en que observó tales reglas.

Dijo:

—Después de todo, míster Lehr, usted es alemán. Una gran nación militar...

—Nunca fui soldado... Yo no apruebo...

—Sí, desde luego; sin embargo, usted comprende que la disciplina es necesaria. Las maniobras acaso no sirvan en las batallas, pero forjan el carácter. Sin ello no se logra más que... bueno, más que gente como yo —miró con súbita inquina a los zapatos: eran como la divisa del desertor—. ¡Gente como yo! —repitió con furia.

Transcurrió un rato embarazoso. Miss Lehr empezó a decir algo; pero su hermano le tomó la voz dejando la revista con el cargamento de políticos bien afeitados. Pronunció con su acento germanoamericano y su gutural precisión:

—Bueno, sospecho que es hora de tomar un baño. ¿Quiere usted venir, padre?

El cura le siguió dócilmente al dormitorio de ambos. Se quitó la ropa que le había dado y se puso su impermeable. Luego le siguió con los pies desnudos a través del porche. El día antes había preguntado con aprensión:

—¿No hay serpientes?

Y él había gruñido, desdeñoso, que de haberlas habido pronto las hubiera quitado de en medio. Él y su hermana habían resuelto desterrar la barbarie simplemente con ignorar cuanto estuviera en pugna con un hogar corriente germanoamericano. Era, en su género, un admirable sistema de vida. En el fondo de la hondonada corría un arroyo poco profundo sobre un lecho de guijas pardas. Míster Lehr se quitó la bata y se echó de espaldas. Incluso en sus magras piernas de cincuentón, con sus músculos secos, había ecuanimidad e idealismo. Los pececillos jugaban sobre su pecho y daban ligeros tirones a sus tetillas. Aquello era el esbozo del mozalbete que había reprobado el militarismo hasta el punto de fugarse. Al poco rato se sentó y empezó a enjabonarse los delgados muslos. Después el cura cogió el jabón y le imitó. Comprendía que esperaban esto de él, si bien no podía evitar la idea de que malgastaba el tiempo. El sudor limpia tan bien como el agua. Pero aquélla era la raza inventora del proverbio de que la limpieza es hermana de la santidad: la limpieza, no la pureza.

Míster Lehr le pidió:

—¿Me hace el favor... el jabón?

Se había fregado por delante y ahora emprendía la tarea en la espalda.

El cura pronunció:

—Creo que acaso debía decírselo a usted... Mañana digo misa en el pueblo. ¿Preferiría usted que me fuera de su casa? No deseo causarle ningún contratiempo.

Míster Lehr chapoteaba gravemente, lavoteándose.

Contestó:

—¡Oh, a mí no me hostigarán! Pero usted sería mejor que tuviera cuidado. Por supuesto, usted sabe que esto va contra la ley.

—Sí —asintió el cura—, lo sé.

—Conocí un cura al cual multaron con cuatrocientos pesos. No pudo pagar y lo metieron en la cárcel por una semana. ¿De qué se sonríe usted?

—Solamente de que aquí parecen muy... apacibles. ¡Una semana de prisión!

—Bien; siempre he oído decir que ustedes se desquitan en la colecta. ¿Quiere usted el jabón?

—No, gracias. He terminado.

—Sería mejor que nos secáramos. Miss Lehr prefiere bañarse antes de ponerse el sol.

Cuando regresaban a la casa en fila india, la encontraron muy arrebujada en su bata. Les preguntó maquinalmente, como un reloj de sonajería muy suave:

—¿Está buena hoy el agua?

Y su hermano dijo, como lo habría hecho mil veces:

—De un frescor agradable, querida.

Siguió ella bajando la loma cubierta de hierba, en zapatillas, un poco inclinada a causa de su miopía.

—Si a usted no le importa —dijo míster Lehr, entornando la puerta del dormitorio—, le ruego permanezca aquí hasta que vuelva miss Lehr... Desde la parte delantera se puede ver el arroyo, ¿comprende?

Empezó a vestirse, alto, huesudo, y un poco tieso. Dos camas de latón, una sola silla y un armario. El cuarto era monástico, sólo que no había ninguna cruz ni cosas «no esenciales» como él había puntualizado. Pero sí había una Biblia. Estaba en el suelo junto a una de las camas, con cubierta de hule negro. Una vez vestido el cura la abrió.

Una etiqueta de la guarda declaraba que los Gideons habían proporcionado el libro. Continuaba «Una Biblia en cada cuarto de hotel. Ganar para Cristo a los viajantes de comercio. Buena nueva». Seguía una lista de textos. El cura leyó con asombro:

Si se halla afligido... lea Salmo 34.

Si los negocios van mal... lea Salmo 37.

Si son prósperos... lea I Corintios, 10, 2.

Si cae en pecado y en apostasía... lea Santiago I. Oseas, XIV, 40-9.

Si está cansado de pecar... lea Salmo 51. Lucas, XVIII, 9-14.

Si desea la paz, el poder y la abundancia... lea Juan, 14.

Si se halla solitario y desanimado... lea Salmos 23 y 24.

Si va perdiendo la fe en los hombres... lea I Corintios, XIII.

Si desea usted sueños apacibles... lea Salmo 121.

No pudo menos que cavilar cómo habría llegado aquello, con su tipo de letra feo y sus explicaciones más que simples, a una *hacienda* del sur de México. Míster Lehr se volvió desde el espejo con un gran cepillo áspero para el pelo en la mano y explicó solícito:

—Mi hermana dirigía un hotel en otro tiempo. Para viajantes. Lo vendió para reunirse conmigo al morir mi esposa, y se trajo una de esas Biblias del hotel. No lo entendería usted, padre. A usted no le gusta que la gente lea la Biblia.

Siempre estaba a la defensiva por lo tocante a su fe, cual si tuviera conciencia perenne de algún roce semejante al de un zapato mal ajustado.

—¿Está su esposa enterrada aquí? —preguntó el cura.

—En la dehesa —respondió bruscamente míster Lehr. Se quedó escuchando, cepillo en mano, las suaves pisadas de fuera—. Es miss Lehr, que viene del baño. Ahora ya podemos salir.

El cura se apeó del viejo caballo de míster Lehr al llegar a la iglesia y echó las riendas sobre un arbusto. Era la primera visita que hacía al pueblo desde la noche que se desplomó junto a la pared. El caserío se veía a lo lejos perdiéndose en el crepúsculo. Las casitas con galería y tejado de lata se enfrentaban con las chozas de barro en la única calle ancha donde crecía la hierba. Se habían encendido unas pocas lámparas y se llevaban ascuas de un lado a otro entre las más pobres cabañas. Anduvo despacio, consciente de la paz y de la seguridad. El primer hombre que vio se quitó el sombrero y arrodillándose besó su mano.

—¿Cómo se llama usted? —preguntó él.

—Pedro, padre.

—Buenas noches, Pedro.

—¿Habrá misa por la mañana, padre?

—Sí, habrá misa.

Pasó ante la escuela rural. El maestro estaba sentado en un escalón. Era un joven rollizo de ojos pardos y gafas de concha. Cuando vio acercarse al cura miró con ostentación a otra parte. Era el elemento cumplidor de la ley: no quería saludar a los criminales. Se puso a charlar con pedantería y afectación a una persona situada detrás de él: algo referente a la clase de párvulos. Una mujer besó la mano del cura. Era raro verse solicitado de nuevo, no sentirse como portador de la muerte.

—Padre, ¿querrá usted confesarnos?

—Sí, sí. En el granero del *señor* Lehr. Antes de la misa. Estaré allí a las cinco. En cuanto amanezca.

—Es que somos tantos, padre...

—Bueno; entonces, esta noche también... A las ocho.

—Además, padre, hay muchos niños por bautizar. Hace tres años que no ha venido ningún cura.

—Estaré aquí dos días más.

—¿Qué ha de cobrar usted, padre?

—Pues... dos pesos es lo corriente.

Pensó: «He de alquilar dos mulos y un guía. Me costará cincuenta pesos llegar a Las Casas. Cinco pesos por la misa..., faltaban cuarenta y cinco pesos».

—Aquí somos pobres, padre —regateó ella con tiento—. Yo tengo cuatro chiquillos. Ocho pesos es mucho dinero.

—Cuatro chiquillos son muchos chiquillos...; si el cura no ha estado más que tres años sin venir.

Notábase autoritario, recobraba la antigua entonación parroquial de la voz, como si los últimos años fueran un sueño y en realidad no hubiese salido nunca de entre las hermandades, las «Hijas de María» y la misa diaria.

Preguntó vivamente:

—¿Cuántos chiquillos hay aquí ahora... sin bautizar?

—Quizás un centenar, padre.

Hizo un cálculo; entonces no era necesario llegar a Las Casas como un mendigo; podía comprar un traje decente, hallar un alojamiento respetable, instalarse...

—Han de pagar un peso con cincuenta por cabeza —contestó.

—Un peso, padre. Somos muy pobres.

—Un peso con cincuenta.

Una voz procedente de los años pasados le decía con firmeza al oído: no se aprecia lo que no se paga. Era del cura viejo a quien sustituyera en Concepción. Se lo había explicado: siempre le dirán a usted que son pobres, que se mueren de hambre, pero siempre tienen algún dinero escondido en cualquier parte, en un puchero.

Él ordenó:

—Han de traer ustedes el dinero y los chiquillos al granero del *señor* Lehr mañana, a las dos de la tarde.

—Sí, padre —contestó ella, pareciendo satisfecha, ya que le había rebajado cincuenta centavos por cabeza.

Él siguió andando. «Un centenar de chicos (iba pensando) significan ciento sesenta pesos, incluida la misa de mañana. Tal vez pueda obtener los mulos y el guía por cuarenta pesos. El señor Lehr me dará comida para seis días. Me quedarían ciento veinte pesos». Notaba el respeto que acompañaba su paso por la calle; los hombres se quitaban el sombrero. Parecía retroceder a los días anteriores a la persecución. Sentía la antigua vida robustecerse a su alrededor como un hábito, una situación inconmovible que le mantenía alta la cabeza y le marcaba el camino a seguir y hasta le componía las palabras...

Una voz le dijo desde la cantina:

—Padre.

Era un hombre muy gordo, con triple papada mercantil, llevaba chaleco a pesar del calor, y una cadena de reloj.

—¿Diga? —contestó él.

Detrás de la cabeza del hombre había botellas de agua mineral, de cerveza, de alcohol... Él dejó la calle polvorienta y se acercó al calor de la lámpara.

—¿Qué hay? —preguntó con sus recobradas maneras de autoridad e impaciencia.

—Pensé, padre, que podría usted necesitar un poco de vino para la misa.

—Quizá... pero tendría usted que darme crédito.

—El crédito de un cura siempre es bueno para mí, padre. También yo soy hombre religioso. Éste es un lugar religioso. Sin duda celebrará usted algún bautizo.

Se inclinaba con avidez, con modales respetuosos e impertinentes, como si ambos fueran personas de las mismas ideas, hombres educados.

El gordo sonrió comprensivo. Entre gentes como nosotros, parecía indicar, no hace falta ser explícito; nos adivinamos los pensamientos. Se expresó así:

—En otros tiempos, cuando estaba la iglesia abierta, yo era tesorero de la «Hermandad del Santísimo Sacramento». ¡Oh, soy un buen católico, padre! El pueblo, desde luego, es muy ignorante. ¿Acaso me honraría usted tomando un vaso de aguardiente?

A su manera era del todo sincero. Él contestó indeciso:

—Es muy amable...

Ya estaban llenos los dos vasos. Recordó la vez anterior que bebiera, sentado en la cama a oscuras, escuchando al jefe de policía, y viendo, cuando la luz se encendía, extinguirse lo que del vino restaba... La memoria era como una mano que tiraba del caso y se lo exponía. El olor del aguardiente le secaba la boca. Pensó: «¡Qué comediante soy; éste no es mi sitio, entre gente buena!». Giraba el vaso entre los dedos y todos los vasos giraban con él. Se acordó del dentista hablando de sus hijos, de María desenterrando la botella que había guardado para él... ¡para el *pater whisky*!

Bebió un sorbo de mala gana.

—Es buen aguardiente, padre —observó el cantinero.

—Sí. Buen aguardiente.

—Podría cederle a usted doce botellas por sesenta pesos.

—¿Y dónde hallaría yo sesenta pesos?

Cavilaba: «En cierto modo estaba mejor allí, al otro lado de la frontera. El miedo y la muerte no son las cosas peores. A veces es un error continuar viviendo».

—No quiero abusar de usted, padre. Deme cincuenta pesos.

—Cincuenta..., sesenta..., para mí es lo mismo.

—Vamos. Tome otro vaso, padre. Es muy buen aguardiente —el hombre se inclinó sobre el mostrador y susurró—: Después de todo, padre... están los bautizos...

Es asombrosa la facilidad con que uno se olvida y vuelve a pecar. Aún oía su propia voz hablando por la calle, con el acento de Concepción, que no había cambiado con el pecado mortal, la impenitencia ni la deserción. Su propia lengua. Dios puede perdonar la cobardía y la pasión, ¿pero era posible perdonar la devoción maquinal? Recordaba a la mujer de la cárcel y la imposibilidad en que se vio de conmoverla a causa de su propia suficiencia. Ahora le parecía ser él de la misma clase. Bebió el aguardiente como una maldición; los hombres como el *mestizo* pueden salvarse, la salvación puede caer como un rayo en el corazón malvado; pero el hábito de la devoción lo excluye todo menos el rezo de la tarde, las reuniones de la hermandad y el contacto de los labios humildes sobre la mano enguantada.

—Las Casas es una ciudad magnífica, padre. Se dice que hay misa todos los días.

Aquel hombre era otra persona piadosa. Había un montón de ellas en el mundo. Estaba sirviendo un poco más de aguardiente, pero con precaución, no demasiado. Añadió:

—Cuando esté allí, padre, vaya a ver un compadre mío en la calle de Guadalupe.Tiene la cantina muy cerca de la iglesia: un buen hombre. Tesorero de la «Hermandad del Santísimo». Lo mismo que yo lo fui aquí en los buenos tiempos. Procurará darle barato lo que necesite. Ahora, ¿qué hay de unas botellas para el viaje?

Él bebió. No mantenía el puntillo de no beber. Ya tenía la costumbre... como la de rezar y la de la voz parroquial.

—Tres botellas. Por once pesos. Guárdemelas aquí.

Terminó con el vaso y salió a la calle: las lámparas estaban encendidas en las ventanas y la ancha calle extendíase como una pradera. Tropezó en un hoyo y sintió una mano sobre su manga.

—¡Ah, Pedro! Se llama usted así, ¿verdad?

—Para servirle, padre.

La iglesia se alzaba en la oscuridad como un bloque de hielo que se fundía por el calor. El techo se había desplomado en un sitio y un ángulo superior del portal se desmoronaba. Él echó una rápida mirada a Pedro, conteniendo la respiración por si despedía olor a aguardiente, pero tan sólo pudo verle la silueta de la cara. Con sensación de astucia, como si engañara a alguien metido en su corazón, dijo:

—Dígale a la gente, Pedro, que no quiero más que un peso por cada bautizo.

Quedaría suficiente para las botellas, aunque llegase a Las Casas como un mendigo. Hubo un silencio como de unos dos segundos y enseguida la voz marrullera del aldeano empezó a suplicar:

—Somos pobres, padre. Un peso es mucho dinero. Yo, por ejemplo, tengo tres hijos. Póngalo en setenta y cinco centavos, padre.

Miss Lehr extendía los pies calzados con cómodas zapatillas y los escarabajos subían al porche desde las tinieblas exteriores. Decía ella:

—Una vez, en Pittsburg...

Su hermano dormía con un periódico atravesado sobre las rodillas; había llegado el correo. El cura lanzaba una risita simpática, lo mismo que en otros tiempos; era un rasgo del que no podía zafarse. Miss Lehr se detuvo y olisqueó.

—Es curioso. Creí notar olor de alcohol.

El cura contuvo el aliento, echándose atrás en la mecedora. Pensaba: «Qué tranquilo es esto, qué seguro». Recordaba gentes de ciudad que no podían dormir en el campo a causa del silencio. Éste puede llegar, como el ruido, a afectar los tímpanos.

—¿Qué estaba yo diciendo, padre?

—Una vez, en Pittsburg...

—Esto es. En Pittsburg... Yo aguardaba el tren. Ya ve usted, no tenía nada para leer. Los libros son tan caros... Así que pensé comprar un periódico, cualquier periódico: todos traen las mismas noticias. Pero al abrirlo... Se titulaba algo así como «Noticias policíacas»... Nunca supuse que se imprimieran cosas tan horrendas. Por supuesto, no leí más que unas líneas. Creo que fue la cosa más horrible que jamás me haya ocurrido. Me... Bueno: me abrió los ojos.

—¿Sí?

—Nunca se lo he contado a míster Lehr. Creo que no pensaría lo mismo de mí si lo supiera.

—Pero no hizo usted nada malo...

—El enterarse, ¿no lo es?

Muy lejos, un pájaro de cualquier especie gorjeaba; la lámpara sobre la mesa empezó a humear, y miss Lehr se inclinó y le redujo la mecha: pareció que disminuía la única luz en varias millas a la derecha. El aguardiente se le repetía en el paladar como el olor del éter que le recuerda a uno una operación reciente antes de acostumbrarse a la existencia: aquel sabor le ligaba a otro tipo de vida. Aún no estaba hecho a aquella quietud profunda. Decía para sí: con el tiempo todo irá bien, dejaré la bebida; esta vez sólo encargué tres botellas, que serán las últimas; allí no necesitaré beber... Pero sabía que no era cierto.

Míster Lehr despertó de pronto y empezó:

—Como iba diciendo...

—No decías nada, querido. Estabas dormido.

—Oh, no; hablábamos del canalla de Hoover.

—No lo creo, querido. Por lo menos hace mucho rato.

—Bien —repuso míster Lehr—, ha sido un día pesado. El padre estará cansado también... Después de tantas confesiones... —añadió con leve aversión.

Había desfilado una corriente continua de penitentes desde las ocho hasta las diez. Dos horas del peor mal que un lugar pequeño como aquél podía producir en tres años. No abultaba gran cosa; en una ciudad había más pretextos... ¿Acaso no? No es mucho lo que puede hacer un hombre. Borracheras, adulterios, impurezas... El cura había permanecido todo el tiempo con sabor de aguardiente, sin mirar la cara del que se arrodillaba a su lado. Los demás aguardaban arrodillados en otra casilla vacía. Los establos de míster Lehr se habían despoblado durante los últimos años. No le quedaba más que un caballo viejo que resoplaba en la oscuridad mientras los pecados salían susurrando.

—¿Cuántas veces?

—Doce, padre. Tal vez más —y el caballo daba un bufido. Es asombrosa la sensación de inocencia que acompaña al pecado; tan sólo el hombre rígido y escrupuloso y el santo se ven libres de ella. Aquellas gentes salían del granero limpias. Él era el único, el único, que no se había arrepentido, confesado ni sido absuelto. Deseaba decir al hombre aquel: «El amor no es malo; pero ha de ser dichoso y visible.Tan sólo es malo cuando es oculto y desgraciado; puede ser el infortunio mayor de todos excepto el de perder a Dios. En sí mismo *es* perder a Dios. No necesitas penitencia, hijo mío; has sufrido bastante». Y a otro le diría: «La lujuria no es lo peor. Porque un día, una vez, puede convertirse en amor que hemos de evitar. Y cuando amamos nuestro pecado, estamos condenados sin remedio». Sin embargo la costumbre del confesionario se imponía por sí misma: le parecía estar de nuevo en la caja de madera, pequeña y estrecha como un ataúd, en la cual la gente enterraba las suciedades. Decía:

—Pecado mortal... Peligroso... Dominarse... —como si estas palabras tuviesen algún significado.

Otras veces:

—Rece tres padrenuestros y tres avemarías.

En otros casos:

—La bebida no es más que el principio...

Incluso contra aquel vicio corriente no hallaba otro ejemplo que el de su propia persona oliendo a aguardiente en la cuadra. Impuso la penitencia maquinalmente, con prisa y aspereza. El hombre se marcharía diciendo: «Un mal cura», al ver que no le animaba ni se interesaba...

Decía:

—Esas leyes las hicieron los hombres. La iglesia no exige... Si no puede ayunar, es que debe comer: eso es todo.

La vieja parloteaba más y más, mientras los penitentes se agitaban inquietos en la casilla inmediata y el caballo bufaba; charlaba de las abstinencias rotas, de los rezos vespertinos cercenados... De pronto, sin anuncio previo, con rara sensación de nostalgia, él pensó en los rehenes del patio de la cárcel esperando junto al grifo, evitando mirarle; en el dolor y en la paciencia esparcidos por doquier al otro lado de las montañas. Interrumpió brutalmente a la mujer:

—¿Por qué no se confiesa como es debido? No me interesa su provisión de pescado ni si tiene sueño por la noche.

—Pero es que yo soy una buena mujer, padre —chirrió atónita ella.

—Entonces, ¿qué hace usted aquí estorbando a la gente mala? —preguntó—: ¿Siente usted amor por alguien que no sea usted misma?

—Amo a Dios, padre —replicó altanera.

Él le echó una mirada rápida a la luz del cirio que ardía en el suelo. Unos ojos duros bajo el rebozo negro... Otra persona pía..., como él mismo.

—¿Cómo lo sabe usted? Amar a Dios no es distinto que amar a un hombre... o a un niño. Es querer estar con Él

—hizo ademán desesperanzado—. Es querer protegerle a Él contra usted misma.

Cuando se fue el último penitente, él volvió al *bungalow* atravesando el corral. Veía la lámpara encendida y a miss Lehr haciendo calceta. Sentía el olor de la hierba en la dehesa, húmeda como las primeras lluvias. Un hombre podría ser feliz allí si no estuviera tan ligado al temor y al sufrimiento. También la infelicidad puede convertirse en hábito como la devoción. Acaso su deber era romperlo, descubrir la paz. Sentía una envidia inmensa por todas aquellas gentes que había confesado y absuelto. «Dentro de seis días —dijo para sí—, yo también, en Las Casas...». Pero no podía creer que alguien, donde fuese, se librara del peso de su corazón. Incluso al beber sentíase atado a su culpa por el cariño. Sería más fácil librarse del odio.

Miss Lehr se expresó en estos términos:

—Siéntese, padre. Estará cansado. Por supuesto, yo nunca fui partidaria de la confesión. Míster Lehr tampoco.

—¿No?

—No comprendo cómo puede usted aguantar sentado allí, escuchando todas esas cosas horribles... Recuerdo que una vez, en Pittsburg...

Las dos mulas llegaron durante la noche, de modo que pudo partir temprano inmediatamente después de la misa, la segunda que dijo en el granero de míster Lehr. El guía estaba durmiendo en cualquier parte, probablemente con las mulas; era una criatura flaca y nerviosa que no había estado nunca en Las Casas; conocía el camino de oídas. La noche antes miss Lehr había insistido en llamarle ella, aunque se despertó por sí mismo antes de que clarease. Acostado en la cama oyó el despertador, sonando como un teléfono, en el otro cuarto; y a poco sintió el chancleteo de la mujer en el pasillo y un tac-tac en la puerta. Su hermano dormía imperturbable boca arriba, con la corrección descarnada de un obispo sobre una tumba.

El cura se había echado vestido y abrió la puerta antes de que ella tuviera tiempo de retirarse. Lanzó un chiflido de consternación. Presentaba una hechura gibosa con una redecilla en el pelo.

—Dispénseme.

—Oh, no hay de qué. ¿Cuánto durará la misa, padre?

—Habrá muchas comuniones. Acaso tres cuartos de hora.

—Le prepararé un poco de café y bocadillos.

—No debe molestarse.

—Oh, no le podemos dejar partir con hambre.

Le siguió hasta la puerta, resguardándose un poco detrás de él como para no ser vista por nada ni por nadie en el ancho mundo matinal y desierto. La luz gris alisaba la pradera; en la verja, la magnolia florecía una vez más para el día; muy lejos, más allá del arroyo donde se bañaran, la gente subía desde el pueblo camino del granero de míster Lehr; a tal distancia resultaban las personas pequeñas para ser humanas. Tenía una sensación de dicha expectante que le rodeaba, aguardándole para que tomara parte en ella, como una función de cine para niños o un *rodeo*. Se daba cuenta de lo feliz que pudiera haber sido si en el espacio recorrido no dejara, detrás de sí, otra cosa que algunos malos recuerdos. El hombre debe preferir siempre la paz a la violencia, y él marchaba en dirección a la paz.

—Ha sido usted muy buena conmigo, miss Lehr.

Cuán extraño le había parecido al principio ser tratado como un huésped, no como un animal o un cura. Aquéllos eran herejes; nunca se les ocurriría pensar que él no fuese un hombre bueno; no tenían la perspicacia inquisitiva de sus correligionarios católicos.

—Hemos disfrutado teniéndole a usted, padre. Pero debe alegrarse de irse. Las Casas es una ciudad magnífica. Un sitio muy moral, como míster Lehr dice siempre. Si encuentra usted al padre Quintana, dele nuestros recuerdos; estuvo aquí hace tres años.

Una campana comenzó a tocar. La habían bajado de la torre de la iglesia, colgándola fuera del granero de míster Lehr.

—A veces he deseado poder ir a la iglesia.

—¿Por qué no va?

—A míster Lehr no le agradaría. Es muy escrupuloso. Pero hoy día ocurre tan raras veces... No creo que se celebre otro servicio durante otros tres años.

—Yo volveré antes si acaso.

—Oh, no —denegó ella—. No lo hará usted. Es un viaje pesado y Las Casas es una hermosa ciudad. Hay luz eléctrica en las calles. Hay dos hoteles. El padre Quintana prometió volver; pero hay cristianos en todas partes, ¿no es así? ¿Por qué habría de volver aquí? Quizá lo haría si realmente nuestros asuntos fueran mal.

Un grupito de indios pasó ante la verja; criaturas menudas y nudosas de la Edad de Piedra; los hombres con blusas cortas caminaban apoyados en largas pértigas; las mujeres con trenzas negras y caras curtidas portaban a los chiquillos sobre la espalda.

—Los indios se han enterado de que usted está aquí —comentó miss Lehr—. No me sorprendería que hubiesen andado cincuenta millas...

Se detuvieron en la verja y observaron al cura. Cuando él los miró, se arrodillaron persignándose con un complicado y extraño mosaico de toques en la nariz, barbilla y orejas.

—Mi hermano se enfada mucho —añadió miss Lehr— cuando ve que alguien se pone de rodillas ante un cura. ¡Pero yo no le veo ningún mal!

Tras las esquinas de la casa piafaban las mulas; el guía las había sacado para darles maíz. Eran de lento comer; había que darles mucho tiempo. Llegó el momento de marcharse a decir misa. Respiraba el olor de la madrugada; el mundo todavía estaba fresco y verde, y en el pueblo, por debajo de las praderas, ladraban unos perros. El despertador seguía su tictac en manos de miss Lehr. Dijo el cura:

—He de irme ahora.

Le producía una extraña desazón dejar a la mujer, la casa y al hermano dormido en el cuarto interior. Sentía por ellos una mezcla de ternura y de confianza. Cuando un hombre despierta después de una operación peligrosa, confiere un valor especial a la primera cara que ve al disiparse el anestésico.

No tenía ornamentos, pero las misas en aquel pueblo se acercaban más a los tiempos de la antigua parroquia que ninguna de las que conociera en los últimos ocho años. No había miedo a interrupciones ni consumación atropellada del pan y del vino al aproximarse la policía. Hasta hubo una piedra en el vino, traída de la clausurada iglesia. Mas a causa del mismo sosiego se percataba mejor de su pecado al preparar los elementos: «La participación de vuestro Cuerpo, oh Señor Jesucristo, que yo indigno me atrevo a recibir, no sea para mí motivo de juicio y condenación». Un hombre virtuoso puede dejar de creer en el infierno; pero él lo llevaba consigo. A veces, de noche, soñaba con ello. *Domine, non sum dignus... Domine, non sum dignus...* El mal corría por sus venas como el paludismo.

«... Y vimos su gloria, la gloria del Unigénito Hijo del Padre, lleno de gracia y verdad.» La misa había terminado.

«En tres días —decía para sí— estaré en Las Casas. Estaré confesado y absuelto». Y el pensamiento de la niña sobre el montón de basura volvió a él automáticamente, con amor doloroso. ¿Qué utilidad tiene la confesión cuando uno ama el fruto de su crimen?

La gente se arrodilló cuando él salió del granero. Vio al grupito de indios; las mujeres cuyos hijos bautizara: Pedro el caminero estaba allí también, arrodillado con la cara sepultada entre sus rollizas manos, con un rosario colgando entre los dedos. Parecía un buen hombre. Tal vez lo era. Tal vez, pensaba, he perdido la facultad de juzgar. Tal vez la mujer de la cárcel era la mejor persona que había allí.

Dos hombres aguardaban al lado de las mulas: el guía, que ajustaba un estribo, y además, rascándose debajo del sobaco, esperando su llegada con sonrisa vacilante y temerosa, estaba el *mestizo*. Era como un dolorcito que le recuerda a uno su enfermedad, o acaso como el recuerdo inesperado que prueba que el amor no ha muerto a pesar de todo.

—Bien —dijo el cura—, no le esperaba a usted aquí.

—No, padre, por supuesto que no.

—¿Ha traído usted los soldados consigo?

—Qué cosas dice usted, padre —protestó con risa desagradable.

Detrás de él, más allá del corral y a través de una puerta abierta, el cura veía a miss Lehr arreglando sus emparedados; se había vestido, pero aún llevaba puesta la redecilla en el pelo. Envolvía con cuidado los emparedados en papel refractario a la grasa, y sus ademanes sosegados tenían un curioso aspecto de irrealidad. Lo real era el *mestizo.*

—¿Cuál es su truco ahora? —le preguntó.

Tal vez había sobornado al guía para que le hiciese pasar de nuevo la frontera. Podía creerlo todo de aquel hombre.

—No debe usted decir esas cosas, padre.

Miss Lehr se perdió de vista tan silenciosamente como un sueño.

—¿No?

—He venido, padre —el hombre pareció tomar aliento para su manifestación altisonante y sorprendente—, para una obra de misericordia.

El guía, después de terminar con una mula empezó con la otra, acortándole los ya cortos estribos mexicanos. El cura contuvo una sonrisa nerviosa.

—¡Una obra de misericordia!

—Claro, padre, usted es el único cura del lado de acá desde Las Casas y el hombre se está muriendo...

—¿Qué hombre?

—El yanqui.

—¿De qué me habla usted?

—Es uno que busca la policía. Robo en un banco. Ya sabe usted quién digo.

—Ése no me necesita —replicó el cura, impaciente, recordando la fotografía que en la pared descascarada observaba la fiesta de primera comunión.

—Oh, es un buen católico, padre —se rascaba el sobaco sin mirar hacia él—. Está muriéndose, y ni usted ni yo quisiéramos tener en la conciencia lo que ese hombre...

—Seríamos dichosos si no tuviésemos cosas peores.

—¿Qué quiere usted decir, padre?

—Tan sólo ha matado y robado. No ha traicionado a sus amigos.

—¡Santa Madre de Dios! Yo jamás he...

—Nosotros dos lo hemos hecho —afirmó el cura, y volviéndose al guía le preguntó.—: ¿Están listas las mulas?

—Sí, padre.

—Entonces partiremos.

Se había olvidado de miss Lehr por completo; el otro mundo acababa de alargar una mano a través de la frontera, y él hallábase de nuevo en una atmósfera de fuga.

—¿Adónde va usted? —inquirió el *mestizo*.

—A Las Casas.

Trepó sobre su mula con obstinación. El *mestizo* se agarró a la correa del estribo y él se acordó de su primer encuentro: era la misma mezcla de queja, súplica y abuso.

—¿Qué clase de cura es usted? —gimoteaba—. Su obispo debiera enterarse de esto. Un hombre se muere, quiere confesarse, y sólo porque usted desea estar en la ciudad...

—¿Por qué me cree usted tan idiota? —replicó él—. Ya sé para qué ha venido usted. Es usted el único de los suyos que puede reconocerme, y ellos no me pueden seguir en este estado. Y si le pregunto a usted dónde está ese yanqui, me dirá usted (lo sé: no necesita decir nada) que precisamente está en el lado de allá.

—Oh, no, padre; en eso se equivoca usted. Precisamente se halla en el lado de acá.

—Una milla o dos no importan. Aquí no hay nadie adecuado para presentar una demanda...

—Es espantoso, padre —se lamentó el *mestizo*—; nunca lo hubiera creído. Tan sólo porque una vez... bueno, lo admito.

El cura espoleó la mula con los pies; salieron del corral de miss Lehr y se dirigieron al sur.

—Me acuerdo de que dijo usted que jamás olvidaría mi cara.

—Y no la he olvidado —adujo el hombre triunfante—, si no, no estaría yo aquí, ¿no es cierto? Escúcheme, padre. Mucho he de confesar. No sabe usted lo que tienta una recompensa a un pobre como yo. Y cuando usted no se quiso fiar de mí, pensé: «Puesto que él se figura esto, lo denunciaré». Pero soy un buen católico, padre; y cuando un moribundo necesita un cura...

Subían la larga cuesta de los prados de míster Lehr, que conducía a las colinas más cercanas. El aire todavía era fresco a las seis de la mañana a tres mil pies de altura; allí arriba la noche sería muy fría, pues aún habían de subir otros seis mil pies. El cura dijo con desasosiego:

—¿Para qué he de meter la cabeza en su trampa? Sería absurdo...

—Mire esto, padre.

El *mestizo* tenía un trozo de papel. El carácter de letra, muy conocido, llamó la atención del cura: era la escritura vacilante y ancha de un chiquillo. El papel había servido para envolver alimento: estaba embadurnado y grasiento. Leyó: «El príncipe de Dinamarca está cavilando si debería matarse o no; si es mejor continuar sufriendo todas las dudas acerca de su padre, o, de un solo golpe...».

—Eso no, padre. Lo del otro lado. Eso no es nada.

Él volvió el papel y leyó una sola frase escrita en inglés con lápiz embotado: «En el nombre de Cristo, padre...». La mula, al no ser hostigada, se demoraba en un paso cansino; él no intentó azuzarla. El trozo de papel no dejaba lugar a dudas. Sintió el cepo otra vez irrevocablemente.

—De esta manera, padre. Yo estaba con la policía cuando le hirieron. Fue en un pueblo del lado de allá. Cogió a un niño para que le sirviera de pantalla, pero claro, los soldados no hicieron caso: no era más que un indio. Hirieron a los dos, pero él escapó.

—¿Entonces, cómo...?

Hablaba con volubilidad. Tenía miedo del teniente, dijo, quien se resentía de la fuga del cura; en consecuencia, planeó pasar la frontera y ponerse fuera de su alcance. Lo hizo por la noche y, de camino, se encontró al *americano*. Estaba *herido* en el estómago. Probablemente había conseguido cruzar la frontera; pero ¿quién sabe dónde acaba o dónde empieza un estado?

—Entonces, ¿cómo pudo escapar herido?

—Oh, padre, es un hombre de una fuerza sobrehumana. Estaba moribundo; quería un cura...

—¿Cómo le dijo a usted todo eso?

—No se necesitaban más de dos palabras, padre.

Además, para comprobación del cuento, el hombre tuvo energías para escribir aquella nota: por lo tanto..., la historia tenía más agujeros que un cedazo, pero la nota permanecía como piedra conmemorativa inevitable a la vista.

De nuevo el *mestizo* erguíase iracundo.

—Oh, no —aseguró el cura—. No me fío de usted.

—Cree usted que miento.

—Casi todo ello es mentira.

Detuvo la mula y permaneció unos minutos pensativo. Estaba segurísimo de que aquello era una trampa, probablemente sugerida por el *mestizo;* buscaba la recompensa. Pero era un hecho que el americano estaba muriéndose. Pensó en la central bananera abandonada, donde algo había ocurrido, y en el chiquillo muerto sobre el maíz. Era indudable que un hombre le necesitaba. Un hombre con todo aquello en la conciencia... Lo más extraño de todo era que se sentía muy animado: en realidad nunca creyó en la paz aquella. La había soñado tan a menudo, en el lado de allá, que ahora no significaba para él más que un sueño. Se puso a silbar una canción; algo que alguna vez oyó en cualquier parte.

Encontré una rosa en mi jardín.

Era la hora de despertarse. No hubiera sido en realidad un buen sueño la proyectada confesión en Las Casas si tuviera que admitir, con todo lo demás, que se había negado a confesar a un moribundo en pecado mortal.

—¿Estará vivo el hombre todavía? —preguntó.

—Así lo creo, padre —contestó el *mestizo.*

—¿Cuánto se tarda en ir?

—Cuatro... cinco horas, padre.

—Puede usted montar el otro mulo por turno.

Él hizo retroceder a su cabalgadura y llamó al guía. Éste se apeó, permaneciendo impasible mientras él explicaba.

La única observación que hizo fue para el *mestizo,* señalándole la montura.

—Tenga cuidado con esas alforjas. Dentro va el aguardiente del padre.

Deshicieron despacio el camino. Miss Lehr estaba junto a la verja. Dijo:

—Olvidó usted los emparedados, padre.

—Oh, sí. Muchas gracias —echó una mirada furtiva a su alrededor. Aquello no significaba nada para él. Preguntó—: ¿Duerme todavía míster Lehr?

—¿Le debo despertar?

—No, no. Pero dele las gracias por su hospitalidad.

—Bien. Y acaso, padre, ¿volveremos a verle dentro de pocos años, como dijo usted?

Miraba con curiosidad al *mestizo* y él le devolvía la mirada con sus insolentes ojos amarillos.

—Es posible —respondió el cura desviando los ojos y con sonrisa reticente.

—Bien; adiós, padre. Sería mejor que partiera. El sol ya está muy alto.

—Adiós, querida miss Lehr.

El *mestizo* fustigó a su mula y la hizo mover.

—No es por ahí, buen hombre —gritó miss Lehr.

—He de hacer una visita primero —explicó el cura, y tomando un trotecillo incómodo bajó bamboleándose hacia el pueblo detrás de la mula del *mestizo*. Pasaron delante de la iglesia blanqueada; también aquello pertenecía al sueño. En la vida real no había iglesias. La calle larga y descuidada del pueblo abríase ante ellos. El maestro de escuela estaba en el portal y le dirigió un saludo irónico acompañado de una mirada malévola tras sus gafas con montura de concha.

—Bien, padre, ¿se marcha con el botín?

El cura detuvo la mula. Dijo al *mestizo:*

—Realmente... se me olvidaba...

—Les sacó usted jugo a los bautizos —continuó el maestro de escuela—. Dan para esperar unos años, ¿no es cierto?

—Venga, padre —le suplicaba el *mestizo*—. No le escuche —escupió—. Es un mal hombre.

El cura no le hizo caso.

—Usted conoce a la gente de aquí mejor que nadie. Si le dejo un donativo, ¿querrá usted gastarlo en cosas inofensivas, quiero decir alimentos, sábanas, no en libros?

»Tengo aquí cuarenta y cinco pesos...

El *mestizo* gimió:

—Padre, ¿qué hace usted...?

—¿Restitución de penitencia? —sonrió el maestro.

—Sí.

—De todos modos, muchas gracias, desde luego. Es agradable encontrar un cura con conciencia. Es un progreso en la evolución —manifestó, con las gafas brillando al sol, la figura rolliza y amargada delante de su choza con techo de hojalata: un destierro.

—¿Por qué, padre, por qué? —protestaba el *mestizo*.

—No es un mal hombre; hace lo que puede, y yo no necesitaré dinero en adelante, ¿verdad? —arguyó él, y durante largo rato cabalgaron en silencio mientras el sol brillaba cegador y los lomos de los mulos se esforzaban en los empinados senderos rocosos. Él empezó de nuevo a silbar. «Tengo una rosa...», la única tonada que sabía. Otra vez el *mestizo* empezó a quejarse.

—Lo que incomoda en usted, padre, es... —pero la queja se extinguió antes de definirse, pues en realidad no había nada de qué protestar, ya que cabalgaban con firmeza hacia el Norte, hacia la frontera.

—¿Tiene hambre? —preguntó el cura al cabo de un rato.

El *mestizo* refunfuñó algo con acento que demostraba irritación e ironía.

—Tome un emparedado —dijo él, abriendo el paquete de miss Lehr.

Capítulo II

—Allí —exclamó el *mestizo* con una especie de relincho triunfante, como si por espacio de siete horas hubiese padecido con inocencia bajo la sospecha de fraude. Señalaba por encima del barranco un grupo de cabañas en una península de rocas que sobresalía en el otro lado del precipicio.

El cura, desde su mula, escudriñaba con atención: no descubría movimiento por parte alguna. Incluso el puesto de vigía, la pequeña plataforma de ramaje construida sobre un montículo más alto que las chozas, estaba vacío. Dijo:

—No parece haber nadie por allí.

—Y bien —repuso el *atravesado*—, no esperaba usted encontrar a nadie, ¿verdad? Excepto a él. Y él está allí. Pronto lo verá usted.

—¿Dónde están los indios?

—¿Ya vuelve usted a lo mismo? —se quejó el hombre—. Desconfianza. Siempre desconfianza. ¿Cómo he de saber dónde? Le dije a usted que él estaba solo, ¿no es así?

El cura se apeó.

—¿Qué hace usted ahora? —exclamó el *mestizo*.

—Ya no necesitamos las mulas. Se las puede llevar.

—¿Que no las necesitaremos? ¿Y cómo marchará de aquí?

—Oh —contestó él—. No tendré que preocuparme de eso, ¿no es cierto?

Contó cuarenta pesos y dijo al muletero:

—Le alquilé a usted para Las Casas. Pues ha tenido usted suerte. Le pago los seis días.

—¿No me necesitará más, padre?

—No; creo que es mejor que se marche usted de aquí deprisa, y déjeme lo que usted sabe.

El *mestizo* protestó con excitación:

—No podemos andar todo ese trecho, padre. ¡Ca! El hombre se muere.

—Adelantaremos lo mismo con nuestras propias pezuñas. Ahora, amigo, váyase.

El *mestizo* vio emprender el camino a las mulas por el sendero pedregoso y estrecho con ojos ávidos de codicia, desapareciendo al rodear un saliente rocoso... Crac, crac, crac, el sonido de sus cascos disminuyó hasta apagarse del todo.

—Ahora —dijo el cura con prisa— no nos demoremos más.

Y empezó a bajar el sendero, con una talega pequeña colgada del hombro. Sentía jadear detrás al *atravesado*. Su aliento olía a podrido; le habrían dado demasiada cerveza en la capital. Y él pensó, con raro matiz de afecto desdeñoso, en lo mucho que ocurriera a los dos desde su primer encuentro en un pueblo cuyo nombre no sabía siquiera: el *atravesado* tumbado bajo el calor del mediodía, meciendo su hamaca con el amarillo pie desnudo. Si en aquel momento hubiese estado dormido, no hubiera sucedido todo aquello. En realidad, el pobre diablo tuvo una mala suerte horrible al ir a cargar con un pecado de tal magnitud. Echó una mirada rápida detrás y vio los rollizos dedos de los pies sobresaliendo como babosas de las sucias alpargatas. El hombre caminaba cuesta abajo refunfuñando sin cesar.

«Pobrecillo —pensaba él—, en realidad no es bastante malo».

Y tampoco fue bastante fuerte para la jornada aquella. Al llegar el cura al fondo de la barranca, él se había rezagado cincuenta yardas. El cura se sentó en un pedrusco y se restregó la frente, y el *atravesado* empezó a quejarse mucho antes de llegar a su nivel.

—No hace falta tanta prisa como todo esto.

Casi parecía que cuanto más se acercaba al final de su traición, mayor era su agravio contra la víctima.

—¿No dijo que se estaba muriendo?

—Oh, sí, muriéndose, desde luego. Pero puede durar mucho tiempo así.

—Cuanto más dure mejor para todos nosotros —repuso el cura—. Tal vez tenga usted razón. Descansaré aquí.

Pero entonces el *atravesado,* como un niño consentido, quiso partir de nuevo. Dijo:

—No hace usted nada con moderación. O corre o se sienta.

—¿Es que puedo hacer algo a derechas? —le hostigó el cura. Luego puntualizó, sutil y cortante—: Ellos me la dejarán ver, supongo.

—Desde luego —contestó el *atravesado,* y en el acto se recuperó de su desliz—. ¿Ellos, ellos? ¿De quienes está usted hablando? Antes se quejaba de que el lugar estuviera vacío, y ahora me habla de «ellos» —y añadió con voz lacrimosa—: Acaso sea usted un buen hombre. Acaso sea usted un santo, yo no puedo saberlo, pero ¿por qué no habla a lo llano, para que un hombre como yo pueda entenderlo? Esto es suficiente para hacer de uno un mal católico.

—¿Ve usted ese talego? No hace falta que lo llevemos más tiempo. Pesa mucho. Creo que beber un poco nos sentará bien a los dos. Ambos necesitamos valor, ¿no es cierto?

—¿Bebida, padre? —inquirió el *atravesado* con calor, y observó al cura desempaquetar la botella. Mientras éste bebía no separó un momento la vista. Los dos colmillos se asomaban ávidos con un ligero temblor sobre el belfo. Después él también se hincó la botella en la boca.

—Esto es ilegal, supongo —observó el cura con una risita— en esta parte de la frontera... si es que estamos en «esta» parte.

Tomó un trago más y pasó la botella; pronto estuvo vacía. La cogió y la tiró contra una roca, donde explotó como una granada de mano. El *atravesado* se sobresaltó:

—Tenga cuidado. La gente puede figurarse que ha traído usted una pistola.

—En cuanto a lo demás no lo necesitaremos —manifestó el cura.

—¿Quiere usted decir que hay más...?

—Dos botellas, pero ya no podemos beber más con este calor. Sería mejor dejarlas aquí.

—¿Por qué no dijo que eso pesaba tanto, padre? Yo lo llevaré por usted. No tiene usted más que pedirme que haga algo. Lo haré gustoso. Sólo que usted no quiere pedir.

Partieron de nuevo cuesta arriba con las botellas, que tintineaban suavemente. El sol resplandecía cayéndoles a plomo sobre la cabeza. Emplearon casi una hora en alcanzar lo alto de la barrancada. Después la torreta del vigía destacó sobre la senda como una mandíbula superior y los tejados de las chozas aparecieron sobre las rocas encima de sus cabezas. Los indios no construyen sus aldeas junto a las sendas de mulo: prefieren levantarlas a un lado para ver quién llega. El cura cavilaba en qué momento aparecería la policía, que se escondía por lo visto con gran cuidado.

—Por aquí, padre.

El *atravesado* tomó la delantera, trepando por las rocas, fuera del sendero, hasta la pequeña meseta. Parecía animoso, casi como si hubiera estado esperando que sucediera algo antes de entonces. Allí había una docena de chozas, poco más o menos; permanecían silenciosas como tumbas contra el cielo abierto. Se preparaba una tormenta.

El cura experimentaba una impaciencia nerviosa; se había metido en la trampa; lo menos que podían hacer ellos era cerrarla deprisa, terminar de una vez. Consideraba si le dispararían súbitamente desde una choza. Había llegado al mismo borde del tiempo: pronto no habría mañana ni ayer, sólo la existencia perdurable. Empezó a desear el haber tomado un poco más de aguardiente. Su voz se quebró vacilante al decir:

—¿Estará allí...?

—Oh, sí; el yanqui —pronunció el *atravesado* sobresaltándose un poco. Parecía, por el momento, haber olvidado el pretexto. Permanecía con la boca abierta, mirando las chozas, caviloso él también—. Fue allá donde le dejé.

—Bien, no puede haberse movido, ¿verdad?

Si no hubiese sido por el mensaje escrito, hubiese dudado de la existencia del americano... (y también, por supuesto, si no hubiese visto al niño muerto). Echó a andar a través del raso silencio hacia la choza. ¿Le dispararían antes de llegar a la puerta? Le parecía pasar sobre un tablón con los ojos vendados; no sabía en qué punto pisaría en el vacío para siempre jamás. Tuvo hipo y se golpeó el pecho para detenerlo, tembloroso. En cierto modo se había alegrado de retroceder desde la verja de miss Lehr; en realidad, nunca creyó que deseaba volver al trabajo parroquial, a la misa diaria y a las apariencias cuidadosas de la devoción; pero de todos modos, uno necesitaba estar un poco bebido para morir. Alcanzó la puerta: no se oía un sonido por parte alguna.

—Padre —dijo una voz.

Miró detrás de él. El *mestizo* se hallaba de pie en el claro con la faz retorcida; sus colmillos temblaban, estaba espantado.

—Pues, ¿qué ocurre?

—Nada, padre.

—¿Por qué me llamó?

—No dije nada —mintió.

El cura se volvió y siguió adelante.

El americano estaba allí, naturalmente, que estuviera vivo ya era otra cuestión. Yacía en un jergón de paja con los ojos cerrados y la boca abierta y las manos sobre la barriga, como un chiquillo con dolor de vientre. El dolor altera una cara... a no ser que un crimen afortunado tenga su máscara genuina como la política y la devoción. Apenas se le reconocería según el retrato del periódico colgado en la pared del puesto de policía. Aquél era más fuerte y arrogante, un hombre logrado. Ésta era una cara de vagabundo, nada más. El dolor había puesto los nervios de manifiesto y dado a la fisonomía una especie de falsa espiritualidad.

El cura se arrodilló y acercó la cara a la boca del yanqui, tratando de oírle respirar. Un olor denso subió hasta él: una mezcla de vómito y de humo de tabaco mezclado con bebida rancia; no bastarían unos pocos lirios para disimular la corrupción. Una voz muy débil junto a su oído dijo en inglés:

—Ahueque usted, padre.

Fuera de la puerta, bajo una claridad tempestuosa, el *mestizo* miraba a la choza con algo de flojera en las rodillas.

—Así, pues, está usted vivo, ¿no es cierto? —contestó el cura, con prisa—. Lo mejor es apresurarse. No tiene tiempo que perder.

—¡Ahueque, padre!

—Me necesita usted, ¿verdad? ¿No es usted católico?

—¡Ahueque! —volvió a susurrar la voz, como si aquello fuese lo único que podía recordar de una lección aprendida un poco antes.

—Venga —dijo el cura—. ¿Cuánto tiempo hace que no se ha confesado?

Se alzaron los párpados y unos ojos atónitos le miraron. El hombre pronunció con voz perpleja:

—Diez años, imagino. Aun así, ¿qué hace usted aquí?

—Usted pidió un sacerdote. Hable, pues. Diez años son mucho tiempo.

—Debe escaparse, padre —manifestó el hombre. Iba recordando la lección. Extendido sobre la colchoneta, con las manos cruzadas sobre el vientre, toda su vitalidad restante se acumulaba en el cerebro. Parecía un reptil despachurrado, en las últimas. Rezongó con voz extraña—: ¡Aquel malnacido...!

El cura exclamó, furioso:

—¿Qué clase de confesión es ésa? Hago una jornada de cinco horas... y no consigo de usted más que palabrotas.

Le parecía horriblemente injusto que su inutilidad retornase acompañada del peligro; nada podía hacer para un hombre como aquél.

—Escúcheme, padre...

—Estoy escuchando.

—Escápese de aquí, rápido. Yo no sabía...

—No he hecho todo ese camino para hablar de mi —interrumpió el cura—. Cuanto antes se confiese usted, más pronto partiré yo.

—No se preocupe por mí. Estoy listo.

—¿Quiere usted decir condenado? —preguntó con ansia.

—Claro. Condenado —contestó el hombre, lamiéndose la sangre que salía de sus labios.

—Escúcheme usted —dijo, inclinándose más sobre el olor rancio y nauseabundo—, he venido aquí a oír su confesión. ¿Quiere usted confesarse?

—No.

—¿Y quería, cuando escribió esa nota...?

—Acaso.

—Ya sé lo que usted quiere decirme. Lo sé, ¿comprende? Déjelo estar. Recuerde que se está muriendo. No abuse demasiado de la misericordia de Dios. Le ha dado a usted esta oportunidad; acaso no le dé otra. ¿Qué clase de vida ha llevado usted durante todos estos años? ¿Le parece ahora tan espléndida? Ha matado a mucha gente; eso es sobre todo. Cualquiera puede hacerlo durante algún tiempo, y al fin le matan a él también. Así como le han matado a usted. Nada queda, sino dolor.

—Padre.

—¿Qué?

El cura lanzó un suspiro de impaciencia, inclinándose más sobre la cama. Por un momento esperó al fin haber movido al hombre a un ligero sentimiento de pesar.

—Coja mi revólver, padre. ¿Ve lo que quiero decir?

—Para nada necesito un revólver.

—Oh, sí; lo necesita.

El hombre alzó una mano del abdomen y empezó a moverla cuerpo arriba con tan penoso esfuerzo que la vista no lo podía soportar. El cura le ordenó con viveza:

—Estese quieto. No está ahí.

Veía la funda vacía debajo del sobaco: aquél era el primer indicio definido de que no estaban solos con el *atravesado*.

—¡Malnacidos! —escupió el hombre, y su mano cayó rendida donde lograra llegar, sobre el corazón; parodiaba la remilgada postura de una estatua femenina: una mano sobre el pecho y otra sobre el vientre. Hacía mucho calor en la choza: la luz pesada de la tormenta estaba encima.

—Escuche, padre.

El cura permanecía sin esperanzas junto a él; nada podría mover al sosiego a aquella alma violenta. Acaso una vez horas antes, cuando escribió el recado; pero la oportunidad había pasado. Ahora murmuraba algo de un cuchillo. Había una leyenda, creída por muchos criminales, de que los ojos de las personas asesinadas retienen la imagen de lo último que han visto; un cristiano podía creer que también el alma retenía la absolución y la paz del momento final después de una indignante vida de crímenes; o bien que, a veces, hombres piadosos fallecidos de repente en un burdel, sin absolución, que parecía hubieran llevado una vida buena, pasaron a la otra con la huella permanente de la impureza. Había oído hablar a la gente de la injusticia de un arrepentimiento en el lecho de muerte, como si fuese cosa fácil el romper el hábito de una vida, sea para el bien o para el mal. Uno dudaba de que la bondad de la vida acabase mal... o de que el vicio acabase bien.

Hizo un nuevo intento desesperado. Insistió:

—Usted fue un creyente en otro tiempo. Procure comprender: ésta es su oportunidad. En el último momento. Como el buen ladrón. Ha matado usted hombres, tal vez niños —añadió, recordando el pequeño bulto negro al pie de la cruz—. Pero eso no ha de ser tan considerable. Pertenece a esa vida, tan sólo; son unos pocos años... ya está hecho. Puede usted arrojarlo aquí, y penetrar perdonado en la eternidad...

Sentía tristeza y anhelo al evocar una vida que no tendría para sí... la vida expresada por palabras como paz, gloria, amor...

—Padre —protestó la voz con apremio—, déjeme estar. Cuídese de usted mismo. Coja mi cuchillo...

La mano emprendió de nuevo la marcha fatigosa, esta vez hacia la cadera. Las rodillas crujieron en un intento para revolverse, bruscamente todo el cuerpo renunció al esfuerzo, lo abandonó todo y entregó el espíritu.

El cura murmuró apresurado las palabras de absolución condicional por si, un segundo antes de cruzar el límite, el alma se hubiese arrepentido; pero era más probable que se hubiera ido buscando aún el cuchillo. Él oró:

—Oh, Dios misericordioso, después de todo, él pensaba en mí, fue por mi provecho... —pero rogaba sin convicción. En el mejor caso no era sino un criminal procurando ayudar a la fuga de otro.

Capítulo III

Una voz exclamó:

—Bueno, ¿ha terminado usted ya?

El cura se levantó e hizo un gesto de asentimiento y de susto. Reconoció al oficial de policía que le había dado dinero en la cárcel: una figura oscura y elegante en el portal con polainas que relucían a la luz tormentosa. Tenía una mano sobre su revólver y miraba ceñudo y áspero al pistolero muerto.

—No esperaba usted verme —dijo.

—Oh, claro que sí —contestó—. Debo darle las gracias...

—¿Gracias de qué?

—Por haberme dejado estar a solas con él.

—No soy un salvaje —gruñó el oficial—. Ahora salga usted, haga el favor. Es del todo inútil que intente fugarse. Puede verlo —añadió, mientras salía el cura, quien vio a una docena de hombres armados que sitiaban la cabaña.

—Ya me he fugado bastante —respondió. El *atravesado* había desaparecido de la vista. Las nubes pesadas se amontonaban en el cielo haciendo que las montañas pareciesen juguetes brillantes debajo de ellas. Suspiró con risita nerviosa—. Cuánta tribulación he pasado por esas montañas, y ahora...

—Nunca creí que volviese.

—Oh, teniente, ya sabe usted cómo ha sido. Incluso un cobarde tiene el sentido del deber —el viento frío que a veces soplaba antes de la tormenta le tocó la piel. Preguntó con fingida desenvoltura—: ¿Va usted a fusilarme aquí, ahora?

—No soy un salvaje. Se le procesará a usted... debidamente.

—¿Por...?

—Por traición.

—¿Y he de hacer todo el camino hasta allí?

—Sí. A menos que intente fugarse —conservaba la mano sobre el revólver como si no debiera fiarse de él ni un pelo. Añadió—: Juraría que en algún sitio...

—Oh, sí —le interrumpió el cura—. Me ha visto usted dos veces. Cuando tomó usted un rehén en mi aldea... preguntó a mi chiquilla: «¿Quién es éste?» Y ella dijo: «Mi padre», y usted me dejó marchar.

De pronto las montañas dejaron de existir. Parecía que alguien les hubiese arrojado paletadas de agua a la cara.

—¡Deprisa! —ordenó el teniente—. ¡A la choza! —llamó a uno de sus hombres—: Trae cajones para sentarnos.

Los dos se reunieron con el muerto dentro de la choza, mientras la tempestad los rodeaba. Un soldado, chorreando agua, les metió un par de cajones de embalaje.

—Una vela —pidió el teniente. Sentose en una de las cajas y sacó el revólver. Dijo—: Siéntese ahí, lejos de la puerta, donde pueda verle.

El soldado encendió una vela y la pegó con la misma cera a la tierra endurecida del suelo. El cura se sentó junto al *americano*, que, encogido en su intento de agarrar el cuchillo, hacía el efecto de inclinarse hacia su compañero para cruzar unas palabras aparte... Parecían pertenecer a la misma clase: ambos sucios y sin afeitar. El teniente, en cambio, daba la sensación de pertenecer a una especie diferente. Dijo, con desprecio:

—¿Así, tiene usted una niña?

—Sí —contestó él.

—Usted... un cura.

—No debe usted creer que todos sean como yo —observaba la luz de la vela que rutilaba en los botones bruñidos. Agregó—: Hay curas buenos y curas malos. Es lo que yo soy, precisamente: un mal cura.

—Entonces haremos un buen servicio a la Iglesia de usted...

—Sí.

El teniente le miró como si creyese que se burlaba de él.

—Ha dicho usted «dos veces»; que le vi dos veces.

—Sí; yo estaba en la cárcel. Y usted me dio dinero.

—Ya recuerdo —comentó furioso—: ¡Qué ridículo más aterrador! ¡Haberle tenido en las manos y dejarle escapar! Además hemos perdido a dos hombres buscándole a usted. Estarían vivos todavía... —la vela chirriaba con las gotas de lluvia que caían a través del techo—. El *americano* no valía el sacrificio de dos vidas. No hacía verdadero daño.

La lluvia caía a torrentes. Estuvieron silenciosos. De pronto, el teniente ordenó:

—¡Esa mano, fuera del bolsillo!

—Tan sólo buscaba la baraja. Creía que tal vez sirviera para pasar el rato...

»No, no. No es para una partida. Nada más que unos cuantos trucos que le puedo enseñar. ¿Me lo permite?

—Muy bien. Si lo desea...

Míster Lehr le había regalado una baraja usada.

—Aquí, ve usted, hay tres cartas: el as, el rey y la sota. Ea —las extendió en abanico en el suelo—, dígame cuál es el as.

—Éste, desde luego —señaló el teniente de mala gana, sin mostrar interés.

—Se equivoca usted —dijo el cura volviendo el naipe—. Ésa es la sota.

El teniente opinó con desprecio:

—Un juego para tahúres... o para niños.

—Aquí hay otro truco —siguió el cura—, llamado «Vuelasota». Corto la baraja en tres... así. Cojo esta sota de copas y la pongo en la porción del centro... así. Ahora una palmadita en las tres porciones —su cara se iluminaba al hablar: hacía tiempo que no manejaba las cartas... Se olvidaba de la tormenta, del hombre muerto y de la terca hostilidad de la cara que tenía enfrente—. Digo «vuela-sota» —cortó el montón de la izquierda por la mitad y descubrió la sota— y aquí la tiene usted.

—Por supuesto hay dos sotas.

—Véalo usted mismo.

A regañadientes el oficial se inclinó e inspeccionó el montón del centro. Dijo:

—Supongo que les dirá a los indios que eso es un milagro de Dios.

—Oh, no —se rió él—. Me lo enseñó un indio. Era el más rico de su pueblo. ¡Figúrese usted! Con semejante habilidad... No, yo solía hacer juegos de manos en los festejos que celebrábamos en la parroquia... para las hermandades, ¿sabe?

Una expresión de repugnancia física cruzó por la cara del teniente. Pronunció:

—Ya recuerdo esas hermandades.

—¿De cuando era usted muchacho?

—Lo bastante crecido para darme cuenta...

—¿De...?

—De la estratagema —estalló furioso con una mano en el revólver, como si le pasara por la cabeza la idea de que sería lo mejor eliminar a la bestia aquella, en el acto, de una vez—. ¡Qué superchería era todo aquello, qué paparrucha! «Véndelo todo y dale el dinero al pobre.» Ésa era la lección, ¿verdad? Y la señora Fulana, la esposa del droguero, diría que la raza no merecía realmente la caridad, y el señor Zutano, el Mengano y el Perengano dirían que si las gentes morían de hambre, ¿qué otra cosa se merecían ellos, socialistas al fin?, y el cura, usted, se fijaría en quién observaba el cumplimiento pascual y en quién pagaba la ofrenda de Pascua. —Levantaba la voz; un policía se asomó a la choza con ansiedad y se retiró de nuevo a través del azote de la lluvia —la Iglesia era pobre, el cura era pobre, por lo tanto todos debían venderlo todo y dárselo a la Iglesia.

—Tiene usted razón —y añadió con presteza—: Y también se equivoca, por supuesto.

—¿Qué quiere usted decir? —preguntó el teniente con firmeza—. ¿Razón? ¿Ni siquiera defenderá...?

—Enseguida noté que usted era un buen hombre cuando me dio dinero en la cárcel.

—Le escucho a usted tan sólo porque no le queda esperanza. Ninguna. Nada de lo que diga puede influir en nada.

—Bien.

Su intención no era irritar al oficial de policía; pero durante los últimos ocho años había practicado muy poco la conversación, a no ser con unos cuantos indios y labriegos. Algo en su tono enfurecía al teniente.

—Es usted un peligro. Por eso le fusilamos. Yo no tengo nada contra usted, como hombre, ¿comprende?

—Desde luego. Es contra Dios que usted va. Yo soy la clase de hombre que usted aprisiona todos los días. Y le da dinero además.

—No, yo no lucho contra una ficción.

—Pero yo no soy digno de que me combata, ¿no es cierto? Usted lo ha dicho. Un embustero, un borracho. Ese hombre vale una bala mejor que yo.

—Son ideas de usted —el teniente sudaba un poco en el ambiente cálido y condensado—. Son ustedes tan astutos... Pero, dígame: ¿qué han hecho nunca ustedes en México para «nosotros»? ¿Le han dicho nunca a un propietario que no debe azotar a su peón? Oh, sí, ya lo sé; en el confesionario quizá; y es su deber, ¿no es cierto?, olvidarlo enseguida. Sale usted y come con él y es su deber ignorar que ha matado a un rústico. Ya no se habla más de ello, quedó detrás de su confesionario.

—Continúe.

Sentado sobre la caja de embalaje, con las manos en las rodillas y la cabeza inclinada, no podía, aunque lo procuraba, poner toda su atención en lo que decía el teniente. Pensaba: «Cuarenta y ocho horas para llegar a la capital. Hoy es domingo. Acaso el miércoles estaré muerto». Sentía, como una deslealtad, el tener más miedo al daño de las balas que a lo que vendría después.

—Bien, nosotros también tenemos ideas —iba diciendo el teniente—. No más dinero para rezos, no más dinero para construir edificios donde rezar. En su lugar daremos alimentos al pueblo, le enseñaremos a leer, le daremos libros. Procuraremos que no padezca.

—Pero si quiere padecer...

—Un hombre puede raptar a una mujer. ¿Vamos a consentírselo porque lo quiere? El sufrimiento es también un delito.

—Y usted sufre de continuo —contestó el cura observando la cara desabrida del indio, detrás de la vela encendida. Después añadió—: Parece magnífico, ¿no es así? ¿Piensa también el jefe de ese modo?

—Oh, nosotros tenemos también nuestra gente mala.

—¿Y qué ocurrirá después? Quiero decir después que todos hayan comido bastante y leído los buenos libros... los libros que ustedes les dejan leer.

—Nada. La muerte es un hecho. No alteramos los hechos.

—Estamos de acuerdo en una porción de cosas —repuso el cura esparciendo los naipes con indolencia—. También nosotros tenemos hechos que no tratamos de alterar: que todo el mundo es desdichado tanto si uno es rico como si es pobre, a menos que sea un santo, los cuales no abundan. No vale la pena preocuparse por un poco de dolor aquí abajo. Hay una creencia que, sin duda, usted y yo compartimos: la de que dentro de cien años habremos muerto todos.

Trató de barajar, pero se le doblaban las cartas; sus manos no estaban firmes.

—Pues, con todo, le preocupa el «poco de dolor» ahora.

—Pero yo no soy un santo —arguyó él—. No soy siquiera un hombre valiente —levantó la vista con aprensión: la claridad volvía; la vela ya no era necesaria. Pronto estaría el tiempo bastante despejado para emprender el viaje de vuelta. Sintió el ansia de seguir hablando para demorar, siquiera unos minutos, el momento de partir. Agregó—: Hay otra diferencia entre nosotros. No sirve de nada que usted labore para su plan si usted mismo no es buena persona. Y no siempre habrá buenas personas en el partido de usted. Entonces volverán el hambre y los malos tratos, aumentados quizás. En cambio, no importa gran cosa que yo sea un cobarde..., y todo lo demás. A pesar de ello, puedo depositar a Dios en la boca del hombre y puedo darle el perdón de Dios. Y esto sucedería igual aunque todos los curas fuesen como yo.

—Ésa es otra cuestión que no comprendo —manifestó el teniente—, ¿por qué usted, únicamente usted, se quedó cuando los demás echaron a correr?

—No todos echaron a correr —aclaró él.

—Pero, ¿por qué se quedó usted?

—En otro tiempo yo mismo me lo preguntaba —contestó él—. El hecho es que a un hombre no se le presentan súbitamente dos caminos a seguir: uno bueno y otro malo. Uno se va comprometiendo poco a poco. En el primer año... pues, no creí que hubiera motivo real para correr. Antes también se habían quemado iglesias. Ya sabe usted cuán a menudo. No significa mucho. Pensaba permanecer hasta el mes siguiente, para ver si mejoraban las cosas. Después... Oh, no sabe usted cómo se desliza el tiempo —había clareado del todo; la lluvia de la tarde había terminado; la vida iba a continuar. Un policía pasó ante la puerta y los miró con curiosidad—. ¿Sabe usted que de pronto me di cuenta de ser el único sacerdote que quedaba en muchas millas a la redonda? La ley que obligó a los curas a casarse terminó con ellos. Se fueron; tenían perfecto derecho a irse. Había uno en particular que siempre me había censurado. Yo tengo la lengua suelta, sabe usted, y solía gastar chanzas. Él decía, con toda la razón, que yo tenía el carácter firme. Se fugó. Yo sentí (se reirá usted de esto) lo mismo que en la escuela cuando un maestro brutal, al que tuve miedo durante años enteros, envejeció demasiado para la enseñanza y lo jubilaron. Figúrese. No tenía que preocuparme ya de la opinión de nadie. La gente... no me inquietaba, me quería bien.

Dirigió una sonrisa débil hacia el encorvado yanqui.

—Siga —le rogó el teniente, pensativo.

—A este paso sabrá usted todo cuanto me concierne —dijo él con una risita nerviosa— antes de que lleguemos... digamos a la cárcel.

—Esto es útil también. Comprender a un enemigo, quiero decir.

—Aquel cura tenía razón. Al marcharse él, yo empecé a descomponerme. Una cosa vino tras otra. Descuidé mis deberes. Empecé a beber. Creo que hubiera hecho mucho mejor en irme también. Porque el orgullo trabajaba de continuo. No el amor de Dios —se doblaba, sentado en la caja de un embalaje, regordete, vestido con los desechos de míster Lehr. Añadió—: El orgullo fue lo que hizo caer a los ángeles. Es el peor de los pecados. Creía ser un ente magnífico por haber permanecido cuando los demás se fueron. Y entonces me tuve por tan grande que podía dictar mis propias leyes. Dejé los ayunos, la misa diaria... Descuidé mis rezos... y un día bebí y estaba solo... pues ya comprende usted cómo pasó; vino un hijo. Todo fue por el orgullo de haberme quedado. No era de ninguna utilidad, pero continuaba. Al menos no de gran utilidad. No tuve un centenar de comulgantes en un mes. De haberme marchado, hubiera tenido doce veces más. Es un error que comete uno al creer que una cosa difícil o peligrosa...

El teniente manifestó en tono enfurecido:

—Bien, va a ser un mártir; ha logrado esa satisfacción.

—Oh, no. Los mártires no son como yo. No piensan de continuo. Si hubiera bebido más aguardiente no tendría tanto miedo.

El teniente le preguntó a uno que asomaba por el umbral:

—Pues, ¿qué pasa? ¿Para qué anda rondando?

—Se acabó la tormenta, mi teniente. Pensábamos en si nos íbamos a marchar.

—Saldremos inmediatamente.

Se levantó y enfundó el revólver. Ordenó:

—Disponed un caballo para el preso. Y que algunos hombres caven deprisa una fosa para el yanqui.

El sacerdote se guardó la baraja y se puso de pie, diciendo:

—Me ha escuchado usted con mucha paciencia...

—No temo las ideas de los demás —replicó el teniente.

Afuera la tierra desprendía vapores después de la lluvia. El vaho subía cerca de las rodillas. Los caballos estaban preparados.

El cura montó, pero antes de que pudiera echar a andar una voz le hizo volverse; el mismo plañido cazurro que había oído tan a menudo.

—Padre.

Era el *atravesado.*

—¡Vaya, vaya! —dijo él—. ¿Usted otra vez?

—Oh, ya sé lo que está usted pensando —dijo el *atravesado*—. No tiene usted mucha caridad, padre. Todo el camino estuvo creyendo que yo le iba a entregar.

—¡Váyase! —le ordenó con severidad el teniente—. Ha terminado su tarea.

—¿Puedo decirle una palabra, teniente? —preguntó el cura.

—Es usted un buen hombre, padre —interrumpió el *mestizo* con rapidez—, pero piensa usted lo peor de la gente. No quiero más que su bendición; eso es todo.

—¿De qué servirá? No puede usted vender una bendición.

—Tan sólo es porque no nos volveremos a ver. Y no quiero que usted se vaya pensando en cosas malas...

—Es usted tan supersticioso... —repuso el cura—. Cree que mi bendición será como una venda ante los ojos de Dios. Yo no puedo impedir que Él lo sepa todo. Sería mucho mejor que se fuera a rezar a su casa. Entonces, si Él le concede la gracia del arrepentimiento, regale el dinero...

—¿Qué dinero, padre? —protestó el hombre sacudiendo colérico el estribo—. ¿Qué dinero? Ya empieza otra vez.

El cura suspiró. Estaba exhausto. El temor puede fatigar más que una cabalgadura monótona y larga.

—Rogaré por usted —añadió, y espoleó su caballo para colocarse junto al teniente.

—Y yo rogaré por usted, padre —anunció el *atravesado*, complacido.

Sólo una vez miró hacia atrás el cura, mientras el caballo buscaba el equilibrio en la dura bajada abierta entre las rocas. El *atravesado* permanecía solo entre las chozas, la boca un tanto abierta, enseñando los largos colmillos. Podía ser la instantánea del momento en que lanzaba una queja o una protesta... que él era un buen católico, quizá; se rascaba el sobaco con una mano. El cura saludó agitando la suya. No le guardaba rencor porque no esperaba otra cosa de un ser humano, y al menos tenía una satisfacción: la de que la cara sospechosa y amarillenta estaría ausente en la «hora de la muerte».

—Usted es un hombre educado —decía el teniente.

Estaba tendido cubriendo la entrada de la choza con la cabeza apoyada en su capote arrollado y el revólver al lado. Era de noche, pero nadie podía dormir.

El cura, cuando se revolvía, gruñía un poco aquejado de rigidez y calambres. El otro tenía prisa por llegar; así que habían cabalgado hasta medianoche. Estaban al pie de las montañas en la llanura pantanosa. Pronto quedaría todo el estado subdividido por las ciénagas. Las lluvias habían comenzado en serio.

—No soy tal. Mi padre era tendero.

—Quiero decir que ha estado usted en el extranjero. Sabe hablar como un yanqui. Ha tenido usted una buena enseñanza.

—Sí.

—Yo he tenido que discurrir por mi cuenta. Pero hay cosas que se aprenden sin ir a la escuela. Que hay ricos y pobres —añadió en voz baja—: He fusilado tres rehenes por su culpa. Pobres hombres. Esto hizo que le detestara aún más.

—Sí —admitió él, y procuró levantarse para aliviar el calambre del muslo derecho.

El teniente se incorporó rápidamente, empuñando el revólver.

—¿Qué hace usted?

—Nada. Sólo es un calambre. Eso es todo —y se acostó otra vez con un gemido.

—Aquellos hombres que fusilé eran de mi propia clase. Hubiese querido darles el mundo entero.

—Pues, ¿quién sabe? Acaso es lo que hizo usted.

El teniente escupió de pronto, rencoroso, como si tuviera algo inmundo en la lengua, y dijo:

—Siempre tiene usted respuestas que no significan nada.

—Nunca tuve afición a los libros —replicó el cura—. No tengo memoria en absoluto. Pero siempre hubo una cosa que me confundía en los hombres como usted. Odian ustedes al rico y aman al pobre. ¿No es así?

—Sí.

—Pues yo no quisiera criar a mi hija para ser como lo que odio. No es sensato.

—Eso no es más que un retorcimiento...

—Acaso lo sea. Nunca tuve rectitud de ideas. Nosotros hemos dicho siempre que el pobre es bienaventurado y que el rico hallará dificultad para entrar en el cielo. ¿Por qué habíamos de hacerlo difícil para el pobre? Oh, ya sé que se nos ha dicho que hay que dar al pobre para que no tenga hambre; el hambre puede hacer al ser humano tanto daño como el mismo dinero. Pero ¿para qué habríamos de dar poder al pobre? Es mejor dejarle morir en el fango para despertar en el cielo... mientras no le empujemos más la cara contra el fango.

—Detesto sus razones —manifestó el teniente—. No quiero razones. La gente como usted cuando ve a alguien afligido no hace más que razonarle. Le dicen ustedes: acaso el dolor sea una cosa buena; acaso un día esté mejor por esta causa. Acaso... Bueno, yo quiero dejar hablar a mi corazón.

—Por la boca de una pistola.

—Sí, por la boca de una pistola.

—Oh, bueno; acaso cuando tenga usted mi edad comprenderá que el corazón es una bestia indigna de confianza. La muerte también lo es, pero ésta no menciona al amor. ¡Amor! Y una joven mete la cabeza bajo el agua o un nene muere estrangulado mientras el corazón no cesa de decir amor, amor...

Permanecieron en silencio durante un rato. El cura creyó que el teniente se había dormido, hasta que le oyó de nuevo.

—No habla usted nunca con honradez. A mí me dice una cosa; pero a los demás les dice usted: «Dios es amor». A mí, como cree que no he de tragar esas fruslerías, me cuenta cosas diferentes. Cosas en las cuales cree usted que coincidiremos.

—Oh —exclamó el cura—, ésa es cuestión aparte. Dios «es» amor. Yo no digo que el corazón no experimente su sabor, sino en qué poca cantidad. Un vaso pequeñísimo de amor mezclado con un cántaro de agua cenagosa. No reconoceríamos nunca semejante amor. Hasta podría parecernos odio. Ese amor de Dios es suficiente para aterrorizarnos. Hizo arder la zarza en el desierto, ¿no es así?, y reventó las sepulturas e hizo andar a los muertos en las tinieblas. Oh, un hombre como yo no pararía de correr en una milla si se notara rodeado de tal amor.

—No se fía usted mucho de Él, ¿verdad? No parece un Dios muy agradable. Si un hombre me sirviera tan bien como usted a Él, pues... le recomendaría para un ascenso, procuraría le dieran una pensión buena... y si padeciera un cáncer le atravesaría la cabeza de un balazo.

—Escuche —dijo el cura con seriedad, inclinándose a oscuras para comprimirse un pie entumecido—. No soy tan sinvergüenza como se cree. ¿Por qué se figura usted que le digo a la gente, desde el púlpito, que se halla en peligro de condenarse si la muerte le coge desprevenida? No es un cuento de hadas en el cual yo no crea. Yo sé una palabra acerca de la misericordia de Dios; no sé cuán horrible le parecerá a Él el corazón humano. Pero esto sí que lo sé; que si jamás se ha condenado un solo hombre en este estado, entonces yo me condenaré también —añadió lentamente—: No quisiera no fuese de otro modo. Deseo justicia, nada más.

—Llegaremos antes de oscurecer —observó el teniente.

Seis hombres cabalgaban delante y seis detrás. A veces, en las zonas de bosque, entre los brazos del río, tuvieron que marchar en fila india. El teniente no hablaba mucho, y en una ocasión en que dos de sus hombres entonaron una canción acerca de un tendero gordo y de su mujer, les mandó brutalmente que callaran. No era muy triunfal la procesión aquella. El cura cabalgaba con una sonrisa débil fija en la cara como un antifaz puesto para poder pensar con sosiego sin que nadie lo notara. Pensaba en el dolor, principalmente.

—Supongo —dijo el teniente mirando ceñudo al frente— que aguarda usted un milagro.

—Perdóneme. ¿Qué decía usted?

—Que supongo espera usted un milagro.

—No.

—Pero usted cree en ellos, ¿verdad?

—Sí, pero no que sean para mí. Ya no soy de utilidad para nadie. ¿Para qué habría Dios de conservarme vivo?

—No me cabe en la cabeza que un hombre como usted crea en esas cosas. Los indios, sí. ¡Claro! La primera vez que ven la luz eléctrica lo creen un milagro.

—Y yo me atrevería a decir que la primera vez que usted viese a un muerto levantándose lo creería un milagro también —reprimió una risa escéptica detrás de la careta sonriente—. Oh, es curioso, ¿verdad? No es que no sucedan milagros; la cuestión es precisamente que la gente los llama de algún otro modo. Imagínese usted a los doctores rodeando el lecho del muerto. Ya no respira, el pulso se ha parado, el corazón no late: está muerto. Después alguien le devuelve la vida, y todos ellos, ¿cuál es la expresión? Reservan su opinión. No quieren decir que sea un milagro, porque la palabra no les gusta. Después lo mismo ocurre una y otra vez, acaso porque Dios anda por la tierra, y ellos dicen: los milagros no existen; ocurre simplemente que hemos ampliado nuestro concepto de la vida. Ahora sabemos que se puede vivir sin pulso, alientos, latidos... E inventan una palabra para denominar semejante estado de vida, y dicen que la ciencia ha dado, una vez más, explicación racional a un aparente milagro —lanzó una risita—. No se les puede convencer.

»Si me permitiera confesarme...

Llegaron a la vista de las primeras casas; casas pequeñas de tierra medio calcinadas cayéndose en ruinas; unas cuantas columnas clásicas de barro recubiertas de yeso, y un chiquillo sucio jugando entre los cascotes.

—Pero no hay ningún cura —observó el teniente.

—El *padre José*.

—¡Oh, el *padre José*! —comentó con desprecio el teniente—. Ése no es bueno para nada.

—Es lo bastante bueno para quien soy yo. No es verosímil encontrar un santo aquí, ¿no es cierto?

Llegaron ante el cementerio, lleno de ángeles destrozados, y pasaron ante el gran pórtico con sus letras negras: SILENCIO.

—Perfectamente —dijo el teniente—. Podrá usted verle.

No quería mirar al cementerio cuando pasaron junto a él: aquélla era la pared donde fusilaron a los presos. La carretera bajaba en cuesta rápida hacia el río; a la derecha, donde estuvo la catedral, los columpios de hierro se alzaban desocupados en la tarde cálida. Sentíase la desolación por doquiera; más que en las montañas, porque aquí había existido mucha vida en otro tiempo. El teniente pensaba: «Sin pulso, sin latidos del corazón, sin embargo, es una forma de vida, no tenemos más que hallarle un nombre». Un muchacho les miraba pasar, gritó:

—Teniente, ¿lo cogieron?

Él recordó la cara... un día en la *plaza*... una botella rota, y procuró sonreírle con una rara mueca desabrida, sin triunfo ni esperanza. Había que comenzar de nuevo aquella vida.

Capítulo IV

El teniente aguardó hasta que hubo anochecido y luego salió a la calle. Sería peligroso enviar a otro porque en el acto recorrería la ciudad la noticia de que se había consentido al *padre José* cumplir un deber religioso en la cárcel. Era más prudente no decírselo siquiera al jefe; uno no puede fiarse de los superiores cuando es más afortunado de lo que fueron ellos. Comprendía que a aquél no le gustara que hubiese traído al cura; desde su punto de vista, hubiera sido mejor una «fuga».

En el patio se sintió observado por una docena de ojos; los chiquillos se apiñaban allí dispuestos a burlarse del *padre José* si éste aparecía. Lamentó haberle prometido nada al cura; pero cumpliría su palabra, pues sería un triunfo para el mundo corrupto y caduco, sometido a Dios, el poder mostrarse superior en algún aspecto, ya fuese de valor, de veracidad, de justicia...

Nadie contestó a su llamada. Esperaba sombrío en el patio, como un solicitante.

Volvió a llamar, y gritole una voz:

—¡Un momento! ¡Un momento!

El *padre José* asomó la cara por la ventana y preguntó:

—¿Quién hay aquí?

Parecía tantear cerca del suelo.

—El teniente de policía.

—¡Oh! —chilló el *padre José*—. ¡Son mis pantalones! Con esta oscuridad...

Parecía izar alguna cosa; luego se sintió un crujido seco, como si su cinturón o tirantes cediesen. Al otro lado del patio comenzaron a graznar los chicos:

—*¡Padre José! ¡Padre José!*

Al llegar a la puerta no los miró, murmurando indulgente:

—Esos diablillos...

—Venga conmigo al puesto de policía —ordenó el teniente.

—¡Pero si yo no he hecho nada! ¡Nada! ¡He tenido mucho cuidado!

—*¡Padre José!* —voceaban los chiquillos.

—Si se trata del entierro, le han informado a usted mal. Ni siquiera quise rezar una oración —musitó, suplicando.

—*¡Padre José! ¡Padre José!*

El teniente se volvió y cruzó el patio a zancadas. Ordenó con furia a las caras asomadas al enrejado:

—¡A callar! ¡A la cama! ¡Enseguida! ¿No habéis oído?

Desaparecieron uno a uno, pero cuando el teniente volvió la espalda salieron otra vez a mirar.

El *padre José* observó:

—Nadie puede con esos chicos.

Se oyó una voz de mujer:

—¿Dónde estás, *José*?

—Aquí, querida. Es la policía.

Apareció una mujer enorme con un camisón blanco como una ola que se hincha; no eran mucho más de las siete; pensó el teniente si viviría con aquel vestido; tal vez viviera en la cama.

—Su marido —anunció pronunciando el vocablo con satisfacción—, su marido tiene que venir al puesto.

—¿Quién lo dice?

—Yo.

—Él no ha hecho nada.

—Precisamente se lo estaba diciendo, querida...

—Cállate. Déjame hablar a mí.

—Los dos pueden dejar de charlar —manifestó el teniente—. Se le necesita en el puesto para ver a un hombre, a un cura. Quiere confesarse.

—¿Conmigo?

—Sí. No hay otro.

—Pobre hombre —suspiró el *padre José*. Sus ojuelos rojizos recorrían el patio—. Pobre hombre.

Se apartó desasosegado, y echó una mirada furtiva al cielo, donde rodaban las constelaciones.

—Tú no irás —dijo la mujer.

—Eso va contra la ley, ¿verdad? —preguntó él.

—No necesita usted inquietarse por eso.

—¡Oh! No necesitamos, ¿eh? —ironizó la mujer—. Bien que le calo yo a usted. No quiere que dejen en paz a mi marido. Le quiere usted embaucar. Conozco su faena. Usted hace que la gente le pida rezos; él es un buenazo. Pero yo le he de recordar a usted esto: él es un pensionista del gobierno.

El teniente pronunció lentamente:

—Ese cura ha trabajado durante años por «vuestra» Iglesia. Le hemos cogido y, por supuesto, mañana será fusilado. No es mala persona, y yo le prometí que podría verle a usted. Parece creer que esto le hará algún bien.

—Ya le conozco —le interrumpió la mujer—, es un borracho. Eso es todo lo que él es.

—Pobre hombre —volvió a suspirar el *padre José*—. Intentó esconderse aquí una vez.

—Le prometo —aseveró el teniente— que nadie lo sabrá.

—¿Saberlo nadie? —cloqueó la mujer—. ¡Vaya! Se esparcirá por toda la ciudad. Mire a los chiquillos de allá. Nunca dejan en paz a *José* —continuó—: La cosa no tendrá fin: todo el mundo querría confesarse, el gobernador se enteraría y suprimiría la pensión.

—Acaso, querida, sea mi deber.

—Tú ya no eres cura —recalcó la mujer—, tú eres mi marido —empleó una palabra grosera—. Ése es ahora tu deber.

El teniente les escuchaba con satisfacción agria. Le parecía volver a descubrir una antigua creencia.

—No puedo aguardar aquí mientras ustedes discuten. ¿Va usted a venir conmigo?

—No puede obligarle a hacerlo —gruñó la mujer.

—Querida, es que... pues... «soy» sacerdote.

—Sacerdote —cacareó la mujer—. ¡Tú, sacerdote!

Lanzó una carcajada que los chicos de la ventana imitaron inmediatamente. El *padre José* se puso los dedos en los escondidos ojos como si le dolieran.

—Querida...

La carcajada continuaba.

—¿Viene usted?

Él hizo un gesto desesperado como para significar: ¿qué importa una falta más en una vida como ésta? Y contestó:

—No creo que... sea posible.

—Muy bien —dijo el teniente.

Se marchó bruscamente; no podía perder más tiempo en obras de misericordia, y oyó la voz del *padre José* que imploraba:

—Dígale que rezaré.

Los chiquillos habían cobrado su confianza; uno de ellos gritó:

—¡Ven a la cama, *José*!

Y el teniente rió por una vez, una pobre edición nada convincente a la risa general que rodeaba al *padre José* retumbando hasta las mismas constelaciones que conociera él en otro tiempo por sus nombres.

El teniente abrió la puerta de la celda; dentro estaba muy oscuro. Cerró la puerta tras de sí con cuidado y echó la llave, conservando una mano sobre el revólver. Anunció:

—No vendrá.

El cura era una figurita acurrucada en la oscuridad, en cuclillas en el suelo como un niño jugando.

Exclamó:

—¿Quiere usted decir... que no vendrá esta noche?

—Quiero decir que no vendrá, en absoluto.

Hubo un rato de silencio, si puede hablarse de silencio donde se oía de continuo el zumbido de los mosquitos y el crujido de los escarabajos contra la pared. Al fin observó el cura:

—Tuvo miedo, supongo.

—Pobre hombre.

Procuró reír: pero ningún sonido resultaría más lamentable que el de su mezquino intento. La cabeza se le cayó entre las rodillas; parecía abandonarlo todo o sentirse completamente abandonado.

El teniente dijo:

—Será mejor que lo sepa usted todo. Ha sido usted juzgado y condenado.

—¿No hubiera podido presenciar mi proceso?

—Hubiera sido exactamente igual.

—No —se calló preparando una actitud. Después preguntó con falsa desenvoltura—: ¿Y cuándo, si puedo saberlo...?

—Mañana.

La brevedad y presteza de la réplica disolvieron su fanfarronería. Abatió de nuevo la cabeza y pareció que se mordía las uñas, según lo poco que la oscuridad consentía ver.

El teniente dijo:

—Es malo pasar solo una noche como ésta. Si quiere usted que le traslademos a la celda común...

—No, no. Prefiero estar solo. Tengo mucho que hacer —le falló la voz como si tuviera un fuerte resfriado. Jadeó—: Mucho en que pensar.

—Me gustaría hacer algo por usted —manifestó el teniente—. ¿Le traigo un poco de aguardiente?

—¿A pesar de la ley?

—Sí.

—Es usted muy bondadoso —tomó el pequeño frasco—. Acaso usted no lo necesitaría en mi lugar. Pero yo siempre tuve miedo al dolor.

—Alguna vez hemos de morir —dijo el teniente—. El cuándo no parece de gran importancia.

—Es usted un buen hombre. No tiene nada que temer.

—Tiene usted unas ideas tan raras —se quejó el teniente—. A veces me doy cuenta de que trata usted de tentarme.

—¿Para qué?

—¡Oh, para que le deje escapar, quizá...! O para que crea en la Santa Iglesia Católica, la comunión de los santos... ¿Cómo sigue la monserga esa?

—El perdón de los pecados...

—Usted no cree mucho en eso, ¿eh?

—¡Oh, sí que creo! —afirmó el hombrecillo.

—Entonces, ¿por qué se aflige usted?

—Ya ve usted que yo no soy un ignorante. Siempre supe lo que hacía. Y no puedo absolverme a mí mismo.

—¿Si el *padre José* hubiera venido, sería distinto?

Tuvo que aguardar un largo rato la respuesta y al fin no comprendió lo que dijo:

—Con otro hombre... sería más fácil...

—¿No puedo hacer nada más por usted?

—No. Nada.

El teniente volvió a abrir la puerta llevándose maquinalmente la mano al revólver. Se sentía taciturno, como si al tener al cura bajo llaves y cerrojos no quedara nada en que pensar. Los resortes de su actividad parecían haberse roto. Recordaba las semanas del acoso como un tiempo feliz terminado para siempre. Se sentía sin objeto, como si la vida se hubiese agotado en el mundo. Dijo con amarga bondad:

—Procure dormir.

Ya estaba cerrando la puerta cuando una voz le habló:

—Teniente.

—¿Qué?

—Usted ha visto fusilar gente. Gente como yo.

—Sí.

—¿El dolor dura... mucho tiempo?

—No, no. Un segundo —contestó con aspereza, y cerró la puerta, marchándose a través del patio encalado.

Entró en el despacho. Los retratos del cura y del pistolero continuaban clavados en la pared. Los arrancó; ya no los necesitaría más. Después sentose en el escritorio, apoyó la cabeza en las manos y quedó dormido con lasitud extrema. Más adelante no pudo recordar nada de cuanto soñó sino risas, risas continuas y un largo corredor en el cual no halló ninguna puerta.

El cura permaneció sentado en el suelo, sosteniendo el frasco del aguardiente. Al poco rato lo descorchó y se lo llevó a la boca. El alcohol no le hizo efecto; era como si hubiera bebido agua. Lo dejó y empezó una especie de confesión general susurrando las palabras. Decía: «He fornicado». La frase formal no significaba nada en absoluto; era igual que una frase en un periódico; no pedía uno arrepentirse de una cosa como aquélla. Empezó de nuevo: «He yacido con una mujer», y procuró imaginarse al otro sacerdote preguntándole: «¿Cuántas veces? ¿Era casada?». «No.» Sin pensar en lo que hacía, tomó otro sorbo de aguardiente.

Al tocar el líquido la lengua, se acordó de su hija entrando en la cabaña desde la claridad de fuera, la carita aquella cazurra, tan informada por la desgracia. Dijo: «¡Oh, Dios! Ayúdala. Condéname a mí; me lo merezco; pero que ella disfrute de la vida eterna». Éste era el amor que debió sentir por todas las almas del mundo: todo el temor y el ansia de salvar concentrados injustamente sobre una sola niña. Se puso a llorar como si la viese ahogarse lentamente desde la orilla sin poder ayudarla, porque se le hubiera olvidado el nadar. Pensó: «Esto es lo que siempre debí sentir por todos»; y procuró desviar la mente hacia el *atravesado*, el teniente, incluso hacia el dentista con el cual permaneció una vez durante unos minutos, hacía la niña del centro bananero...; evocó una larga serie de rostros, forzando su propia atención, como si fuera una puerta pesada que no quisiese ceder. Porque tales rostros estaban en peligro también. Rogó: «¡Dios mío, ayúdales!», pero en el momento de la plegaria su atención volvía a desviarse hacia su niña junto al vertedero de basura, y comprendía que tan sólo era por aquella por quien oraba. Otro fracaso.

Al cabo de un rato volvió a empezar. «Me he emborrachado, no sé cuántas veces; no hay deber que no haya descuidado; he sido culpable de orgullo, he carecido de caridad...» las palabras de nuevo devenían formales, sin contenido. No tenía confesor que atrajera su mente desde la fórmula al hecho.

Bebió un trago más de aguardiente, y levantándose con dolor a causa del calambre se dirigió a la puerta y miró a través de la reja el cuadro cálido iluminado por la luna. Distinguió a los gendarmes dormidos en sus hamacas y a uno que no podía dormir balanceándose indolente de un lado a otro. Por todas partes había un silencio extraño, incluso en las otras celdas; parecía que el mundo entero hubiese vuelto la espalda para no verle morir. Volvió a lo largo de la pared hasta el rincón más apartado y se sentó con el frasco entre las rodillas. Pensaba: «Si no hubiese sido tan inútil, tan inútil...».

Los ocho años de servicio duro y desesperado le parecían tan sólo una parodia de sacerdocio: unas pocas comuniones, unas pocas confesiones, y un mal ejemplo sin fin. Pensaba: «Si al menos tuviera una sola alma que ofrecer, para poder decir a Dios: He aquí mi trabajo...».

Hubo gente que murió por él: se merecían un santo. Y un deje de amargura se extendió por su corazón, condolido por ellos, pues Dios no había juzgado conveniente mandarles uno. «El *padre José* y yo —pensaba—; el *padre José* y yo». Y tomó un nuevo trago de aguardiente. Se imaginó los rostros fríos de los santos rechazándole.

La noche corría más lenta que la otra pasada en la cárcel porque se hallaba solo. Mas el aguardiente, que se terminó cerca de las dos de la madrugada, le proporcionó finalmente un poco de sueño. Se sentía enfermo de miedo, le dolía el estómago y tenía la boca seca por el alcohol. Empezó a levantar la voz, para sí mismo, porque no podía resistir ya el silencio. Se quejaba mezquinamente: «Todo eso está muy bien... para los santos». Y después: «¿Cómo sabe él que tan sólo dura un segundo?». Entonces empezó a llorar golpeando la cabeza, con tiento, contra la pared. Al *padre José* le habían concedido una oportunidad, pero a él jamás le dieron ninguna. Tal vez les indujera a error el que les hubiera esquivado por tanto tiempo. Tal vez creían, en realidad, que él rechazaría las condiciones aceptadas por el *padre José;* que rehusaría casarse; que se mostraría orgulloso. Acaso, si él mismo lo indicaba, todavía podría escapar... La esperanza le calmó por un rato, y se quedó dormido con la cabeza contra la pared.

Tuvo un sueño curioso. Soñó estar sentado ante una mesa de café delante del altar mayor de la catedral. Se extendían sobre la mesa unos seis servicios, y comía de ellos con voracidad. Olía a incienso y había una rara sensación de júbilo. Los manjares, como todos los alimentos de los sueños, no eran muy sabrosos, pero él tenía cierto sentido de que al terminarlos todos, le servirían el mejor plato. Un cura iba de aquí para allá, delante del altar, diciendo misa, pero él no prestaba ninguna atención; el servicio religioso no le interesaba en absoluto. Al fin se vaciaron los seis platos; alguien invisible tocó la campanilla del *Sanctus*, y el oficiante se arrodilló antes de Alzar la Hostia. Pero «él» siguió sentado, aguardando, sin prestar atención al Dios del altar, como si fuese un Dios para los demás y no para él. Entonces el vaso inmediato al plato se llenó de vino y al levantar la vista vio a la niña de la central bananera que le estaba sirviendo.

Ella le decía:

—Lo traje del cuarto de mi padre.

—¿No lo robó usted?

—No exactamente —contestó ella con su voz precisa y meticulosa.

—Es usted muy buena. He olvidado el alfabeto... ¿cómo lo llamaba usted?

—Morse.

—Eso es, Morse. Tres golpes largos y uno corto —y en el acto empezaron los golpes; golpeaba el cura junto al altar, una congregación entera e invisible golpeaba a lo largo de las naves... tres largos y uno corto. Preguntó—: ¿Qué es?

—Noticias —respondió la niña observándole con simpatía.

Despertó al amanecer con una sensación enorme de esperanza, la cual le abandonó súbita y completamente a la primera vista del patio de la cárcel. Ésa era la mañana de su muerte. Se agazapó en el suelo, con el frasco vacío de aguardiente en la mano, procurando recordar un «acto de contrición». «¡Oh, Señor!, me pesa y pido perdón... crucificado... digno de tus horribles padecimientos...» Se confundía, su mente se ocupaba de otras cosas. Aquello no era la buena muerte por la que uno siempre había rogado.Vio su propia sombra en la pared de la celda: tenía un aspecto sorprendente y de una insignificancia grotesca. ¡Qué necio había sido al creerse bastante fuerte para quedarse cuando los demás huían! «Qué tipo más absurdo soy —meditaba—, y cuán inútil». No he hecho nada por nadie. Lo mismo podía no haber existido jamás. Sus padres habían muerto... pronto él no sería ni siquiera un recuerdo...; acaso, después de todo, no fuese, en realidad, digno del infierno. Las lágrimas se derramaban por sus mejillas: no tenía, en aquel momento, miedo de condenarse; incluso el miedo al dolor estaba en último término. Sentía tan sólo una desilusión inmensa por tener que ir a Dios con las manos vacías, ya que no había hecho nada en absoluto. En aquel momento le parecía que hubiera sido muy fácil ser santo. No hubiera hecho falta más que un poco de dominio sobre sí mismo y un poco de valor. Se sentía como quien ha perdido la felicidad por llegar unos segundos tarde al lugar de la cita. Ahora comprendía que sólo cuenta una cosa: ser santo.

Cuarta parte

Mistress Fellows estaba acostada en el caluroso cuarto del hotel escuchando la sirena de un vapor en el río. No podía ver nada porque tenía sobre la frente y los ojos un pañuelo empapado en agua de colonia. Gritó agudamente:

—¡Querido! ¡Querido! —pero nadie contestó. Se sentía enterrada prematuramente en aquella gran tumba familiar de bronce, completamente sola, sobre dos almohadas, debajo de un dosel—. ¡Querido! —volvió a decir con viveza.

—¿Qué hay, Trixy? —contestó el capitán Fellows—. Estaba dormido, soñando...

—Échame un poco más de colonia en este pañuelo, querido. La cabeza me estalla.

—Sí, Trixy.

Cogió el pañuelo. El hombre parecía viejo y cansado y fastidiado... un hombre sin ocupación. Se llegó a la mesa tocador y empapó la tela.

—No demasiada, querido. Tardaremos algunos días en poder comprar más.

Él no contestó, y ella dijo apremiante:

—Oyes lo que te digo, querido, ¿verdad?

—Sí.

—Estás tan callado estos días... No te das cuenta de lo que es estar enferma y sola.

—Bueno —repuso el capitán Fellows—, ya sabes la causa.

—Pero hemos acordado, querido, que lo mejor era no hablar jamás del asunto. ¿No es cierto? No hay que ser morbosos.

—No.

—Tenemos que encauzar nuestra propia vida.

—Sí.

Se acercó al lecho y puso el pañuelo sobre la frente de su mujer. Después, sentándose en una silla, deslizó una mano bajo el mosquitero y le cogió la mano. Causaban ambos el efecto de ser unos chiquillos, perdidos en una ciudad extraña, sin la protección de ningún adulto.

—¿Has sacado los billetes? —preguntó ella.

—Sí, querida.

—Me levantaré más tarde para hacer el equipaje, pero me duele tanto la cabeza... ¿Has dicho que recojan los baúles?

—Se me olvidó.

—Realmente... debes procurar pensar en las cosas —dijo ella débilmente—. Ahora no tenemos quien se ocupe.

Ambos quedaron silenciosos ante una frase que debían haber evitado. Él dijo de pronto:

—En la ciudad reina gran excitación.

—¿No será una revolución?

—¡Oh, no! Han cogido a un cura y lo fusilan esta mañana. ¡Pobre diablo! No se me quita de la cabeza si será el que Coral...; quiero decir, el hombre a quien refugiamos.

—No es probable.

—No.

—¡Hay tantos curas!

Soltó la mano de ella y, llegándose a la ventana, miró afuera. Barcos en el río, un jardincillo pedregoso con un busto, y zopilotes por todas partes.

—Será grato volver a nuestra tierra. Hubo momentos en que creí morir en este país —comentó mistress Fellows.

—Desde luego, querida.

—Pues los hay que se mueren.

—Sí, los hay —asintió él, fúnebre.

—Vamos, querido —dijo ella vivamente—, prometiste... —lanzó un largo suspiro—: ¡Mi pobre cabeza!

—¿Quieres un poco de aspirina?

—No sé dónde la he puesto. Nada está nunca en su sitio.

—¿Voy a comprar un poco más?

—No, querido; no puedo soportar el quedarme sola —continuó con vivacidad dramática—: Espero que me pondré bien del todo cuando estemos en casa. Allí tendré un médico apto. A veces creo que es algo más que dolor de cabeza. ¿Te dije que tuve noticias de Norah?

—No.

—Dame los lentes, y te leeré... lo que nos concierne.

—Están sobre tu cama.

—Aquí están —uno de los barcos soltó amarras y empezó a bajar por la perezosa corriente hacia el mar. La señora leía con satisfacción—: «Querida Trixy, cuánto has sufrido. Ese canalla...» —se interrumpió bruscamente—. ¡Ah, sí! Y luego sigue: «Por supuesto, tú y Carlos pasaréis una temporada en casa hasta que hayáis encontrado dónde vivir. Si no os disgusta la idea de un pequeño pabellón...».

—Yo no me voy —dijo de pronto el capitán Fellows.

—«El alquiler es tan sólo de cincuenta y seis libras al año, gastos comprendidos, y hay cuarto de baño para la criada.»

—Yo me quedo.

—«Un termosifón...» Pero ¿qué estás diciendo?

—Que yo no me voy.

—Hemos tratado tantas veces de eso, querido. Tú sabes que sería mi muerte el quedarme.

—No hace falta que te quedes.

—Pero no podría marcharme sola —repuso ella—. ¿Qué pensaría Norah? Además... ¡Oh, es absurdo!

—Aquí un hombre puede trabajar mucho.

—Coger plátanos —dijo ella lanzando una risita fría—. Y tú no servías mucho para eso.

Se volvió furioso hacia la cama.

—Te da lo mismo echar a correr dejándola a «ella».

—No fue culpa mía. Si hubiese estado en casa... —se puso a llorar apelotonada debajo del mosquitero. Decía—: No podré llegar viva a mi hogar.

Él se acercó a la cama con cansancio y volvió a cogerle la mano. Era inútil. Ambos habían sido abandonados. Tenían que adherirse el uno al otro.

—No quieres dejarme partir sola, ¿verdad, querido?

—No, querida.

—¿Te das cuenta de lo absurdo que sería?

—Sí.

Permanecieron en silencio un largo rato mientras el sol matinal se remontaba y producía un calor sofocante en el cuarto.

—Doy un penique, querido —dijo la esposa.

—¿Qué?

—Por saber lo que piensas.

—Precisamente pensaba en ese cura. Un individuo extravagante. Era bebedor... Cavilaba si sería él.

—Si lo es, supongo se merecerá lo que le ocurre.

—Pero lo que despierta mi curiosidad es qué debió decirle a... «ella»... Por la manera como «ella» se portó después...

—Vida mía —repitió la señora, con áspera flojera desde la cama—, tu promesa.

—Sí, lo siento. Procuro cumplirla, pero la idea brota de continuo.

—Nos tenemos uno al otro, querido —dijo la esposa, y la carta de Norah crujió al volver ella la cabeza fajada con el pañuelo, para desviarla de la luz cruda del exterior.

Míster Tench, inclinado sobre la palangana de hierro esmaltado, se lavaba las manos con rosado jabón.

Dijo en un español deficiente:

—No necesita usted ser preocupado. Puede decírmelo directamente si ello duele.

El cuarto del jefe se había dispuesto a modo de gabinete provisional de dentista con gasto considerable, pues entrañaba el transporte no sólo del mismo míster Tench, sino de su silla de operaciones, con toda clase de misteriosas cajas de embalaje que parecían contener poco más que paja, y que probablemente no se volverían de vacío.

—Hace mucho que lo tengo —decía el jefe—. No puede usted imaginarse el dolor...

—Ha hecho usted un disparate no llamándome. Tiene la boca en mal estado. Es una suerte que escapara sin piorrea.

Acabó de lavarse y se quedó parado de pronto, toalla en mano. Pensando en algo.

—¿Qué ocurre? —preguntó el jefe.

Él volvió en sí sobresaltado, y dirigiéndose al arsenal de utensilios, empezó a colocar en fila inquietante las agujas del torno. El jefe lo miraba con aprensión.

Observó:

—Le tiembla mucho la mano. ¿Está seguro de encontrarse bien esta mañana?

—Es indigestión —contestó míster Tench—. A veces veo tantas manchas delante de los ojos, que me parece llevar un velo —colocó una aguja en el torno y curvó el brazo en su dirección—. Ahora abra bien la boca —empezó a rellenar la boca del jefe con pelotas de algodón. Comentó—: ¡Nunca he visto una boca tan estropeada como la de usted...!

El jefe pugnaba por hablar. Sólo un dentista era capaz de interpretar la embozada e inquietante pregunta.

—No era un paciente. Espero que alguien le curaría. En este país curan ustedes a mucha gente, ¿verdad? A balazos.

Mientras ahondaba más y más en la muela, procuraba mantener una conversación animada; así era como solía hacerse en Southend. Dijo:

—Esta mañana me ocurrió una cosa rara un momento antes de venir del río. Recibí una carta de mi esposa. Hacía mucho tiempo que no tenía noticias suyas: ¡oh, veinte años...! Y ahora, de repente...

Se inclinó más y hurgó furioso con el instrumento; el jefe manoteó en el aire dando un gruñido.

—Enjuáguese la boca —le ordenó míster Tench, y se puso a preparar el torno con cara ceñuda—. ¿De qué estaba hablando? ¡Ah, de mi mujer!, ¿no es cierto? Al parecer se ha metido en no sé qué género de religión. Una especie de grupo... En Oxford. ¿Qué se le habría perdido en Oxford? Escribía para decirme que me había perdonado y que deseaba hacer las cosas legalmente. Divorciarse, quiero decir. ¡Perdonarme!

Se puso a mirar el feo cuartito perdido en sus pensamientos, con la mano sobre el torno. Eructó y se puso la otra mano en el estómago, comprimiendo más y más en busca de un dolor oscuro que casi siempre residía allí.

—Como viene se va —continuó míster Tench, perdiendo por completo el hilo de sus pensamientos—. Por supuesto, no es nada. Indigestión, tan sólo. Pero me tiene agarrado.

Miró atentamente dentro de la boca del jefe como si hubiera un brillante oculto entre las muelas cariadas. Después, cual si hiciera un esfuerzo espantoso de voluntad, se inclinó, curvó el brazo del torno y empezó a pedalear. Siseo y chirrido. Siseo y chirrido. El jefe se envaraba por completo y se agarraba a los brazos del sillón, y el pie de míster Tench continuaba con su vaivén. El jefe lanzaba raros sonidos agitando las manos.

—¡Aguante duro! No queda más que un rinconcito. Pronto terminaremos. Ahora llega. ¡Ah! —se detuvo diciendo—: ¡Dios mío! ¿Qué es eso?

Abandonó al jefe y se acercó a la ventana. Abajo, en el patio, un pelotón de policías acababa de descansar las armas. Con la mano en el estómago protestó:

—¿No será otra revolución?

El jefe se enderezó y escupió un pedazo de algodón.

—No, desde luego —dijo—.van a fusilar a uno.

—¿Por qué?

—Por traición.

—Creí que ustedes hacían esto junto al cementerio. Una fascinación horrenda le retuvo junto a la ventana: no había visto nunca una cosa como aquélla. Él y los zopilotes miraban a la vez el breve patio enjalbegado.

—Esta vez no era conveniente. Hubiera podido organizarse una manifestación. El pueblo es tan ignorante...

Un hombrecillo salió por una puerta lateral; le sostenían dos gendarmes, pero se podía decir que se portaba bastante bien... tan sólo que no dominaba por completo sus piernas. Le empujaron hasta la pared opuesta; un oficial le ató un pañuelo sobre los ojos. Míster Tench pensó: «¡Pero si le conozco! ¡Dios mío, uno debería hacer algo!». Aquello era como ver el fusilamiento de un vecino.

El jefe dijo:

—¿Qué aguarda usted? El aire entra en la muela.

Desde luego no había nada que hacer. Todo pasó muy rápido, como si fuera una cosa rutinaria. El oficial se hizo a un lado, los fusiles apuntaron, y el hombrecito, de pronto, hizo unos ademanes espasmódicos con los brazos. Intentaba decir algo: ¿qué frase era la que siempre solía decir? Aquello era una rutina también, pero tal vez tenía la boca demasiado seca porque nada le salió, excepto una palabra que más bien parecía significar: «Dispense». El estampido de los fusiles sacudió a míster Tench: pareció que vibraba en sus intestinos; se sintió mareado y cerró los ojos. Entonces oyose un tiro solo, y abriendo de nuevo los ojos vio al oficial que guardaba el revólver en su funda y al hombrecito convertido en un montón insignificante junto a la pared... algo sin importancia que había que barrer de allí. Dos hombres patizambos se aproximaron rápidos. Aquello era una liza, había muerto el toro, y no se esperaba ya nada más.

—¡Oh! —se lamentaba el jefe desde la silla—. ¡El dolor! ¡El dolor! —imploraba—: ¡Deprisa!

Pero míster Tench estaba perdido en sus recuerdos junto a la ventana, buscándose con una mano la oculta desazón de su estómago. Se acordaba del hombrecillo levantándose de la silla, con amargura y sin esperanza, en la cegadora tarde aquella, para seguir al chico fuera de la ciudad; se acordaba de una regadera verde, de la fotografía de sus hijos, de aquel molde que hacía para un paladar partido.

—El empaste —suplicaba el jefe, y los ojos de míster Tench se dirigieron al oro que había en una fuente de cristal. Divisas; insistiría para que le pagasen en divisas. Ahora se iría como fuese. En el patio estaba ya todo en orden; un hombre iba echando arena con un azadón, como si estuviese llenando una sepultura. Pero allí no había sepultura ninguna: no había nadie allí. Una sensación espantosa de soledad le sobrecogió, redoblándole el dolor de estómago. El hombrecillo aquel le había hablado en inglés y sabía algo sobre sus hijos. Ahora sintióse abandonado.

—*Y ahora* —la voz de la mujer engreíase triunfal, y las dos niñas con ojos como abalorios contenían la respiración— el *gran día de la prueba había llegado.*

Incluso el muchacho demostraba interés, de pie junto a la ventana, mirando a la oscura calle, desierta desde el toque de queda. Aquél era el último capítulo, y en el último capítulo las cosas siempre ocurren con violencia. Acaso toda la vida era como aquélla: tedio y al final una ráfaga heroica.

> Cuando el jefe de policía llegó a la celda de Juan, le halló de rodillas, orando. No había dormido en absoluto, sino que había empleado su última noche en prepararse para el martirio. Se sentía tranquilo y dichoso: sonriendo al jefe de policía, le preguntó si venía para conducirle al festín. Incluso aquel hombre malvado, que había perseguido a tanta gente inocente, se hallaba visiblemente emocionado.

«Si al menos aquello condujera al fusilamiento», pensaba el muchacho; el fusilamiento siempre le excitaba y le hacía esperar con ansiedad el *coup de grace.*

> Le condujeron al patio de la cárcel. No hubo necesidad de atar aquellas manos ocupadas con el rosario. En el pequeño recorrido hasta el muro de ejecución, ¿reflexionó el joven Juan en aquellos cortos y felices años que había empleado con tanta valentía? ¿Recordó los días del seminario, las cariñosas reprimendas de los mayores, la disciplina formadora; los días, además, de frivolidad en que representó el papel de Nerón en pre-

sencia del anciano obispo? Nerón estaba allí, a su lado, y aquél era el anfiteatro romano.

La voz de la madre se enronqueció un poco; manoseaba las páginas restantes con rapidez; el relato no merecía ser interrumpido, y lo apresuraba más y más.

Llegado a la pared, Juan dio media vuelta y empezó a rezar, no por él, sino por sus enemigos, por el piquete de soldados indios, pobres inocentes, que tenía enfrente, y hasta por el mismo jefe de policía. Levantó la voz que pendía de su rosario y pidió a Dios que los perdonara, que iluminara su ignorancia y al fin les llevara, como a Saulo el perseguidor, al reino eterno.

—¿Habían cargado? —preguntó el muchacho.
—¿Qué quieres decir con eso de si habían cargado?
—¿Por qué no disparaban y le hacían callar?
—Porque Dios decidió de otro modo —continuó:

El oficial dio orden de preparar armas. En aquel momento una sonrisa de felicidad y adoración completas cruzó la cara de Juan. Fue como si viera los brazos abiertos de Dios para recibirlo. Siempre había dicho a su madre, la buena y hacendosa ama de casa: lo tendré todo limpio allá arriba para cuando llegue usted. El momento ya había llegado, el oficial dio la voz de fuego y...

Había leído demasiado deprisa, porque la hora de acostar a las niñas había pasado ya, y sentíase contrariada por un acceso de hipo.

Fuego —repitió—, y...

Las dos niñas permanecían, muy plácidas, una junto a otra; parecían casi dormidas; aquélla era la parte del libro que nunca les importó gran cosa; lo soportaban a cuenta de la función de teatro de aficionados y de la primera comunión, y también por la hermana que se hace monja y dirige un adiós emocionante a su familia en el tercer capítulo.

> Fuego —volvió a ensayar la madre—, y Juan, levantando los dos brazos por encima de su cabeza, gritó con voz intrépida a los soldados y a los apuntados fusiles. ¡Viva Cristo Rey! Un instante después cayó acribillado por doce balas, y el oficial, inclinándose sobre su cuerpo, le puso el revólver junto al oído y apretó el gatillo.

> Llegó un largo suspiro desde la ventana.

> No era necesario este último tiro. El alma del joven héroe había dejado ya su terrena mansión, y la sonrisa feliz del rostro inanimado decía, incluso a los ignorantes aquellos, dónde podrían encontrar a Juan desde entonces. Uno de los presentes sintiose tan conmovido por su comportamiento que, secretamente, empapó su pañuelo en la sangre del mártir, y aquella

reliquia, cortada en cientos de pedazos, fue repartida por muchos hogares piadosos.

—Y ahora —la madre cambió de tono con rapidez—, a la cama.

—Ese que han fusilado hoy —inquirió lentamente el muchacho—: ¿Era un héroe también?

—Sí.

—¿Es el que estuvo con nosotros aquella vez?

—Sí. Es uno de los mártires de la Iglesia.

—Echaba un tufillo muy raro —dijo una de las niñas.

—No debes volver a decir eso jamás —le reconvino la madre—. Acaso sea un santo.

—¿Debemos rezarle entonces?

—No haría ningún daño. Desde luego, antes de «conocer» que es un santo, tendrían que ocurrir milagros...

—¿Gritó «*Viva Cristo Rey*»? —preguntó el muchacho.

—Sí. Fue uno de los héroes de la fe.

—¿Y empapó alguien un pañuelo en su sangre? —continuó el muchacho.

La madre dijo, reflexionando:

—Tengo motivos para creer... La señora Jiménez me dijo... creo que si vuestro padre quiere darme dinero, me arreglaré para obtener una reliquia.

—¿Eso cuesta dinero?

—¿Cómo iba de otro modo a distribuirse? No puede tener un pedazo todo el mundo.

—¿No?

Se acurrucó junto a la ventana mirando al exterior. A su espalda se oía el ruido apagado de las niñas acostándose. Aquello le hacía comprender a uno que habían tenido un héroe en la casa, aunque sólo fuera por veinticuatro horas. Y era el último. No quedaban más curas ni más héroes. Escuchó con resentimiento el ruido de unas botas subiendo por el adoquinado. La vida cotidiana le rodeaba y le oprimía. Bajó del asiento de la ventana y cogió su bujía. ¿Zapata, Villa, Madero y todos los demás, habían muerto, y quienes los habían matado eran gente como el hombre que pasaba por la calle? Sentíase defraudado.

El teniente llegaba pisando el empedrado. En su andar había algo vivaz y obstinado, como si a cada paso dijera: «Hice lo que hice». Miró al chico que sostenía la bujía, sin reconocerle del todo. Dijo para sí:

«Yo quisiera hacer mucho más por él y por ellos, mucho más; la vida nunca volvería a ser para ellos lo que fue para mí». Pero el amor dinámico que solía mover el disparador de su revólver sentíase aplastado y muerto. «Por supuesto, volverá», pensaba él. Era como el amor de una mujer que iba por rachas. Aquella mañana se había satisfecho; eso era todo.

Un hartazgo.

Sonrió penosamente al chico de la ventana y le dijo:

—*Buenas noches.*

El muchacho le miraba la pistolera y él se acordó de un incidente en la plaza, durante el cual había permitido a un chico tocar su revólver; tal vez era el mismo.

Volvió a sonreír y lo tocó también para demostrarle que se acordaba, pero el muchacho arrugó la cara y escupió entre los barrotes de la ventana, con precisión, de modo que una burbuja pequeña de saliva cayó en la culata del revólver.

El muchacho atravesó el patio para acostarse. Tenía un cuartito oscuro con una cama de hierro que compartía con su padre. Dormía junto a la pared y su padre en el lado exterior, de modo que podía meterse en cama sin despertar a su hijo. Se quitó los zapatos y se desnudó, displicente, a la luz de la bujía. Del otro cuarto llegaba el susurro de los rezos. Se sentía chasqueado y desilusionado por haber perdido algo.

Acostado boca arriba, acalorado, miraba al techo. Le parecía que no había en el mundo más que la tienda, la lectura de su madre y juegos sosos en la plaza.

Pero se durmió muy pronto. Soñó que el cura fusilado por la mañana estaba de nuevo en su casa vestido con la ropa que su padre le dejara: tendido, rígido, preparado para el entierro. Él estaba sentado junto a la cama y su madre leía en un libro muy largo lo relativo a la representación del cura en su papel de Nerón ante el obispo. A los pies de la madre había una cesta llena de peces, que sangraban envueltos en un pañuelo. Él estaba muy aburrido y cansado y alguien martilleaba en el pasillo poniendo clavos a un ataúd.

De pronto el cura muerto le hizo un guiño, una fluctuación evidente del párpado, ni más ni menos que eso.

Se despertó y oyó el tap-tap del aldabón en la puerta exterior. Su padre no estaba en la cama y en el otro cuarto reinaba un silencio absoluto. Habrían pasado algunas horas. Yacía y escuchaba; estaba asustado, pero al poco rato se repitió la llamada, y nadie se movió en parte alguna de la casa. De mala gana puso los pies en el suelo. Pudiera ser que su padre hubiese hallado la puerta cerrada. Encendió la bujía y se envolvió en una colcha volviendo a escuchar. Su madre podía oírle e ir a abrir, pero él comprendía muy bien que su deber era ir él. Era el único hombre en la casa.

Lentamente atravesó el patio hacia la puerta de la calle.

Tal vez sería el teniente que volvía para vengarse del salivazo... Abrió la pesada puerta férrea y la hizo girar. Un forastero estaba en la calle: un hombre alto, delgado, pálido, con la boca un tanto amarga; llevaba un pequeño maletín. Nombró a la madre del muchacho y preguntó si aquélla era la casa de dicha *señora*.

—Sí —contestó el chico—, pero está durmiendo.

Empezó a cerrar la puerta, pero se interpuso un zapato.

—Acabo de desembarcar. He llegado por el río esta noche. Creí que acaso... tengo una carta de presentación para la señora de un gran amigo suyo.

—Está durmiendo —repitió el muchacho.

—Si me dejara usted entrar —rogó el hombre con una extraña sonrisa temerosa; y de pronto, bajando la voz, declaró—: Soy un sacerdote.

—¿Usted? —exclamó el chico.

—Sí —repuso él con suavidad—. Mi nombre es padre...

Pero el muchacho tenía ya la puerta del todo abierta y posaba sus labios en la mano del sacerdote antes de que éste pudiera siquiera dar su nombre.

Este libro se terminó de
imprimir en los talleres gráficos
de Mateu Cromo S. A., Pinto, Madrid, España
en el mes de septiembre de 2002.